しじまの夜に浮かぶ月

崎谷はるひ

14629

角川ルビー文庫

目次

口絵・本文イラスト／おおや和美

都会の空気はどこか濁《にご》りを帯びて、肺を圧迫《あっぱく》するような重たさがある。まだ十月だというのに、例年にない異常気象はこの朝、まるで真冬のような冷えこみを連れてきた。

小さく身を震《ふる》わせる朝倉薙《あさくらなぎ》に、作業着の袖《そで》をめくった青年が声をかけてくる。

「こちらの荷物で、終了《しゅうりょう》ですか？」

「はい、どうもありがとうございました」

ほぼ身ひとつと言ってもいい引っ越《こ》しは簡単にすんだ。運送業者の青年が差し出す『単身パック』と書かれた伝票にサインをし、お疲《つか》れさまと送り出したあと、管理人に挨拶をせねばならるまいと思い出す。

「めんどくさ……」

呟《つぶや》きついでにふっと息をつくと呼気が白くこごるけれども、それさえ妙《みょう》によどんで見える。

とはいえ、視界に映るなにもかもが灰色に見えるのは東京のせいではなく、おのれの気分的なところに大きく起因することを、朝倉は重々理解していた。

引っ越し前から気に入りだった健康サンダルをつっかけ、引っ越しそばを持って一階のエントランスへ向かう足取りは重い。初対面のひとと話さねばならないことは、朝倉には非常に苦痛だ。とはいえ、それを拒否《きょひ》しきれるほど社会性がないわけでもないから、中途半端《ちゅうとはんぱ》に重荷を感じることになるのだが。

「すみません、一〇二号室に入居した、朝倉ですが」

「はいはい、永善《えいぜん》さんの。お引っ越しはお済みですか？」

にこやかに答えて顔を出した初老の男性に、終わりましたと伝えて、パック入りの生《き》そばを差し出した。少し驚《おどろ》いた顔のあと、管理人の彼は嬉《うれ》しそうに笑った。

「これはこれは、ご丁寧《ていねい》にどうも」

「短い間ですが、よろしく」

「こちらこそ」

ぺこりとお互《たが》い頭を下げ、ついでに近所のスーパーとコンビニの場所を教えてもらい、朝倉はぷらぷらと徒歩五分の店へ向かった。まずはコンビニで水回り用品とアメニティ類、コンビニおにぎりと発泡《はっぽう》水に週刊誌をカゴに突《つ》っこんで、しばし迷ったあと少し先のスーパーでも、いくつかの買いものをする。

てくてくと歩いて戻《もど》ると、そこには十五階建てのきれいなマンションがそびえ立っている。

「いまさら東京に住むとはなあ」

思わず呟いた朝倉がかつてこの街に暮らしたのは、もうだいぶ以前のことになる。

八年前、朝倉は大学進学のために、福島の田舎《いなか》から上京してきた。むろん当時は学生のひとり暮らし、親の仕送りを頼《たよ》りにした都下の安い1Kアパート。十八の歳から大学卒業までそこに住まいをかまえていたが、風呂《ふろ》トイレも共同という、なかなかせつない状況《じょうきょう》だった。

その劣悪《れつあく》な環境《かんきょう》と、いま朝倉が目の前にしている管理人つき高級マンションとは比べものにならない。

朝倉は『永善株式会社』という大手総合商社のシステム部に、派遣《はけん》社員として半年弱の出向が決まっている。しかし永善のシステム部と営業本部のある社屋は六本木《ろっぽんぎ》。藤沢《ふじさわ》に住む朝倉が楽々通える距離《きょり》でもなく、会社近くの社宅であるマンションに部屋を与《あた》えられた、というわけだ。

永善ではどうやらこのマンションのうち半分ほどのフロアを、社宅として買いあげているらしい。ワンフロアに二部屋しかない、やたらと間取りの広い3LDK家具つきの部屋が社宅としてあてがわれるあたり、さすが一部上場企業《きぎょう》というべきか。たいした財力だと思うものの、朝倉の表情は暗い。

(すっげえ似合わねえ、俺)

本来なら派遣の短期契約《けいやく》である朝倉レベルでは、独身寮《どくしんりょう》に入るはずだったのだが、部屋の空きがなかったため、こんな豪勢《ごうせい》な部屋をあてがわれることになってしまったのだ。

外観からも、そしてその周辺の街並みを見ても、洒落《しゃれ》た人種の集《つど》う街、というセレブ感がびしばしと伝わってきて、朝倉はうんざりとため息をついた。着古したジャージの裾《すそ》から細いくるぶしが覗《のぞ》き、しみじみと気持ち悪いほどに真っ白だと自分でも思う。

伸《の》ばしっぱなしの前髪《まえがみ》は適当なヘアバンドであげているだけ。真っ黒なそれはしゃれっ気のなさを表しているが、染色《せんしょく》や脱色《だっしょく》で荒《あ》れていないぶん、艶《つや》はある。だが小作りな顔に色気も素っ気もない眼鏡《めがね》をかけた朝倉は、どう見てもオタクっぽく、ひとことで言えば、ださい。

じつのところその眼鏡をはずし、髪《かみ》を整えれば、それなりに目を惹《ひ》く容姿なのだ。切れ長の目は一重《ひとえ》ながら大きく、視力の悪さもあって常に潤《うる》んでいる。すっきりした鼻筋に、小さく品のいい唇《くちびる》は色白な頬《ほお》のなかで浮《う》きあがるように赤い。

さして派手な顔ではない。むしろ陰気《いんき》な印象も強いのは知っているのだが、それがある種、妙な色気になっているのも同時に自覚していた。とくに、いつでも濡《ぬ》れたような目は、それを間近にした男をふらふらと惑《まど》わせる、と言われ続けたものだった。

(おかげでろくでもねえことに、いろいろ遭遇《そうぐう》したけどな)

明るくもかわいくもないのに、妙な色気だけまき散らすと言われる自分の顔が、朝倉はあまり好きではない。ついでに望んでこんな顔になったわけでもない。まあ、欲求不満で男を引っかける際には、それなりに有効活用したこともあるが、それもよほどの場合のみだ。

色恋沙汰《いろこいざた》は、しばらく遠慮《えんりょ》したい。そんな意識も働くのか、朝倉のオフモードの衣服は、自覚的にみすぼらしい。見るものもろくにないなら気取る必要もなし――というよりも、もっと積極的に『誰も自分を見ないでくれ』という意思表示に近かった。

こういうところも自意識過剰《かじよう》なのだろうか、と自嘲《じちよう》の笑《え》みを浮かべつつ、エレベーターで十階へ。まだ使い慣れない鍵《かぎ》はキーホルダーに通したばかりだ。

段ボールの積みあがった部屋は広いが、さきほどつけたばかりのエアコンのおかげで、買いものにいっている間に、全体が快適な温度になっているのにはほっとした。

「つっても、どんだけこの部屋で寝《ね》られることやら……」

薄笑《うすわら》いでため息が出るのは、これから約半年間の激務を想像したからだ。いくら高級マンションとはいえ、広々とした一軒《いつけん》家に数年暮らした朝倉は、この贅沢《ぜいたく》な間取りでさえも手狭《てぜま》に感じてしまうし、くつろぎという言葉とは当面の間、無縁《むえん》と覚悟《かくご》したほうがいいのだろう。

朝倉は本来、神奈川県の藤沢に住まいをかまえている。二十六という若さながら、一軒家《いつけんや》の持ち主だ。ふだんの仕事は、簡単に言えば在宅のプログラマーになるだろうか。ただし趣味《しゆみ》程度のゲーム開発などの仕事をちまちまと入れ、暇《ひま》な時間を潰《つぶ》しているだけのそれは、収入と貯《ちよ》蓄《ちく》のあるひきこもりと言ったほうが正しいかもしれない。

だが、これからしばらくは、いささか事情が異なるのだ。

（ああ、気が重い……）

ここ数年、藤沢の静かな住宅街で好きな仕事だけをやっていた朝倉は、毎日会社に出社し、システム開発チームという集団のなかですごさなければならない事実だけでも、いまから胃が痛くなってきている。

それでも期限は半年足らずだと、なんとか気を持ち直す。派遣仕事の終了時には自宅へと戻れることになっているし、それ以上に延長されることはない。なぜならば来年の春、年度はじめの四月には、朝倉の関《かか》わる予定のシステムは完成してカットオーバー、つまりは稼働《かどう》して『いなければならない』からだ。

できなかったときのことなど、考えてはいけない。それはけっしてあり得ない、あってはならないことなのだ。

「できないじゃねえ、やるんだよ、だな」

かつて、とある男に言われた強烈《きょうれつ》なスローガンを口にして、朝倉はまたも力ない笑いを漏《も》らす。会社に勤めるという経験が、まったくないわけではない——そのおかげでひきこもりになってしまったとも言うべきだが。

(いかんいかん)

物思いに沈《しず》みそうになった頭をぶるぶると振《ふ》ると、長い前髪が瞼《まぶた》を叩《たた》いた。どうせひとに会うこともないとほったらかしのままでいたけれど、出社するようになるならやはり、切ったほうがいいだろう。面倒《めんどう》くさいとこぼしつつ、パック入りの引っ越しそばを眺《なが》め、朝倉は唸《うな》った。

「やっぱ、隣《となり》に挨拶《あいさつ》をするくらいは一般常識《いっぱん》だ……よなあ？　管理人だけじゃだめだよな？」

語尾《ごび》が疑問形になったのは、昨今の都会では、近所のひとに挨拶をするのも奇異《きい》な目で見られるというからだ。管理人氏はにこやかに対応してくれたが、隣人《りんじん》がどういう反応をするやらと思うと気が重い。

とはいえ、藤沢での暢気《のんき》なご近所づきあいは、田舎育ちの朝倉にはわずらわしいものではなかった。

延々とPC画面を睨《にら》んでコーディング規約にこだわる朝倉がコードをねちねちといじり倒《たお》していると、あっという間に朝になることも多かった。寝つけずに家のまわりの落ち葉を竹箒《たけぼうき》で掃除《そうじ》していれば、ご近所の老婦人はにこやかに朝の挨拶をしてくれた。ついでにそちらの家の前まで掃《は》き掃除をしてやると、いただきもののお菓子《かし》や、あまった煮《に》物をもらったり。

(あれのおかげで食いつないだこともあったよな)

昼夜逆転になりがちな生活で、いちばん逼迫《ひっぱく》するのは食事だ。便利なコンビニの遠い一軒家でこもりきりの朝倉にとって、なにも食べるものがなくなったとき、ご近所さんのくれた筑前《ちくぜん》煮《に》は非常にありがたかった。

藤沢での、ハイテクなんだかレトロなんだかよくわからない生活が、気に入っていた。あの家に早く帰るためにも、仕事はさっさと完遂《かんすい》せねばなるまい。

「片づけは、まあ、あとでもいいか……」

どうせ着替《きが》えと日用品程度だ。PCはノートマシンに絞《しぼ》ったのでセットの必要もない。

隣人も、朝倉と同じく永善の社員と聞いているから、たぶん挨拶くらいはしておいて損はないだろう。重くなりそうな腰《こし》をあげ、朝倉は引っ越《こ》しそばの包みを手に立ちあがった。

隣室《りんしつ》のネームプレートにはイニシャルだけが書かれている。『K・C』とだけ記されたそれは女性か男性かはわからなかったが、インターホンを押すと男性の声で返事があった。

『はい、どちらさまでしょう？』

やさしく、甘い低音の美声だ。いい声だな、と思いながらも朝倉は緊張《きんちょう》する。

「あ、えっと、隣に入った、朝倉と言います。ご挨拶に、うかがいました」

『ああ、お隣の！　少々お待ちください』

明るい声にほっとした。少なくとも気むずかしいひとではなさそうだ——と胸を撫《な》で下ろした朝倉だったが、ドアが開いたとたん、予想もしなかった隣人の姿に度肝《どぎも》を抜《ぬ》かれた。

それは、どこからどう見ても、『王子様』としか言いようのない人物だった。

やわらかそうな少しクセのある金髪《きんぱつ》、金の睫毛《まつげ》に縁取《ふちど》られた青い目。日本男性の平均身長はクリアしている朝倉よりもはるかに長身で、広い肩幅《かたはば》に長い脚《あし》。健康そうな色合いの優雅《ゆうが》な唇は甘い微笑《びしょう》を浮かべ、絵に描《か》いたようなシンメトリーの輪郭《りんかく》に色を添《そ》えている。

つまりは、アングロサクソンの典型的な特徴《とくちょう》をこれでもかと詰《つ》めこみ、なおかつ完璧《かんぺき》に整えたような、超《ちょう》美形がそこにいた。

「あなたが朝倉さんですね。はじめまして、わたしはKenneth Crawford《ケネス クロフォード》と言います。以後お見知りおきを」

ただしこの王子様、服装は藍染《あいぞ》めの作務衣《さむえ》だ。七分丈《たけ》のそれに金髪があまりにミスマッチで、

ぽかん、と口を開けたままの朝倉の言葉は、なんだか失礼極《きわ》まりないものになってしまった。

「あの、ケネスさんって、ナニジンですか」

唐突《とうとつ》なそれに気分を害した様子もなく、ケネスはにっこりと微笑んでこう答える。

「国籍《こくせき》はアメリカですし、生粋《きっすい》のアメリカ人ですよ」

「で、でも日本語が、その」

「ああ、親族のお嫁《よめ》さんに日本のひとがいましたので、幼いころから教えていただきました。皆《みな》さん、よく驚《おどろ》かれます」

「そ、そうですか、あのこれ、そばなんですけど。あっ、ええとですね、日本では引っ越すときにこれを持って挨拶にうかがうのが、その、定番っていうか」

しどろもどろになり、とにかく用を果たさねばと袋《ふくろ》に入った生《き》そばを突《つ》きだした朝倉に、ケネスはふふっと品よく笑った。

「引っ越しそばですね。その慣習も、存じ上げています。『おそばにまいりました』という挨拶と、そばをかけてあるんですよね。ご丁寧《ていねい》にありがとうございます」

「いや、あの、はい」

そんな意味があったとはつゆ知らず、ただ『引っ越しといえばそばだろう』としか思わなかった朝倉は、自分の無知に思わず赤くなる。

驚いたことに、アメリカ国籍のこの男は、日本人よりもよほど流ちょうでうつくしい日本語を話した。自分の名を名乗ったときだけ、なめらかな英語の発音になっていたけれど、声だけを聞いていたらまず、日本人だとしか思えないだろう。

だが十五センチは上にあるきれいな目の色は、黄色人種にはあり得ない、深い青だ。

（なんか現実感ねえわ）

ハリウッドスターが目の前にいるかのようだ。ついつい不躾《ぶしつけ》に見惚《みほ》れていた朝倉は、くすくすと笑うケネスの言葉にはっとなる。

「朝倉さんのことは、嘉悦《かえつ》さんから話をうかがっています。システム部の助《すけ》っ人《と》さんですよね。しばらくの間ですが、どうぞよろしくおねがいします」

「え？　あの、嘉悦さんって……あ、そうか」

朝倉にこの仕事を紹介《しょうかい》した人物の名をあげられ、一瞬《いっしゅん》混乱した。だが嘉悦政秀《まさひで》は、これから朝倉が勤めることになる永善の営業部企画課に所属する、課長である人物だ。

「えーとケネス、あ、いや、クロフォードさんも、永善にお勤めなんです、よね」

日本人の常で、頭にあるほうをつい呼びつけた。しかしケネスはファーストネームだったと慌《あわ》てて言い直すと、「ケネスでけっこうですよ」と彼はおかしそうに言った。

「わたしは本来『EIZEN international』の社員なのですが、秋から日本に出向して、いまは海外事業部におります」

なるほど、と朝倉はうなずく。EIZEN internationalとは、永善のアメリカの現地法人で、子会社にあたると聞いている。

「嘉悦さんとは、彼があちらにいた時期からの知りあいで――」

そこまで話して、はっとしたようにケネスは目を瞠《みは》った。

「これは失礼、立ち話もなんですから、よかったらお茶でもいかがですか?」

「い、いえあの、そんなつもりないですし、俺は挨拶だけと思ってたんで」

ケネスのあまりのインパクトにうっかりしていたが、ふだんであれば人見知りがひどく、初対面の相手とこんなに話すことすらできない朝倉だ。慌てて手を振ってみせるが、ケネスは手にしたそばの包みをしげしげと眺め、微笑んでみせる。

「でも朝倉さん。このおそば、三人前で、しかも賞味期限が明日なんです。生ですし」

「え、えっ? うわ、ほんとだ」

手元を覗《のぞ》きこむと、たしかにそうだ。ぼんやりしていたせいで、確認《かくにん》を忘れたらしい。

「なので、一緒《いっしょ》に食べてくださると助かるんですが。いかがですか?」

「いえでも、そんな図々《ずうずう》しいことはできないです。というか、すみません、却《かえ》って迷惑《めいわく》ですね」

こういうときは日持ちのする乾燥麺《かんそうめん》にすべきだったと、朝倉は気のきかない自分に落ちこんだ。だがケネスはどこまでもやさしい声を発する。

「迷惑なんかじゃないですよ。せっかく持ってきてくださったんじゃないですか」

「や、そりゃそうですけど、それはそちらで食って……ちが、召《め》しあがってくだされば」

ますますどうしていいのかわからない。ぶんぶんとかぶりを振《ふ》っていると、朝倉の困惑《こんわく》に、ケネスは楽しそうに笑う。

「あのね。引っ越しそばの意味はさきほど、言葉をかけてあると言いましたけど、こうして食べものを持ってくることで、他人同士が一緒にそれを味わい、親睦《しんぼく》を深めましょう、という意味があるんですよ」

「そ、そうなんですか？」

「ふふ。これもご存じなかったんですね。まあ、これも形骸《けいがい》化した慣習なんでしょうけど」

知らずに図々しいことをしてしまった。朝倉がますます恐縮《きようしゆく》して薄《うす》い肩《かた》をすくめると、ケネスはさらっとした手つきで肩に手をまわしてくる。初対面の相手には触《ふ》れられることが苦手な朝倉にも、なにも意識させることのない、やさしくて自然な触れかただった。

「わたしもまだ、こちらに来て日が浅いんです。お隣《となり》さんは、はじめてですし、お知りあいも作りたい。ついでに言えばいまはランチタイムで、わたしは空腹です。あなたは？」

「え、えっと、食事はまだです」

「では、ご一緒にいかがですか？　Would you like to join me for lunch?」

肩を抱《だ》かれ、にっこり笑ってドアを開かれて、「どうぞ」と招かれてはもはや断れない。わざわざ英語で、お昼を一緒に食べましょう、とつけくわえたのは、あまりに驚く朝倉への茶目っ気なのだろう。おまけに完璧なウインクつきだ。もはや退路は断《た》たれてしまった。

「え、えっとじゃあ、お邪魔《じゃま》……します」

「いらっしゃいませ」

あいまいな笑《え》みを返した朝倉は、なぜかそのまま強引《ごういん》に誘《さそ》いをかけるケネスの家で引っ越《こ》しそばを食べる羽目になる。

作務衣を着た金髪碧眼《きんぱつへきがん》の、ちょっとお茶目な王子様。

それが、朝倉の暫定的《ざんてい》隣人《りんじん》であるケネス・クロフォードの第一印象だった。


ケネスの部屋の間取りは、朝倉のそれを左右対称《さゆうたいしょう》にした作りになっていた。作務衣の王子様が住まう空間になんの心がまえもないまま入りこんだ朝倉は、いわゆる日本かぶれの外国人が造りあげる、どこか間違《まちが》った日本調の恐《おそ》ろしい空間が広がっていたらどうしよう、と内心怯《おび》えていた。しかしこの部屋のインテリアや家具などはあくまでごく一般《いっぱん》的なものばかりだった。

(や、ここ社宅だし、家具つきだし、あたりまえか)

和風のものといえばせいぜい、和紙と竹のシェードがついたランプで、おそらく名のある作家のものだろう。フローリングに無理無理畳《たたみ》を敷《し》くこともなく、意味不明の漢字が記された掛《か》け軸《じく》や、ミスマッチな置物とか、そんな悪趣味《あくしゅみ》なものはひとつとしてない。穏《おだ》やかで落ち着いた印象のある部屋だった。

そして朝倉は、シンプルながら質のよさそうなダイニングテーブルの一席に座らされている。目の前には藍《あい》の布に源氏香《こう》の刺《さ》し子がなされたランチョンマットと塗《ぬ》りの箸《はし》がある。箸置《お》きは象牙《ぞうげ》で、『人』という漢字に似た形をしていた。朝倉はなにかの道具のようなそれに見覚えがあったが、なんだったのか思い出せない。

「あの、これ、なんでしたっけ？」

「それは琴柱《ことじ》ですよ。琴の弦《げん》と胴《どう》に挟《はさ》んで、音の高低を調節するものです。要は、チューニングの道具ですね。いまはプラスティックのものが大半なのだそうですが、象牙のものをたまたま古道具の店で見つけたので、箸置きに使っています。いい形でしょう」

またもやアメリカ人に日本文化を説かれてしまった。そもそも朝倉は日常の食事で箸置きなどろくに使わない。情けない、と肩を落としていると、きれいな青い丼《どんぶり》が目の前に置かれる。

「どうぞ、召し上《あ》がれ」

「わー、すげ……」

提供したのは、ただの生そばのパックのみだった。それに鶏肉《とりにく》とネギ、卵の具が載《の》せられ、品のいい丼に盛られて出てきたとき、朝倉は思わずごくんと喉《のど》を鳴らした。

「お出汁《だし》はあっさりさせてみました。関東風のしょうゆが濃《こ》いものは少し苦手ですので。いかがでしょう？」

「や、すげえうま……おいしいです」

かつおの風味が効いたさっぱり目のつゆに、みつばと柚《ゆず》の皮を刻んだものが散らされている
それは、お世辞でなく美味だった。

気づけばあっという間に丼の中身を減らしていて、朝倉はなにをがっついているのか、と赤面する。ついでに恥《は》ずかしくなった理由はもうひとつ。

(あ、やっぱり。麺《めん》、すすらないんだ)

箸の使いかたも立ち居振る舞《いふるま》いもごく自然なケネスだが、きれいな唇《くちびる》にするりとそばを送りこむ際、少しも音を立てなかった。こういうところはやはり外国人なのだなあ、と実感する。

ものの本で読んだのだが、世界の各地に麺料理はあれど、音を立てて麺をすする、という食べかたをするのは日本だけで、大抵《たいてい》の国ではマナー違反《いはん》であるのだそうだ。

そうでなくとも、彼はすべての仕種《しぐさ》が優雅《ゆうが》で上品だ。伏《ふ》し目のせいで目立つ睫毛《まつげ》も眉毛《まゆげ》も金《きん》髪《ぱつ》なんだなあ、としみじみする。透明《とうめい》な青い虹彩《こうさい》にぽつりと墨《すみ》を落としたような瞳孔《どうこう》。くっきりと高い鼻筋から眼窩《がんか》までの距離《きょり》は、人種が違《ちが》うことをまざまざと思い知らせる。

思わずじっと見つめていると、気づいたケネスが顔をあげた。

「なにか?」

「え、いや、えと。なんでもないです」

金色の睫毛に縁取《ふちど》られた青い目と視線があうと、どきっとする。あんまりきれいで見惚れま

した、などと言えるわけもなく、おたおたと朝倉は丼を覗きこみ、眼鏡《めがね》を曇《くも》らせた。

（あ、しまった）

もわっと視界が白くなり、フレームの厚いそれをはずした。眉をひそめ、伸《の》ばした袖口《そでぐち》でレンズを拭《ぬぐ》っていると、今度はケネスがじっと朝倉を見ている気がした。気のせいかと眼鏡をかけなおすが、やはり青い目はまっすぐにこちらを見つめている。

「な、なんですか？」

視線の強さに顎《あご》を引くと、ケネスはしげしげとレンズ越《ご》しの目を眺《なが》めている。

「目が大きいな、と思いまして。いつも眼鏡に？　コンタクトレンズにはなさらないんですか」

「仕事するときとか、外に出るときは、します。でも、今日、そんなつもりじゃなかったんで」

問われて、自分の格好を思い出した朝倉は、急に恥ずかしくなった。ジャージに眼鏡、おまけに長めの髪《かみ》も適当にまとめただけというこれは、あまりしげしげと他人に見られたくない。とはいえ、目の前の美形外国人も相当変わった服装だ。はたから見ればものすごい取り合わせだなと、シュールな気分になりつつ、朝倉も問いかけてみた。

「あのう、いつもそういう格好してるんですか。作務衣《さむえ》、とか」

「え？　ああ、これですか。じつは、たまたまです。いただきもので、丈《たけ》が合うか着てみたところに、朝倉さんがいらしたので」

苦笑《くしょう》して、ふだんからこの格好ではありませんと言うケネスに、少しほっとした。正直、あまりにも似合っていないのだ。気になるなら着替《きが》えますがと言われ、それはいい、と朝倉は慌《あわ》てて手を振る。

なんとなくなごやかなまま食事を終え、つゆまで飲み干した朝倉は「ごちそうさまでした」と頭を下げた。

「なんか、却《かえ》ってすみませんでした。こんなちゃんとしたそば、ひさしぶりに食べました」

いきなりで図々しい真似《まね》をしたことに恐縮してはいるけれど、本心からありがたかった。自然に笑みを浮《う》かべて礼を告げたが、ケネスはその言葉に引っかかったようだ。

「ひさしぶり、とは？　おそばなんか、めずらしくもないでしょう」

「あ、いや。俺、食事作れなくって、いつも店屋物……あ、デリバリーばっかりなんだけど、麵類《めんるい》は伸びるから頼《たの》まないんで」

食べ終えたらすぐに去ろうと思っていたのに、問いかけられてタイミングを失った。おまけにケネスは手際《てぎわ》よく日本茶まで淹《い》れてくれ、せめて片づけようと丼を運ぶと「お客さまだから」とまた椅子《いす》に座らされてしまった。おまけにまた、その日本茶がいい味だった。

「店屋物ばかりなんですか？　でもお店に行けばおそばくらい、あるでしょう」

「それが仕事で昼夜逆転することも多かったから、食べに行くにも閉まってたし。だから大抵、コンビニで弁当買ってきたりとか、インスタントとかばっかりで」

貧しかった食生活を暴露《ばくろ》すると、ケネスの青い目が見開かれ、そのあと弓なりにうつくしい眉がひそめられた。やっぱりあちらのひとは表情が豊かだなあと、あまり動かすことのない表情筋をひきつらせ、朝倉は思う。

「お引っ越し前は、ひとり暮らしだったんですね？」

「はい。少し前は友人がよく、泊《と》まりがけで食事を作りに来てくれたんですけど……勤めさきが変わったんで、無理になってしまって」

語尾《ごび》が小さくなるのは、まだ胸の奥に少しせつなさが残っているからだ。うつむいた朝倉が小さく苦笑すると、ケネスは軽く首をかしげて問いかけてくる。

「ひょっとして、山下《やました》さんのことですか？　『アークティックブルー』の店長の」

「え、な、なんで知ってるんですか」

ずばりと言い当てられ、朝倉はぎょっとして声をうわずらせた。

学生時代の友人である山下昭伸《あきのぶ》は、かつて、湘南《しょうなん》にある『ブルーサウンド』という店の助《すけ》っ人《と》を頼まれるたびに、近場である朝倉の家に泊まりに来ていた。その際に宿泊《しゅくはく》費と称《しょう》して、料理人でもある彼は手料理をふるまってくれていて、不定期ながら訪《おとず》れる彼の存在は、朝倉の食生活に多大なる影響《えいきょう》を及《およ》ぼしていた。

だが、山下がそのブルーサウンドの支店である、西麻布《にしあざぶ》の『アークティックブルー』というレストランバーの店長になって以来、そんな贅沢《ぜいたく》はすっかりご無沙汰《ぶさた》になっている。

だが、ついさっき顔をあわせたばかりの彼が、なぜ山下の名前や店のことまで知っているのか。いささか不気味になりつつ顎を引く朝倉に、ケネスは苦笑した。

「言ったでしょう？　嘉悦さんから話をうかがっていますって。もともとは、朝倉さんを嘉悦さんに紹介《しょうかい》したのが、山下さん。ですよね？」

あ、と口を開いた朝倉に、ケネスはにこりと微笑《ほほえ》みかける。それもそうだったといまさら気づいて、変な警戒《けいかい》をした自分を羞《は》じた。

「そ、そうでした。でもずいぶん、内々のことまでぶっちゃけ……えーと、聞いてらっしゃるんですね」

茶を啜《すす》りつつぼそぼそと言った朝倉に、ケネスはおかしそうに喉奥《のどおく》で笑った。

「朝倉さん、敬語が苦手なら、ふつうにしゃべってくださってかまいませんよ。ある程度の若者言葉くらいまでなら、理解できますから。ただ、わたしはこういう話しかたしかできませんけど、気になさらなくてけっこうですから」

「う……わ、わかりました。すみません。俺、しゃべるのすごい、へたなんで」

朝倉は頭を下げる。ケネスの言葉が丁寧《ていねい》なせいで、自分もそうしなければと思うのだが、朝倉は基本的にあまり言葉遣《ことばづか》いがきれいなほうではない。

それどころか、生身の人間と肉声で会話するのも、正直ひさしぶりだった。

「昔から……人見知りで。いまもちょっと緊張《きんちょう》して、ます」

「それは、わたしが外国人だからですか？」

さらっとした、笑顔《えがお》での問いかけは嫌味《いやみ》でもなんでもなかった。だが朝倉は少しあわてる。

「あー、じゃないです。誰でも苦手」

ぽりぽりと頬《ほお》を掻《か》きながら、まるで朝倉のほうが日本語を解さない人間のようだと思う。たどたどしく、「あ」だの「え」だのと、つっかえながらでないと言葉が探せないのは、自分が不用意な発言をする人間だという自覚があるからだ。

「話すのは、どうして苦手なんですか？」

「言葉も汚《きたな》いのと、あとちょっと、訛《なま》りがあったから……」

東北出身のせいで、東京に来てからしばらくの間は、地元のイントネーションが抜《ぬ》けなかった。それを笑われたりしたせいもあり、ひとと話すのは苦手なのだ。

「いままでは、仕事のこともメールかメッセンジャーで全部すませてたから。会社勤めするのも、すごいひさしぶりだし。すげえ、気が重くて」

ぽろりと愚痴《ぐち》めいたものがこぼれて、またやった、と朝倉は顔をしかめた。こうしてすぐネガティブな発言をするところも、自分の悪いところだと自覚している。だがケネスは気分を害するでも、同情するでもなく、微笑んだまま「朝倉さん」と名を呼んだ。

「お名前をうかがっていませんでした。教えていただけますか？」

「え？　朝倉……あ、薙です。字は、薙刀《なぎなた》とか、草薙の剣《つるぎ》の、なぎ」

　ケネスくらい日本に精通していれば、おそらくこの説明でわかるだろう。そう思って告げると、案の定彼は「三種の神器《じんぎ》のひとつですね」とすぐに言った。

「では、朝倉薙さん。隣人《りんじん》としての提案ですが、今後、お食事にこうして誘《さそ》ってもかまいませんか？」

「え？」

　いきなりの提案に驚《おどろ》くと、ケネスは広い肩《かた》をすくめて息をつく。貧しい食生活を送っていた朝倉に、ケネスはいたく同情したらしい。痛ましい、と告げるのは言葉だけでもなく、しかめた顔にも表れている。

「少し話をしただけでも、あなたの食に関しての状況《じようきよう》は、あまりに見過ごせません。それにこれからシステム部で、あの難物と戦うとなれば、おそらく生活はめちゃくちゃになりますよ」

「……ですよねえ」

　うんざり、という顔を隠《かく》せないのは、永善での仕事がケネスの言うとおり難物だからだ。朝倉が派遣《はけん》される永善では、経理・販売《はんばい》システムの統合と再構築が急がれている。しかし、問題はただ急ぎの仕事、というだけではない。

　プロジェクトに関《かか》わっていた中堅《ちゆうけん》社員が、激務に身体《からだ》を壊《こわ》し、そのピンチヒッターを頼みこまれたのだ。朝倉の気鬱《きうつ》は、実務よりもその内情に対する危惧《きぐ》によるところが大きかった。

「わたしも少し聞き及んでいますが、完成まで半年弱ですからね。そこにもってきて稼働《かどう》予定日は動かせない、肝心要《かんじんかなめ》の担当者は入院中……」

「そうなんです。突貫《とっかん》工事の激務は間違《まち》いなしのうえに、チームに途中参加ですからねえ」

へたをすれば、毎日の帰宅すら危《あや》ぶまれる。地獄《じごく》を見るのは必至、このマンションを正社員でもない朝倉がほぼ無料で借りられたのも、最大限の手当はするから、どうか来てくれという永善側の気持ちなのだ。

「ああ、出社するのすっげえ怖《こわ》い」

問題も山積みになっていそうだと朝倉が呻《うめ》くと、ケネスもまた苦い顔をしてうなずいた。

「Death march は必至の仕事になるでしょう。この部屋にもろくに戻《もど》れないかもしれませんよ」

デスマーチ、の発音がカタカナではないことに苦笑しつつ、詳《くわ》しい男だなと感心した。『死の行進』と穏《おだ》やかでないそれは、IT業界における過酷《かこく》な労働環境《かんきょう》を指す。人員や予算の不足、過剰《かじょう》に要求された仕事に対しての開発期間の短さなどの悪条件とオーバーワークが重なり、過度の疲労《ひろう》に陥《おちい》った状態をデスマーチと言う。今回倒《たお》れた担当者は、まさにそれそのものの被害《ひがい》者《しゃ》なのだ。

「まあ、覚悟《かくご》はしてます。そのための助っ人ですから、俺は」

「ならなおのこと、きちんと食べなければ。そんなに細くて、心配になります」

きれいな眉《まゆ》をひそめるケネスに、朝倉はなんと言ったものかとうろたえた。

「で、でもケネスさん、部署も違えば時間帯も違いますよ。そちらはどうか知りませんが、俺はフレックスだし、帰宅時間がそちらの出社時間というのもあり得ない話じゃないし」

朝倉が参戦するのは、現時点で遅《おく》れに遅れているシステム開発の最終段階なのだ。おそらく午前様仕事はあたりまえになる。海外事業部がどういう状況か、どんなタイムスケジュールで動いているのかは朝倉にはよくわからないが、さすがに毎日朝帰りとはいかないだろう。そう思った朝倉に、ケネスはあっさり答えた。

「その点はおそらくだいじょうぶでしょう。わたしの担当は北米のほうになりますので、時差のあるぶん、仕事の時間もちゃんとめちゃくちゃです」

「ちゃんとめちゃくちゃ、ってそれ変な言葉……」

思わず噴《ふ》きだすと、すました顔でつけくわえられる。

「むろん、理解したうえでの表現ですよ」

「あはは、はは、わかってます」

けらけらと笑いながら、こんなに気楽に誰かとしゃべったのはひさしぶりだと思った。

「でも、本当にいいんですか？　そこまで甘《あま》えるのも、悪い気がします」

「袖《そで》振《ふ》り合うも多生の縁《えん》と言いますから。なにかあったらお互《たが》い様でしょう？」

見た目が王子様の彼の口から出る、あまりに古くさい言葉に苦笑《くしょう》して、これはもう流れに任せるかと朝倉は思った。

ケネスはさきほど、自分が外国人だから話しにくいかと問うたが、むしろ逆かもしれないと朝倉は思った。どれだけ言葉がなめらかでも、彼はあいまいなごまかしの多い日本人ではないから、むしろストレートに話ができている。

ケネスは穏和《おんわ》なようでいて、ずばりと端的《たんてき》な物言いをする。そして、彼の言葉に嘘《うそ》や社交辞令は感じられないし、言葉をそのままの意味に受けとっていいのだと思えた。

「じゃあ、お世話になるかもしれません」

「かも、ではなくお世話させてください」

これからよろしくと言って、ケネスは白くきれいな手を差し出してきた。まっすぐな指は長く、一見は細く見えたけれど、朝倉がおずおず差し出したそれを包むほどに大きい。

東京に来て初日、いきなり変な外国人に捕《つか》まったものだと思いつつ、朝倉はとりあえず礼を述べた。

「よろしくおねがいします。ありがとう」

乾《かわ》いているのに、あたたかく、しっとりとやさしい手のひらだった。握手《あくしゅ》で挨拶《あいさつ》を交《か》わすなどしたことがなかったけれど、ケネスの手は朝倉を安堵《あんど》させてくれた。

「お茶をもう一杯《いっぱい》、いかがですか？」

「いただきます」

こんなに馴染《なじ》んでいいのだろうかと思いながらも、すっかり腰《こし》を据《す》えてしまっている。本当に図々《ずうずう》しいと自分でも思うけれど、まだ開梱《かいこん》さえしていない荷物の積みあがった部屋に戻るのは、もう少しあとにしたかった。

それは引っ越《こ》しの片づけが億劫《おっくう》なばかりではなく——このままひとりの部屋にいたら鬱々《うつうつ》としてしまいそうだったからだ。

(山下のやつ。面倒《めんどう》なこと押《お》しつけてくれたよ)

ふとこぼれるため息は、熱いお茶をさますふりでごまかす。長年の友人の名を胸の裡《うち》で呟《つぶや》くだけでも、朝倉はひどい痛みを覚えた。

先日確定した失恋《しつれん》の相手に、頼《たの》まれた厄介《やっかい》ごと。いまさら断るにも引けないときになって知った事実は、朝倉の胸に苦すぎる。

「お茶うけに、甘いものでもいかがですか？　和三盆《わさんぼん》ならありますけど」

「和三盆って……ケネスさん。もう、そこまで行くとマジでギャグだから！」

二人静という、砂糖を固めた和菓子《わがし》を出される。この徹底《てってい》的な和物尽《づ》くしはどこまで狙《ねら》っているのだと大笑いしつつ、ひとつつまむ。舌のうえで溶《と》けるようなそれを朝倉は噛《か》みしめた。

「でも、おいしいでしょう？」

品がよくてしつこくないその甘さは、なんだか目の前のきれいな男のようだ。見た目にうつくしく、甘く、やさしく、気持ちをほっとさせる。

おいしいです、と答えた朝倉の顔には、ひさかたぶりに自然な笑《え》みが浮《う》かんでいた。

＊　＊　＊

話は、朝倉がケネスと出会う一ヶ月ほど前に遡《さかのぼ》る。

ある日の深夜、朝倉が趣味《しゅみ》と実益を兼《か》ねたプログラムをちまちまとやっつけている最中、めったにかけてくるもののない携帯《けいたい》に、一本の電話が入った。

『ひさしぶり。山下《やました》だけど、いまいいかな』

穏やかな声を聞くのは、もう半年以上ぶりだった。内心ではそわそわしつつ、朝倉は気のない声を発した。

「……あ、おう。べつにいいけど、なんか用か？」

わざとつれなくしたいわけではない。山下の声を聞くと緊張《きんちょう》してしまうから、いつでも朝倉の声も顔も強《こわ》ばってしまうのだ。

誰かひとり、親友と呼ぶ相手がいるとするならば、朝倉にとってのそれは山下昭伸《あきのぶ》だ。とはいえ、あちらからすると朝倉は数ある友人のなかのひとり、というところなのだろう。むしろ朝倉には、山下以外にまともなともだちなど、誰もいないと言ってもよかった。

『朝倉さあ、しばらく仕事忙《いそが》しいか？』

「いや？　べっに。ここんとこはそんなにたてこんでもいないし」

そう答えつつ、朝倉の目の前にはプログラムエディタとコンパイラが開かれたまま、書きかけのコードの続きを待つかのようにカーソルを明滅《めいめつ》させている。

携帯を肩《かた》に挟《はさ》んだまま、山下がいつも神業《かみわざ》と目を瞠《みは》るタッチタイピングでコードを打ちこむと、エラーメッセージがずらずらと出た。舌打ちし、問題点を探《さぐ》るべくスクロールをするけれども、耳に流れこむ声に集中力を殺《そ》がれてうまくない。あきらめて、そこまでの作業分を保存すると、朝倉は椅子《いす》の背もたれに身をあずけて天井《てんじょう》を仰《あお》いだ。

『うーん、じゃあ、ちょっと頼みがあるんだけど。おまえ、明日とか時間ある？』

「なに？　また泊《と》めろって？　店長クビにでもなったかよ」

『いや、それじゃないんだけどさ』

低く重い声質なのに響《ひび》きがやわらかいのは、山下自身がゆったりと穏やかな性格をしているからだ。全神経を耳に集中させたまま、朝倉は「じゃあなんだよ」とそっけなく返す。

だが、慣れている彼は気にした様子もなく、少しのためらいを乗せた声でこう告げた。

『おまえの仕事に関《かか》わることで、協力してもらいたいことがあるんだ』

「仕事で？　おまえが？」

ひと当たりがよく穏和で、誰にでも分け隔《へだ》てない彼とは大学で知りあった。人間関係においても手先に関しても不器用なところのある朝倉は、なににつけそつのない山下に、あらゆる意味で助けてもらった自覚がある。

だから、そんな山下に頼みたいことがあるのだと言われたときには、本当に驚《おどろ》いたのだ。

『それで、できればうちの店のほうに来てもらえると助かるんだけど、いいかな？』

「おまえの店って、西麻布かよ。めんどくせえなあ」

遠いし、おしゃれバーとか行くの好きじゃないし。ぶつぶつと言いつのると、電話の向こうで山下が苦笑する。

『そう言わずに頼むよ、おごるから』

どうしようかな、などとぼやいて見せつつ、たとえ明日が納期の仕事があっても、朝倉は山下のためなら放《ほう》り投げただろう。

朝倉の、たったひとりのともだち。そんな彼から、家に泊めてくれと言われる以外の頼みごとをされるなど、知りあった十八のころからいままで一度たりとてなかったことだ。

一も二もなく行ってやる、そう答えたいけれど、朝倉の口からはこんな言葉が滑《すべ》り出す。

「じゃあ、おまえの店で、いちばん高い酒とメシ」

『わかったわかった、それでいいから。明日、よろしくお願いします』

おう、とぶっきらぼうに答えつつ、胸は高鳴る。用件がいったいなんなのか気になるところではあるが、それよりなによりひさしぶりに会えることが嬉《うれ》しかった。

「……だっせえな」

皮肉に笑って呟くのは、自分のいじましさに対してだ。友人面《づら》してつきあっている相手に、長い片思いをして、素直《すなお》になれずわざとつっけんどんな態度を取るのはなんともいやらしい。けれど山下が男を相手にする人種ではないことは重々知っていたし、ついでに言えば彼が、恋愛《れんあい》という意味でのテンションが相当低いのも理解している。

山下は大学時代から、静かにもてる男だった。女の子につきあってくれと言われ、フリーであれば、いいよと答える。

そのくせ、彼氏彼女の仲になる前もあともいっさい態度が変わらないままで、不満に思う相手が気を惹《ひ》くように浮気《うわき》をしたり、駆《か》け引きをしかけてもまるで動じない。

一度、山下の彼女のひとりに朝倉は問いつめられたことがある。誰か彼には想《おも》うひとでもいるのか、それともいつもああなのか。

――なんかもう、疲《つか》れちゃった。でも山下くんいいひとで、あたしがわがままなんだよね。

そのとおりおまえがわがままだ、と言ってやりたかったがさすがに控《ひか》えた。文句を言う権利があるだけいいじゃねえかと内心では罵詈《ばり》雑言《ぞうごん》を吐《は》きつつ、朝倉は沈黙《ちんもく》を保った。

その代わりに得たのが、親友という立ち位置だったのだ。

おそらく山下の情は、恋愛よりも友愛のほうがずっと濃《こ》くて重い。彼女より友人を優先するところのある男であるのは経験で知り尽《つ》くしていたから、そのポジショニングだけは、崩《くず》したくなかった。

少しでも自分の気持ちが露呈《ろてい》するような真似《まね》は避《さ》けたかった。だから必要以上にきつい態度を取る。そして山下はやさしい男だから、そういう朝倉を許してくれる。本当は素直に接したいけれど、そんなことをして口が滑るのはごめんだ。

（言わないし、気づかせない。このままでいい）

変わらずただ、そばにいられればそれでいい。いずれ彼が誰か、気だてのいい女の子でも嫁《よめ》にもらった日に、祝ってやることさえできれば。

このときの朝倉は、本気でそう思っていたのだ。

約束の日、朝倉は夕刻から家を出た。山下に教えられたとおり、渋谷《しぶや》で降りたあとタクシーを拾い、運転手にインビテーションカードを見せる。車は六本木方面へと向かい、十五分ほど走って外苑《がいえん》西通りの交差点近くで止まった。

「ここからさきは入り組んでますね。一方通行なんで、あとは歩いてお願いします」

「どっちに行けばいいんですか？」

朝倉が困惑《こんわく》気味に問いかけると、そこの道をまっすぐにスイス大使館方面へ歩いて行くように、と進行方向を指さされた。礼を言って、ひとりでは足を踏《ふ》みいれたことのない街への緊張を胸に歩き出す。

福島から上京して八年、うち東京に住んだのは四年。もっとも遊んだと言える学生時代でも、二十歳そこそこの人間が集《つど》う街といえば渋谷か新宿あたりがいいところだ。朝倉の場合性的嗜《し》好《こう》も手伝って新宿に偏《かたよ》りがちだった。

むろん、仕事の関係者に飲みに連れ出されたことがないわけではないが、藤沢から好んでこんなところまで来ることはない。

「西麻布なんか、ひさしぶりだよ」

思わずぼやいて、カードに書かれた地図を睨《にら》む。最近ではもともとの出不精《でぶしょう》も手伝い、飲みに行くと言えば近所がせいぜい。それがいきなり西麻布ではハードルが高すぎる上、この界隈《かいわい》には一度も訪《おとず》れたことがないので土地鑑《とちかん》もない。もっとも、東京の変わり様はあまりに流れが速いので、一年も訪れなければべつの街に変化してしまうのだが。

山下にも『地下にあるから見落とすなよ』と念を押されていたため、通りから入った右手のビルを睨むようにして確認《かくにん》すると、コンクリート打ちっ放しのビルの地下入り口に、濃紺《のうこん》のベースに金で英文字表記された、店名プレートを発見する。

『Restaurant & Bar ARCTIC BLUE』

アークティックブルーの看板は、モダンなデザインのそこにしっくりと馴染《なじ》んでいた。時刻も夜の九時をまわっていたが、足下《あしもと》から上品にライトアップされたビルは、大人の隠《かく》れ家的なひっそりした、それでいて高級そうな印象がある。

プレートのすぐ脇《わき》にある地下階段へと足を踏み入れた朝倉は、徐々《じょじょ》に気まずさを覚えた。重厚《じゅうこう》な木のドアにも同じデザインのプレートがはまっている。エントランスはゆったりと取られていて、青みのきいたライトがオブジェと花を照らしている。

（なんか、敷居《しきい》たけえ……）

白状すると、基本的にこういうバーは苦手な朝倉だ。このビル全体を包む高級そうな空気は、二十六の若造ごときが近寄っていいものか、迷うところだ。

しかしすでに約束の時間はすぎているし、あまりぐずぐずしてもいられない。

というのも朝倉が、久々の外出になにを着ていけばいいやら迷ったからだ。一応はそれなりの服も着てきたし、見ていきなり『ださい』と言われることはなかろうけれども、いまひとつ自信はない。おまけに美容院にもろくにいかなかった髪《かみ》をどうすればいいのかさんざん迷い、さまになるまでいじり倒《たお》して、結局は前髪をワックスで整えるだけにした。

いつまでも鏡を前にして、ああじゃないこうじゃないと悩《なや》む姿の、まるで中学生の初デートかのようなうろたえっぷりに、自分でも少し引いた。気にしすぎの自分を気にしてへこむくらいなら、最初からひとの目など意識しなければいいのにと、いつでも朝倉は落ちこむ。

（遅刻《ちこく》したし、びびってる場合じゃねえや）

ままよと覚悟《かくご》を決めてドアを開くと、そこには真っ青な空間が広がっていた。

ひんやりとした海の底のような印象があるのは、入り口から正面に向かった壁面《へきめん》を占《し》める大きなアクアリウムのせいだ。青みのきいた照明が、泳ぐ魚が生み出す波紋《はもん》に反射し、静かな揺《ゆ》らぎを生み出している。

「すげ……」

そしてそのアクアリウムの前には、どっしりと黒光りするバーカウンター。シェーカーを振《ふ》る長身のバーテンダーはいささか強面《こわもて》ながら、彼自身が店のオブジェかのような静けさと存在感がある、絵になる男だ。

店の雰囲気《ふんいき》に呑まれた朝倉が所在なくしていると、涼《すず》やかな声で店員が近寄ってきた。

「いらっしゃいませ、おひとりさまですか？」

「えっ、あ、いえ……えと、あの」

涼やかな声に似合いのすっきりとしたきれいな顔の男で、すらりとした身体《からだ》に黒く長いタブリエと白いシャツのコントラストが際《きわ》だっている。胸元《むなもと》のネームプレートには『瀬良《せら》』とあり、聞き覚えのある名前に少しだけ朝倉は自分を取《と》り戻《もど》した。

「あ、あの。俺、山下に呼ばれて、その、朝倉ですけど」

あまりにたどたどしい喋《しゃべ》りに、自分で恥《は》ずかしくなった。けれど初対面の人間を相手にすると、朝倉はいつもこの調子だ。――じつのところ例外もあるのだが、それは知人や表のつきあいの連中の間では、けっして見せることはないし、意識してできるわけでもない。

朝倉のおぼつかない喋りに、瀬良は動じた様子もなく、ただ親しげな笑顔《えがお》を向けてきた。

「うかがっております。朝倉さまですね、こちらへどうぞ」

「はあ、どうも」

うながされて歩き出しながら、きょろりと朝倉は周囲を見まわした。席数はさほど多くはないらしく、ゆったりした間取りのフロアにもポール状のアクアリウムが点在していて、店員たちはその合間を泳ぐように歩き、優雅《ゆうが》な動きで皿を供している。

(山下、こんなとこで店長張ってんのか)

もともと実家が高級イタリアンの店を営んでいる彼には、アジアンリゾートをイメージしていた湘南本店のラフな空気よりもあっているのかもしれないと思えた。

「こちらのお席へどうぞ。もういらしてます」

「え？　でも……」

案内された席を目にして、朝倉は戸惑《とまど》った。瀬良の示した奥まったテーブル席には、すでにひとが腰《こし》かけている。

(いらしてますって、あれ、誰)

書類を手にしたまま長い脚《あし》を組む、びしりとスーツで決めた男の姿に見覚えはなく、どうすればいいのやらと立ちすくんでいると、薄《うす》い肩《かた》を叩《たた》かれた。

「よ、朝倉。悪いな、呼びつけて」

「ああ、山下」

覚えのある声にほっとして振り向くと、そこには見あげるほどの長身の男がいた。清潔そうな短い髪に、あっさりとした顔立ちの山下は、朝倉の困惑を読みとったように穏《おだ》やかな笑みを浮《う》かべる。

「ひさしぶりだな。ま、まずは座ってくれよ」

「え、あの、でもさ」

「これから説明するから。……嘉悦さん！　来ました、これが朝倉です」

背中を押され、やはりあのスーツの男がいる席にと朝倉は誘導《ゆうどう》されてしまった。なにがなんだか、と思っていた朝倉の前に、その男はゆったりとした動作で立ちあがった。

「はじめまして。お忙《いそが》しいところをお呼び立てして申し訳ない、永善株式会社の嘉悦政秀と言います」

山下も長身だが、この嘉悦という男性もかなりのものだった。三十代なかほどだろうか、深みのあるいい声をした彼が差し出した名刺《めいし》の肩書《かたが》きに、ようやく朝倉は状況《じょうきょう》を飲みこむ。

「第一営業部、企画《きかく》課課長……って、あの、もしかして？」

「うん、嘉悦さんの会社の仕事のことで、ちょっと相談したかったんだ」

とにかく座って、と椅子《いす》を引いた山下にうなずき、朝倉はいささか緊張《きんちょう》しながら嘉悦と対峙《たいじ》した。強《こわ》ばる顔に、嘉悦は苦笑《くしょう》を浮かべてやわらかな声を発する。

「その様子では、まだいっさい、詳《くわ》しい話は聞いていらっしゃらないようですね」

「ええ、相談があるって言われただけで」

じろりと横目に山下を睨むと、彼は「ごめん」と片手をあげて謝った。

「言い訳させてもらえるなら、部外者の俺が細かい状況を把握《はあく》してないいましゃべっていいもんか、わからなくてさ。直接のほうが、行き違《ちが》いもないと思ったんだ」

「それにしたって、誰か紹介《しょうかい》するってことくらい言えるだろ」

「悪かったって。ま、とにかくなんか飲み物でも持ってくるから」

呆《あき》れた、と息をつく朝倉の機嫌《きげん》を取ろうというのか、はたまたその場から逃《に》げるつもりか、山下はそんなことを言ってその場を去ってしまった。

「ったく……ときどき大雑把《おおざっぱ》なんだよなあ」

つい文句を口にして気づけば、嘉悦は微笑《ほほえ》みながらも朝倉へと視線を向けていた。端整《たんせい》な男ながら鋭《するど》い目をした、いかにもやり手といった嘉悦の風情《ふぜい》に朝倉は緊張を隠しきれない。

「それじゃあまずは、自己紹介から。さきほども申しあげましたが、嘉悦です」

「あ、ども、朝倉……です。すみません、名刺とか持ってなくて」

ぺこりと頭を下げると、かまいませんよと笑う。そうすると、精悍《せいかん》な顔立ちにぐっとあたたかなものが宿った。たぶん部下にも慕《した》われる上司なのだろうなあと、ひととなりをまだ知らない嘉悦への好感度があがる。

「いきなり俺みたいなのが来て驚《おど》かれていると思いますが、お話をさせていただいても？」

「あのう、その前に質問いいですか」

おずおずとした朝倉の声に、嘉悦は鷹揚《おうよう》にうなずいた。

「山下とはどういうお知りあいなんでしょうか」

正直、こんないかにもなエリートサラリーマンという人種は、あまり縁《えん》がない。山下も朝倉も、世間的にはトップクラスと呼ばれる大学を出たものの、あまり学歴に関係のない職業を選んでいるし、周囲の友人も似たり寄ったりだからだ。まして年齢《ねんれい》も相当に差がある嘉悦と山下のつながりがわからずにいたのだが、彼はそのミッシングリンクをあっさりとつなげた。

「ああ。ブルーサウンドの店長の藤木《ふじき》が、高校時代の後輩《こうはい》なんですよ」

「あー……ナルホド。藤木さんは俺も、お会いしたことあります」

湘南本店の店長は、やわらかい印象のきれいな男だ。もう三十は越《こ》していたかと思うが、年《ねん》齢不詳《れいふしょう》の彼の人気であの店は持っているとも言われている。

「それでじつは、今回の話も、藤木から山下くんに伝わった次第《しだい》です。是非《ぜひ》にと頼《たの》んだけれど、日がないもので急《せ》かす形になってしまい、申し訳ありません」

「いや、謝られなくてもかまわないです。でも、その、肝心《かんじん》な話というのは？　正直、俺になにを頼まれたいのかも謎《なぞ》なんですが……」

朝倉の困惑《こんわく》がひどいのは、嘉悦の差し出した名刺のせいだ。正直、朝倉の仕事を山下が当てにするとすれば、このアークティックブルーやブルーサウンドの店舗《てんぽ》サイトを作成するだとか、その程度のことなのだろうとしか想像していなかった。

しかしそのクライアントが『永善』に属するとなると話はべつだ。フリーのシステムエンジニアにいちいち、しかもシステム部ではなく営業部の課長ともあろう人物が、わざわざ会いに来るものだろうか。

「もしかしてデバッグとか、なにか下請《したう》け作業の依頼《いらい》ですか？　でも、俺は在宅でひとりでやってますし、そういうのは派遣《はけん》を通したほうが人海戦術で早くあがると思うんですけど。一応、派遣会社に登録だけはしてるんで、人手が足りないなら紹介しますよ？」

考えついたのがそれくらいしかなく、首をかしげつつの朝倉が問いかけると、嘉悦は「話はこれからなので。そう急がないでください」とまた苦笑した。

「まずですね、俺自身がここにいるのも、あくまで朝倉さんへの打診《だしん》というか、前説でしかないんですよ」

「……はあ」

あいまいにうなずきつつ、そういえば嘉悦の一人称《いちにんしょう》がずっと『俺』であることに気づいた。このくらいできそうな男が、『私』と口にせず、言葉や態度の端々《はしばし》にくだけた気配を滲《にじ》ませているということは、つまり言葉どおりの状態なのだろう。

「いささか面倒《めんどう》な話ですが、聞いていただけますか？」

ともかく少し話を聞いてほしいと言われ、朝倉はうなずくしかなかった。

「近年、全国もしくは海外などの支社がある会社において、グループウェアを介在《かいざい》した連絡《れんらく》システムを取り入れるところが増えたのは、朝倉さんもご存じかと思います」

低くとおりのよい声で語る嘉悦に、朝倉はおずおずと手をあげた。

「あの、いいですか」

「なんでしょう?」

「すみません、敬語やめてもらっていいですか……」

嘉悦のようないかにも押し出しの強い男が使う、丁寧《ていねい》な言葉が朝倉は苦手だった。なんだか却《かえ》って威圧感《いあっかん》を覚えて、胃が縮むような気がするのだ。

「俺のほうが絶対年下だし、そういうの、慣れないんで」

「……わかった。じゃあ、そうしよう」

苦笑してうなずいた嘉悦を目でうながすと、彼は自社の状況を説明しはじめた。

「まず、現在の永善では、経理や物流のシステムについての開発と再構築をはじめている。システムの正式な稼働《かどう》は来年度、四月を予定しているんだが――」

企業《きぎょう》内LANを導入し、紙媒体《ばいたい》のやりとりが多かった各種情報をデータ化するのは、いまでは大会社なら大抵《たいてい》は取り入れているシステムだろう。

それに伴《ともな》い、経理や販売《はんばい》在庫管理などもデータの共有と統一をはかる動きも活発になっている。永善でもご多分に漏《も》れず、千葉の巨大《きょだい》サーバーにすべてのデータを集め、グループのメイソラインに統合するべく、社内システムを整えていたそうだ。

「朝倉くんなら詳しくわかると思うが、いちからシステムを作りあげるより、いまあるもの同士をつなげたり、整えることのほうがむずかしい面もあるらしいね」

「ええ、まあ場合によりますけど、ソフトが違えばそれぞれの互換《ごかん》性も問題になるでしょうし」

なんと言っても、海外の現地法人まで抱《かか》える『永善』だ。各々《おのおの》のグループが業種や役割ごとに持っていた管理システムでは膨大《ぼうだい》なデータが累積《るいせき》されている。そのすべての統合という大仕事が半年足らずで完遂《かんすい》できるわけもない。

朝倉が口にしたように、データの移植ができれば問題はないが、最悪の場合は手入力のし直しもあり得《う》るし、事実そうした手作業にかなりの時間を食われたりもしたそうだ。

「まさか、まだそのデータ化が追いついてないとか？」

朝倉が顔をしかめて問いかけると、嘉悦はそうではないのだとかぶりを振《ふ》った。

「いや、システム部の努力の甲斐《かい》あって、おおまかなところはできあがってきたそうだ。しかしここで、問題が発生した」

「と、言いますと？」

「開発チームの責任者のひとりが、納期まで半年というこの時期になって、倒《たお》れたんだ」

「ああ……まあ、よくありますね」

IT関係者のなかには身体《からだ》を壊《こわ》すものも多い。根を詰《つ》める作業に無茶な納期を少人数でやりこなし、結果、身体をぼろぼろにするのだ。

腰痛《ようつう》や腱鞘炎《けんしょうえん》なども重要な職業病であるが、このプロジェクトの担当者は突貫《とっかん》工事の無茶がたたり、過労から来る内臓疾患《ないぞうしっかん》で長期の安静を言い渡《わた》され、入院する羽目になったのだそうだ。

「で……なんとなく見えてきましたけど、要するに？」

「端的《たんてき》に言って、人手不足なんだ。そのプロジェクトに朝倉くんの力を貸してもらいたい。正直、倒れた担当者がプログラムの構築からやっていたらしいんだが、彼ほどの技術者はなかなか見つからないんだ」

まだ詳細《しょうさい》は見えないけれども、助《すけ》っ人《と》が欲しいという話は理解できた。だが、朝倉は怪訝《けげん》に思う。

「あの、ところでなぜそれを、嘉悦さんが？　まず俺にはそれがわかりません。それにふつうそういうのって、外注に出すんじゃあ？」

本来、大会社である永善にはシステム部がむろん存在するだろうが、一般《いっぱん》的には大がかりなシステム作成となれば、外部のシステム開発の会社にソフト開発を発注するか、すでに存在するソフトを買いあげる。また派遣社員などが欲しければ、中継《なかつ》ぎ営業から昔なじみやツテのあるところに連絡を入れるのが通例だ。

むろん彼の話がおかしいわけではない。嘉悦の説明は、よどみなく的確だった。社外に漏れてはまずい情報はさりげなく省き、現状での問題点のみを端的に口にしていた。

おそらく彼は、再構築をされようとしているシステムについて、開発に関《かか》わったわけではないだろうに、おおよその状況《じょうきょう》を把握《はあく》しているようだった。

しかしそれを、どう考えても畑違《はたけちが》いの『営業』である嘉悦がなぜ、わざわざ面識もない朝倉に頼みこむのかが解《げ》せない。

「打診とか前説とか仰《おっしゃ》ってましたけど、なにか事情でもあるんですか？　あんまり聞かない話なんですけど」

「たしかに指摘《してき》のとおり、かなりイレギュラーなことをしているよ」

戸惑《とまど》う朝倉に、嘉悦もまた「本筋の依頼ではないんだが」と前置きをした。

「本来、俺は営業部に所属していて、システムの仕事には関わってない。きみに依頼をするのが決定したら、おそらくシステム部から、朝倉くんが登録されている派遣会社に話が行く」

「あの、そもそもつきあいのあるところに派遣社員を探せって依頼すれば、すむ話じゃないんですか？　わざわざ俺なんか呼び出さなくてもいいし、嘉悦さんの手間もいらなかったんじゃないですか」

ますますわからない、と首をかしげると、嘉悦は苦い顔をする。

「いや、正直に言えば、もう時間がないからなんだ。むろん、永善《うち》とつきあいのある派遣会社のほうには打診はしたらしいんだが、どうも、いい人材がいなくて」

いささか口の重くなった嘉悦が言うところによると、ついさきごろの会議中、嘉悦が懇意《こんい》にしているシステム部課長が『使えるのがいない』と愚痴《ぐち》を言っていたそうなのだ。

「そもそも、システムの再構築については、いまあるものを改良するだけなら、社内のシステム部でもできるだろうと、上が安易に考えたことが発端《ほったん》だ。事実、うちのシステム部はかなりのレベルでもあった。だが現実的にそれをやり遂《と》げられるかは、またべつの話になってくる」

人あまりの人不足はどこの業界も同じこと。即戦力《そくせんりょく》になる能力のある者はすでに売約済み、誰も彼も忙《いそが》しすぎて、納期の迫《せま》る永善のシステム統合に関われる者がなかなかいない。

しかも新年度、つまり半年後までその仕事に缶詰《かんづめ》にさせられるうえ、中心人物の抜《ぬ》けたプロジェクトチームに入れと言われても、条件が厳しすぎて断られてばかりだという。

おまけにその、倒れた担当者はひと三倍ほど有能だったものだから、誰でもいいというわけにもいかない。

——ただコードが書けるってだけじゃ、どうしようもないんだよなあ。

そんじょそこらのＳＥでは穴埋《あなう》めにもなりはしない。柱を失ったプロジェクトは、このままでは暗礁《あんしょう》に乗り上げてしまう、と部課長は呻《うめ》いていたそうだ。

「というわけで、誰かツテはないものかと思いながら、俺自身はＩＴにはさほど精通していなくてね。社内ソフトを使える程度の話だし、むろんそちら方面の知人もないという話を、ここで藤木《ふじき》に話していたわけなんだが——」

「俺が小耳に挟《はさ》んじゃって、パソコン関係の仕事やってる朝倉のことを思い出したわけ。お待たせしました、こちら、白身魚のフリッターです。ディップをつけてどうぞ」

嘉悦の言葉を引き取り、ひょいと顔を出した友人は、つまみの皿と朝倉が好きなラムベースのカクテルを手に、にこやかな笑《え》みを浮《う》かべていた。

「山下、てめえ……」

害のなさそうな顔の友人に、言ってやりたいことは山ほどある。だが、いまはクライアント候補との話がさきだとため息をついて、朝倉は嘉悦に向き直る。

「お話はわかりましたが、嘉悦さん、俺なんか使いものになるかどうかわかりませんよ？　ひきこもりの、オタクなだけだし」

「謙遜《けんそん》はいい。申し訳ないんだが、きみの経歴についてはもう、山下くんから聞いている。もともと、『エクサ』にいたそうじゃないか」

その言葉に、ぎくりとしたのは朝倉だけだ。そして目の前のエリート然とした男は、山下とは違《ちが》い、それなりにこの業種に対しての造詣《ぞうけい》も深いことを悟《さと》った。

株式会社エクサ。商用検索《けんさく》ポータルサイト『exa《エクサ》』で有名なその会社は、インターネット利用者なら一度は目にしたことがあるだろう。近年では携帯電話《けいたいでんわ》会社との提携《ていけい》や、音楽・映像配信コンテンツにも力を入れていて、ネット環境《かんきょう》がない者でも、テレビのコマーシャルなどでもよく名前を聞くはずだ。

苦い記憶《きおく》を呼び覚ますその名に、朝倉が一瞬《いっしゅん》言葉をなくすと、山下が「なあ」とひとのよさそうな顔で、覗《のぞ》きこんでくる。

「おまえ、とくにいま急ぎの仕事ないって言ってただろ？　助けてくれないかな」

「まあ……たしかに、暇《ひま》はあるけど……」

山下の穏《おだ》やかな声には、昔から弱い。基本的に他人に頼《たの》みごとなどしない山下だが、その逆はいくらもあった。

「嘉悦さん、かなり困ってるみたいだって藤木さんが言ってたんだよ。俺、いろいろ藤木さんには世話になってるし、嘉悦さんにもこの店はじめてからはわりと相談に乗ってもらってて」

山下の言葉に、嘉悦が「俺はべつに、なにもしてないだろう」と苦笑《くしょう》する。だが山下は、そんなことはないとかぶりを振った。

「まだ開店したばっかの時期に、集客とか落ちこんだとき、参考にっていろんな店のデータくれたり、話聞いてもらったり……ほんとに世話になりましたし」

「たいしたことじゃない。ただ、たまたまマーケティングやってる友人からもらった資料があっただけだ」

その会話からして、どうやら嘉悦は、山下にとってただの知人というよりも、恩人でもあるようだ。頼《たよ》りがいはあるし器用だが、積極的なお節介《せっかい》タイプではない山下のめずらしい行動にやっと納得《なっとく》がいき、同時にこれはしかたもない、と朝倉は覚悟《かくご》を決めた。

「……俺で条件に合うのなら、かまいませんよ」

本音を言えば、暫定的《ざんてい》にとはいえ、会社勤めはできるだけ避《さ》けたい朝倉は複雑な気持ちだった。だが、あの山下が力になってやってくれと言うのだ。学生時代、ひとづきあいの苦手だった朝倉の心の支えであり——また、心ひそかに想《おも》っていた彼の頼みでは、うなずくしかない。

「いや、ありがたいけれど、いいのか？ 自分で言っておいてなんだが、無理をしてまで引き受ける必要はないよ」

即決《そっけつ》した朝倉に、嘉悦のほうがいささか驚《おど》ろいている様子だった。だがなにも情だけで受けた話ではない。

（スケジュールはおいといて、たぶんそうやばくはねえだろ）

嘉悦がいまざっくりと説明した業務内容と状況、それに対しての自身の能力と可不可を精査して、いけると判断しての返答だ。

「短期なら、なんとかなるでしょう。概要《がいよう》聞いただけでも、かなり切羽《せっぱ》詰《つ》まってそうですし。まあ、実際のシステムは見てないんで、不確定要素はあると思いますが」

それはどんな仕事であれ同じだろう。言外に告げると、嘉悦も納得したようだった。

「その代わりいろいろ条件はつけるかもしれないですが」

「かまわない。というか……ほんとに選んでいる暇はなさそうなんだ。引き受けてくれるなら、俺もできるだけの融通《ゆうずう》はきかせるように言《い》い含《ふく》めておく」

助かる、と嘉悦は小さく息をついて笑った。そして請《こ》われるままに、嘉悦の差し出した手帳へと住所と連絡先《れんらく》を書き記しながら、ちらりと目の前の男を観察した。

嘉悦はきつい印象の容貌《ようぼう》だけれど、笑うとやはり好感度の高い男だと思う。だが、朝倉は少しだけ穿《うが》ったものの見方をする人間だ。

他部署の仕事のためにわざわざ時間を割《さ》いて、無駄《むだ》に終わるかもしれない話しあいまでする嘉悦を、おひとよしと見るか、可能性には食《く》らいつくタイプと見るか。

(……いや、こりゃ後者だな)

エクサの名前をちらりと出してきたあたり、朝倉の能力についてもある程度の見当をつけているはずだ。藁《わら》にもすがる、という態度のわりに、説明はかなり的確で、下準備もしていただろう。となれば、それなりの勝算と確信を得て動いたに違いない。

(食えねえの)

怖《こわ》い男だと朝倉は内心舌を巻きつつ、けれどそういう人間はきらいではないと思う。からりとした笑みのうしろに計算高さが隠《かく》れているくらいしたたかなほうが、仕事相手としては信頼《しんらい》はできるだろう。もっとも、敵に回したくはないが。

「話は決まったよな。頼み聞いてもらったお礼に、好きなものおごるから。なんでも頼んでくれよ」

さりげなく堅《かた》い話の終わりをうながす山下のやわらかい笑みは相変わらずで、ほっと心がなごむのを感じた。

「じゃ、遠慮《えんりょ》なく。でもそれだったら、またメシ作りに来いっての」

「藤沢まで行くのはちょっとなあ……あ、嘉悦さんもなにかいかがですか」

「いや、俺は社に戻《もど》るので、これで失礼するよ。あとは友人同士でゆっくりするといい」

「戻るって……これからですか？」

夜の十時をとうにすぎている。驚いて声をあげた朝倉に「仕事が残っているから」と微笑《ほほえ》む嘉悦は、言葉の内容と裏腹に鷹揚《おうよう》な雰囲気《ふんいき》だった。

「今日は時間を取ってくれてありがとう。細かいことは明日あたり、連絡が行くと思う」

「わかりました。よろしくお願いします」

立ちあがった彼は、長身に見合った嫌味《いやみ》なほど長い脚《あし》をしている。動きは俊敏《しゅんびん》なのにゆったりとして見えるのは、大柄《おおがら》な身体《からだ》の使いかたと見せかたも心得ているからなのだろう。

(ああいう上司がひとりいたら、よかったのかもなあ)

颯爽《さっそう》とした足取りで店を出て行った男を見送り、朝倉はため息をついた。

会社組織に苦い思い出しかない朝倉でさえ、ついいろいろと任せてしまいたくなる、そんな余裕《よゆう》と包容力を見せつけた男は、ほんの短い接見だけでも信頼に足ると思えた。

「嘉悦さん、渋《しぶ》いなあ」

思わず呟《つぶや》くと、山下も深くうなずく。

「だろ？　見た目だけじゃなくてすげえできるひとなんだよなあ、また」

「そりゃわかるよ……三十いくつで永善の課長だもん」

もらった名刺《めいし》を指に挟んで、感嘆《かんたん》の息をつく。考えている以上に緊張《きんちょう》していたらしいなと、肩《かた》のこわばりで朝倉は自覚した。お疲《つか》れ、と笑って肩を叩《たた》いてくる山下を軽く睨《にら》み、やってくれたなと文句をつけた。

「山下……おまえなあ。とんでもねえ仕事まわしやがって。俺を過労死させる気か」

朝倉の険のある言葉に、山下は首をかしげた。

「そんなに大変な話なのか？　俺も詳《くわ》しくは知らないけど、おまえプログラミングとかできるんだろ？　忙《いそが》しかったら無理だけど、手が空いてるならいいかと思って」

「詳しくないなら下手な紹介《しょうかい》すんなよ」

「だって、ゲームとか自分で作れるくらいの腕《うで》はあるんだろ？　技術は持ってるわけだし、問題があるとは思えないんだけど」

「あのな、永善みてえなばかでかい会社のシステムの再構築ってのはなあ……ああ、もう、いいや」

飄々《ひょうひょう》とした友人に、朝倉は肩を落とすしかない。これだから素人《しろうと》はいやだと内心毒づいて、口にするのも面倒《めんどう》な説明を打ち切った。

ＩＴに関《かか》わる仕事といってもさまざまなタイプがあるし、得意部門もまた多種多様だ。そして山下はこちらの方面についてはからっきし詳しくない。朝倉についても、なんだかよくわからないが、パソコンを使う仕事、という程度の認識《にんしき》しかないのはよくわかっている。

（もし俺がSEじゃなくてWEBデザイナーだったらどうすんだっつの）

嘉悦も無駄骨《むだぼね》だし自分の面目《めんぼく》も丸つぶれだろうにと思う。だが、ここで文句を言ってもしかたがなかった。

なにより、山下に自身の仕事や経歴について、詳しく教えなかったのは朝倉自身だ。エクサに一時的に所属していたことだけは知られているが、その内実や、朝倉の現状がどうしてできあがったのかまでは、かたくなに口をつぐんでいたのだ。

朝倉が黙《だま》りこむと、山下は学生時代からそうしてきたように、穏やかな声を発する。

「話投げんなって。たしかに俺、そっちの業界詳しくはないし、朝倉が今回の話に適してるかどうかはわからないって、ちゃんと前置きしてあるよ」

そこまで考えなしじゃないぞと苦笑する彼に目を向けると、変わらない真摯《しんし》な目がこちらを見ていた。

「まず、嘉悦さんを俺は信用してるわけ。どうでも無理なことはさせないひとだってことは知ってる。それと、さっきも言ったけど、話はかなり入り組んでそうだし、俺が間に入って完全に内容を伝達できるか、自信なくてさ。だったら一度会わせちゃったほうが、無難だろ」

「まあ、そりゃな」

さきほどの話も、簡単な説明、と言いつつもけっこうなややこしさだった。これを本職でもなく、関係者でもない山下が完全に伝達できたかはたしかにあやしい。

「あと、朝倉って意志も固いし、真面目でプロ意識も高いから。話を聞いて無理だと思ったら、きちんと断れるだろ」

「……持ちあげても、なにも出ねえぞ」

「べつに持ちあげちゃいないよ。おまえ納期前は食事も忘れて仕事してるだろ。終わると倒《たお》れることだってあるしさ、よくがんばるなと思ってたよ」

その言葉に、朝倉は照れた。仕事について、山下にはいままであまり詳細《しょうさい》には話したことがない。けれど、徹夜《てつや》続きの最中《さなか》に夜食を差し入れてくれたり、泊《と》まるついでに何日かぶんの食料を調達してくれていた友人は、それなりに朝倉のことを評価していたようだ。

(俺はおまえに、隠してばっかりなのに)

理解されて嬉《うれ》しいけれど、複雑なものもある。ここで素直《すなお》に、友人として認めてくれていることを喜べる自分であれば、どれだけよかっただろう。

「だからさ、俺はたしかに嘉悦さんには恩があるよ。でも、これでなにか朝倉の仕事のステップアップとか、そういうきっかけになったらいいなと思ったのもある」

あげく山下はそんなことまで言ってくれるから、朝倉は顔もあげられなくなった。

「おまえもさ、フリーでやってそれなりに稼《かせ》いでるんだろうけど、あんな無茶いつまでもやるより、大口の仕事取って少し楽したらどうかなって。ただ、これはあくまで俺の勝手な考えだし、きっかけしか作れないから、顔をたてるつもりなら断ってくれてかまわない」

「うん……そうか」

いろいろとこみあげるものがあって、うつむく朝倉に、山下は「お節介《せっかい》かと思ったけど」と前置きして、こう言った。

「あとは、おまえもさ、そろそろいいんじゃないかって、思ったんだよ」

「そろそろって、なにがだよ」

「一度、会社に入って懲《こ》りたからって、ひきこもってばかりはよくないだろ？　そりゃ、在宅でも稼げるのは知ってる。でもどんどん対人関係切ってるじゃないか」

まじめな顔をして諭《さと》してくる山下のそれに、さすがに朝倉は目を瞠《みは》った。

「なんだよ。いままでそんなこと言わなかったくせに」

「そりゃ、俺が前みたいに藤沢に定期的に通ってたころはいいよ。けど、俺も、もういまこっちに居着いてるだろ？　心配なんだよ」

「な……なに、言ってんだ。いきなり」

らしくない発言に、朝倉は少しうろたえる。山下に、こんなに真っ向から『心配だ』などと言われたことなどなかった。

基本的に親切で頼《たよ》りがいはあるが、山下は本当は自分から他人事に口を挟《はさ》むタイプではない。

鷹揚さは冷たさの裏返しでもあるし、なんにつけひとへの興味が薄《うす》い部分もあった。

長年の友人である朝倉のひきこもりに対しても、本人がよければそれでいいだろう、と放置していたのが実際のところだ。

（やめてくれよ、おい）

気遣《きづか》われて嬉しくないわけではない。だが離《はな》れてみて心配になったなどと、無駄《むだ》な期待を持ちそうな言葉をかけないでくれと朝倉は思う。恋愛《れんあい》に属する情を山下が向けているわけではないことなど、穏《おだ》やかな目を見ればすぐにわかることだ。それでも、長く抱《かか》えて朽《く》ち果《は》てそうな恋心《こいごころ》には、毒のように滲《し》みる。

「おまえ、なんか変だぞ。どういう心境の変化だよ？　そこまで言うなら、またメシのひとつも作りに来いよ」

惑乱《わくらん》を表に出さぬようつとめて問いかけると、朝倉の軽口に対し、山下は一瞬《いっしゅん》なんともつかない顔で黙りこんだ。なんだ、と目顔でうながすと、彼はしばしの沈黙《ちんもく》のあと口を開く。

「ん……じつはさ。朝倉に、前々から言おうと思ってたことがあって」

「なんだよ、あらたまって。ていうかおまえ、店はいいのか？」

店長である山下は、この店の厨房《ちゅうぼう》担当だ。むろんサブで入っている人間はいるだろうが、悠長《ゆうちょう》にテーブル席についていてかまわないのだろうか。朝倉が怪訝《けげん》な顔をすると、それはだいじょうぶだと彼は言った。

「いまはヘルプで、大智《だいち》先輩《せんぱい》に入ってもらってる。今日、それもあって時間取れるから、おまえのこと呼び出したんだ。あ、先輩のことは、朝倉も知ってるよな？」

「……ああ。そりゃな。うちのガッコじゃ、有名人だったし」

いやな名前を耳にして、朝倉は眉《まゆ》をひそめてうつむく。

この店に来るのに少しばかり気鬱《きうつ》だったのは、なにも朝倉が出不精《でぶしょう》であるからだけではない。山下がもっとも親しくしている、ひとつ年上の男に会いたくなかったからだ。

中河原《なかがわら》大智というのは、山下と朝倉の大学での先輩であり、ブルーサウンド湘南本店の厨房チーフである。現在では、山下とは店舗《てんぽ》は違《ちが》えど、同僚《どうりょう》というわけだ。

その大智が、朝倉はどうしようもなく苦手だった。

朝倉がひとづきあいを不得手とする理由のひとつには、同性にしか惹《ひ》かれない自分の性癖《せいへき》を隠《かく》したいという気持ちが強かった。田舎《いなか》からどうしても出てきたかったのも同じ理由だ。

だが、上京してみたところで、ひと晩限りの遊び相手を探すのにはことかかなかったけれど、本気の恋愛をするにはやはり、どこにいても厳しいのだなと痛感しただけだった。

（あいつみたいに、開き直れりゃ、べつだったんだろうけどな）

大智は大学当時から、男とも女とも派手に浮《う》き名を流していた。ただし彼の場合はバイセクシャルであることを公言していたし、女ともつきあえたのだから、世間の目はいくらかやわらかいものがあったように思う。

なにより大智という男は、セクシャリティごときを取りざたされるほど、卑小《ひしょう》な存在ではなかった。容姿、言動、生きざまのなにもかもが破格級で、なにをやっても『彼だから』ですまされるだけの魅力《みりょく》があり、すべてにおいて、朝倉とは根本的に違う人種だった。

（いるのかよ。会いたくねえな）

いまは厨房を大智に任せているというのなら、できればこのまま退散したい。山下には会いたかったが、あの男がいるなら話はべつだと朝倉は唇《くちびる》を噛《か》みしめ、そして言った。

「あ、あのさ、話は終わったみたいだし、俺そろそろ帰るわ」

「え？　だって今日時間あるって言ってただろ。もう少しゆっくりしていけばいいだろ」

突然《とつぜん》のそれに山下はめんくらった顔をする。だが朝倉はつけつけと早口に彼の言葉を制した。

「でも、おまえ店長だろ？　大智先輩に任せっぱなしってのも、まずいじゃんか。それに終バスの時間考えるとさ」

「うーん、そうか。おまえんち、駅から遠いしなあ」

十一時台の後半の電車であれば藤沢まで帰り着くことができる。だが、単純な電車移動だけで一時間強かかるうえに、朝倉の家は駅からさらに車で二十分以上の距離《きょり》がある。山下もそれを知っているため、小さく唸《うな》った。

「まあでも、あと少しくらいはいいだろ？　ひさしぶりだし。話も……あるし」

「うん、まあ……」

それでも、好きな男に「寂《さび》しいじゃないか」と言われると弱い。惑《まど》いつつうなずこうとした朝倉だったが、そこでいちばん聞きたくない声がした。

「おい山下。おまえ嘉悦さんに、今日のお代いらないってちゃんと念押《ねんお》ししたのかよ」

よくとおる声をひそめ、山下と同じ制服姿のまま近づいてきたのは伝票を手にした大智だった。びくっと身体《からだ》をすくめた朝倉には気づかない様子で、山下が振《ふ》り返る。

「え？　けっこうですとは言ったと思いますけど」

「ばか。あのひとにはくどいくらい言っておかないとだめだろ。いま、江上《えがみ》さんが俺に、杜森《ともり》が知らないで会計すませちまったって教えに来たぞ」

「うわ、ほんとですか。しまったな」

「杜森、よろしく言っておいてくれとか伝言されて気づいたって。まだ嘉悦さんの顔覚えてねえのかよ。しょうもねえ」

客に聞こえないよう小声で話しあうふたりを前に、朝倉は息をひそめていた。このままやりすごしてしまいたい——と、できるだけ身を縮めていたけれども、なにも知らない山下が振り返る。

「ああ、そうだ。先輩は面識ありましたよね？　朝倉」

「……あ、ああ。まあな」

顔をあわせたくないのはお互《たが》い様だったようだ。にこやかに「ひさしぶりでしょう」と笑う山下を挟んで、朝倉の顔を見て微妙《びみよう》な表情をした大智とぎこちなく会釈《えしやく》しあった。

「ひさしぶりだな。朝倉、元気だったか？」

「……ども。まあ、ぼちぼち」

目をあわせないままのふたりには、沈黙が訪《おとず》れる。事情を知らない山下の前であまりうかつなことはしたくなかったが、大智の名を耳にするだけで強《こわ》ばる身体はどうしようもなかった。

「あれ。なんか、まずかった？」

「いや、べつに」

旧知の間柄《あいだがら》のはずなのに険悪な空気を訝《いぶか》しんだ山下は、困惑《こんわく》を隠しきれない顔をしている。ふだんであればそつのない態度を取るであろう大智も、さすがに朝倉相手ではいつもどおりとはいかないらしい。

（それも、しかたない）

挨拶《あいさつ》する声もぎこちないのは、大智と朝倉が、ろくでもない記憶《きおく》を共有しているからだ。それもお互い、軽くトラウマが残るような、最悪なものを。

異様な空気の重さに、山下さえ口を挟めない。この膠着《こうちやく》した場をどうしたらいいのだと冷《ひ》や汗《あせ》をかく朝倉たちのもとへ、さきほどの店員が優雅《ゆうが》な物腰《ものごし》で近づいてきた。

「すみません。中河原さん、オーダー入りましたのでお戻《もど》りいただけますか」

「あ、わかりました」

瀬良の涼《すず》しげな声に、大智がほっと息をついた。「じゃあ」と手をあげて去るうしろ姿に安《あん》堵《ど》したのは朝倉も同時だ。妙《みょう》な緊迫感《きんぱくかん》を孕《はら》んだ場には気づいているだろうに、瀬良は動じないまま淡々《たんたん》と続ける。

「それから店長、ご休憩《きゅうけい》中申し訳ありませんが、奥菜《おきな》さんが見えてます」

「え？　一葡《いちほ》が？」

「なんでも、鍵《かぎ》をお届けにと。ご本人は、言づけてくれればいいとおっしゃっているんですが、どうなさいますか」

知らない名前に、朝倉は小首をかしげた。山下の交友関係のなかに、いままで奥菜一葡などという人物がいただろうか。じっと山下を見ると、友人はしばし考えこんだ。

「瀬良さん、すみません。このテーブルまで連れてきてもらっていいですか」

ためらいがちに瀬良へと告げると、彼は「承《うけたまわ》りました」と一礼して去る。

「奥菜って、なんだ？　おまえの知りあい？」

「うん、まあ……いま紹介《しょうかい》する」

どういうことなのかと朝倉が戸惑《とまど》っていると、ややあって瀬良に案内されてきたのは小柄《こがら》な青年だった。歳はおそらく、朝倉や山下より五つ六つ、あるいはもっと下だろうか。くるりとした目の大きな、かわいらしい彼は朝倉を見るなりぺこりと頭をさげた。

「こんばんは、朝倉さんですよね。奥菜一葡です。お邪魔《じゃま》しちゃってすみません」

「あ、いや」

若そうなのに丁寧《ていねい》な挨拶をされ、朝倉のほうがうろたえた。だが、妙に落ち着かない気分になったのは、その後の山下と一葡の会話のせいだ。

「あのね昭伸、今日おれ、急にバイトの遅番《おそばん》シフト入ったから、帰りが朝になるんだ。それで、鍵持って出なかっただろ？　持ってきたから」

「あ、そっか。悪いな」

「いいよ、これ届けに来ただけだから」

はい、と小さな手がキーホルダーを差し出す。親密なやりとりに口を挟《はさ》むこともできないま、朝倉が硬直《こうちょく》していると、山下が気まずそうに頭を掻《か》いた。

「山下……その子って」

「いや、あのな。さっき言いかけた話って、これなんだ。朝倉には前から、言おうと思ってたんだけど」

一葡の薄《うす》い肩《かた》を抱《だ》き寄せるようにした山下に、朝倉は目を瞠《みは》る。だが山下はあっさりとした、しかしいささか照れたような顔で、あらためて紹介する、と言った。

「俺さ、いまこいつと一緒《いっしょ》に暮らしてる。で、まあ、そういうことになってる」

「そういう……って」

「ちょっと、昭伸⁉」

突然のカミングアウトに、一葡はぎょっとしたように声をうわずらせた。だが山下はなにも羞《は》じることはないという風情《ふぜい》で、堂々としたものだった。

「一緒に住んでるのは店のひとはみんな知ってるし、まあつきあってるのも、だいたいは。おまえにも言わなきゃと思ってたけど、ばたついてタイミング逃《のが》してた。ごめん」

「え……いや……」

一葡という彼が山下の恋人《こいびと》で、すでに同棲《どうせい》関係にあるのだと教えられ、朝倉は衝撃《しょうげき》を受けた。それ以上に、続いた彼の言葉に心臓がひやりと冷たくなる。

「そんなわけで、もうおまえんとこ、泊《と》まりに行くのは無理なんだ。ごめんな」

「な……どういう、ことだよ」

まさか、隠《かく》し続けてきた気持ちが露呈《ろてい》したとでもいうのか。そのことにこそショックを受けていた朝倉に、しかし山下はけろりと言った。

「いや、べつにおまえがどうこうじゃないんだけど。ただやっぱ、彼氏ほっぽって、ひとんち泊まるのどうかって思うし」

苦笑《くしょう》する顔に、牽制《けんせい》されているのかと思った。だが鈍《にぶ》い山下にそんな器用な真似《まね》ができるわけもない。そもそも何年もの間友人関係で、大智のバイセクシャルという性癖《せいへき》を知っているくせに、山下は――朝倉がゲイで、しかも大智と寝《ね》たことまであることを、知りもしないのだ。

「昭伸、そういうのおれ、いらないって言ったじゃん！　いままでどおりでいいってば」

一葡が抗議《こうぎ》すると、じろっと山下は小柄な恋人を睨《にら》んだ。

「嘘《うそ》つけよ。帰り遅《おそ》いだけで、すぐ浮気《うわき》したんじゃないかってへこむくせに」

「ちょ……あ、朝倉さんの前で言うことないだろお……っ」

真っ赤になって、一葡が目の前の広い胸をたたく。それに対して、見たこともない顔で笑う山下に打ちのめされ、朝倉はなんの反応をすることもできなかった。

「しかもいきなりカミングアウトって、信じられない！　朝倉さん、引いてんじゃんか！」

「え、い、いや。引いてはないから。だいじょぶ」

泣きそうな顔になっている一葡にはっとなり、あわてて朝倉はかぶりを振る。だが完全に動《どう》揺《よう》が去ったわけではない。震《ふる》える手を、グラスを掴《つか》むことでごまかし、朝倉はどうにか平静を装った。

「まあ、ただ。山下までそっちとは思わなかったんで、驚《おどろ》いてる。大智先輩《せんぱい》に感化されたか？」

茶化してみせた言葉に、山下は思った以上に真摯《しんし》な声で「そんなんじゃない」と言う。

「俺もけっこう、男の子相手ってのは自分でもびっくりしてるんだけど。惚《ほ》れたもんはしょうがないかなって思った」

ストレートで、飾《かざ》りのないその告白に、朝倉の胸が破れた。

（おまえはそういうやつだよな）

適当にそつなくこなしているくせに、本当は自分でこれと決めたらテコでも動かない頑固《がんこ》さが山下にはある。だからこそ、好きだったのだ。ただやさしいだけの男ではないから。

だが、動揺も痛みもなにひとつ表には出さないまま、鼻で笑ってやる。

「てめえなあ、藤沢からこんなとこまでひと呼び出しておいて、厄介《やっかい》な仕事紹介したあげくにのろけるか？　どういう神経してんだよ、まったく」

「ご、ごめんなさい。朝倉さん、本当にごめんなさい」

開き直っている山下の前で、一葡は申しわけなさそうに涙目《なみだめ》でぺこぺこと頭をさげてくる。まるっこい額まで真っ赤になっている彼のいたたまれなさを思うと、よけい腹立ちが募《つの》った。

「だいたいな、こういうデリケートな話を、もののついでにするなよ。彼にもちゃんと了承《りょうしょう》を取れ、じゃないと心がまえができないだろうが。可哀想《かわいそう》に、涙目じゃないか」

古い友人相手に突然《とつぜん》、「ホモです」と公言させられたのは一葡も同じなのだ。自分がやられたらと思うとぞっとする。おまけに、それについてなんのコンセンサスも取らないなどと、かつての山下なら考えられない暴挙だった。

しかし、叱責《しっせき》した朝倉にたいして、山下は言うのだ。

「うん、おまえそういうやつだから。平気だと思ったんだ」

にこりと笑《え》んだそれが、心からの安堵だと知れた。伊達《だて》に長いつきあいではないのだ。告白してからの山下の笑みが、少しだけ不安を孕んでいることなど、朝倉は知っていた。

「な、いいやつだろ？」

「……うん」

目元を子どもじみた仕種《しぐさ》でこすった一葡にかけた声も、そうしてうなずき返す彼も、心を添《そ》わせているのがわかる。こんなものを見せつけるなと言いたいけれども、言えた立場でもない。

「この、大雑把野郎《おおざっぱやろう》が……」

わざとらしく、がっくりとうなだれ、朝倉は手にしたグラスの中身を一気に干した。そして、まだ赤い顔のままの一葡に、いかにもうんざりとした口調で言い放つ。

「なあ奥菜くん、ほんとにこいつでいいの？　もっといいのいるんじゃないの？」

「うわ、ひでえ。言うかそういうこと」

「言うっつうの……まあ、とにかく、おめでとうさん。結婚《けっこん》式には呼んでくれ。つうことで俺は帰る」

「え、まだいいって言っただろ？」

「ぐだぐだ言ってたら、もう十一時になりそうじゃん。電車の本数少ないんだよ」

すべての感情を、表情には出さないまま祝福の言葉を述べると、今日は帰ると立ちあがる。

言い訳は、藤沢までの遠い距離《きょり》、そして。

「ついでにいえば、おまえののろけで酒が一気にまずくなった。奥菜くんには、こういう無神経な男とは早めに切れるのを推奨《すいしょう》する」

バカップルめと笑ってやるのは、気に病《や》んでいる一葡への気遣《きづか》いだ。まだ少し濡《ぬ》れた目で自分を見あげてくる彼に笑いかけた顔は、歪《ゆが》んではいなかっただろうかとそれだけが気になった。

「悪かったな、遠いところ。ろくに飲めなかったみたいだし」

「次に来たときにおごれ、ばか」

「わかってる。仕事のこと、頼《たの》むな。あと……ありがとう」

とくに不審にも思わない様子で、にこやかに送り出す山下に小さな声で告げられ、朝倉は絶望的な気分でうつろに笑う。

「……礼を言われるようなことは、なんにもねえよ」

見送りはいらないと告げて、背を向けた。ぺこりと頭を下げた一葡を視界の端《はし》に留めたけれど、そのあとの彼らが交《か》わすであろう、甘そうな言葉など聞きたくもなかった。

「ありがとうございました」

送り出す店員の声を、遠い意識のまま聞く。店のドアを閉めるなり、涙が滲《にじ》んだけれど、一葡のように目を潤《うる》ませることはしないまま、きつく瞼《まぶた》に力をいれてそれを押《お》しこめた。

（くそ……っ）

小動物のような一葡にたいして、なぜか悔《くや》しさや嫉妬《しっと》というものは覚えなかった。

なにより、いつかこんな日が来るとわかっていた。ただそれが女の子ではなかっただけで。

このときの朝倉が感じていたのは、ただ来るべき日が来たということと、すべてが遅かったのだという、そんな喪失感《そうしつかん》だけだ。

「なんだよ、ちくしょう。男がＯＫなら、さっさと言え……っ」

思わずうめくと、せっかく止めたはずの涙がまた溢《あふ》れそうになった。

うつむいたまま朝倉は地上までの階段をひといきに駆《か》けあがり、外に出たとたん、肩《かた》で息をした。もう何年も走ることなどしていない。たかがこの程度で膝がで笑いそうになり、こういうふうに加齢《かれい》というのを実感するのだろうか、とぼんやり思った。

腰《こし》を屈《かが》めて両腿《もも》に手をつく。夜の道、アスファルトにぼたぼたと落ちるのは、額からの汗《あせ》だ。それでしかないはずだと、息を荒《あら》くしてがくがくと震えていると、常夜灯の光がすっと翳《かげ》った。

「おまえ、だいじょうぶかよ」

「……ほっとけよ」

大智の気遣わしげな声に、抑《おさ》えこんでいた感情が爆発《ばくはつ》しそうになる。落ち着け、落ち着けと自分に繰《く》り返し言い聞かせ、皮肉な顔を作った。

「厨房《ちゅうぼう》はいいんですか、中河原先輩《せんぱい》」

「山下が戻《もど》った。つうか、あのばかがカミングアウトかましといて気にしてんのうぜえから、様子見てきてやるっつったわけ」

「は！　おやさしいこって。まあ、あいつにはいまさらホモに偏見《へんけん》はないですとでも言っておいてくださいよ」

朝倉の皮肉な声にも、大智は表情を変えない。ただ、しばらくあってぽつりと彼は言う。

「おまえ、あいつに言ってなかったのか」

「なんのことです？　俺がホモだって？　言うわけないでしょ、あんたじゃあるまいし」

頼むからどこかへ行ってくれと思うのに、大智は去る気配もない。朝倉もまたさっさと立ち去りたいのに、脚《あし》がすくんだようになっていて、動けない。

「ふつうはね、もっと隠《かく》すんですよ。山下も信じらんねえよ、あんな堂々としやがって」

「まあ、そのへんは環境《かんきょう》の問題もあるだろうけどな」

「悪環境ですよねえ。なにしろあんたみたいな節操なしが常に身近にいりゃ、あの色事に疎《うと》い男も感化されるってもんで」

吐《は》き捨てると、ようやく大智の眉間《みけん》に皺《しわ》が寄る。その不快そうな表情は、なぜか朝倉には心地《ここち》よかった。

「……またばかなこと、しようとしてんじゃねえだろうな」

「ばかなことってなんです？」

「おまえ、そんななりでうろついてたら、やばいぞ。いかにも隙《すき》だらけで。このへんはちょっと行けばすぐ盛り場だ。変なのに引っかからないとも限らないだろが」

論《さと》すような声に知ったことかと吐き捨てた。大智の心配そうな目が、どうしようもなく朝倉を苛立たせる。

「変なの、ねえ。そうなったら、あんたがまた抱《だ》いてくれんの？」

傷口をこじ開けるような朝倉の声に、今度こそ大智ははっきりとした不快を顔に出した。

（いやそうな顔しやがって。ざまあみろ）

誰にでも好かれ、明るくおおらかな男と共有する最悪の記憶《きおく》は、どこかうしろぐらく甘美《かんび》だ。

中河原大智のなかにある汚点《おてん》を、自分だけが知っているというのは残酷《ざんこく》な快美感がある。

大智を苦手に思うのは、なにも彼の華《はな》やかさや性質に反感を持っているからだけではない。

かつて朝倉は、だまされて乱交パーティーに連れこまれたことがあった。まだ東京に来て一年経《た》つか経たないかのころのことだ。二十歳《はたち》にもなっておらず、遊びの方法も、ゲイの連中にはタチの悪いのがいることも、なにも知らないころだった。

そのパーティーに誘《さそ》ってくれたのは、夜の街にはじめて出たとき、やさしくしてくれた相手だった。好意があって、彼に寝《ね》ようと言われて、浮《う》かれたまま抱かれた。

恋《こい》では、なかったのだといまは思う。ただ若さにまかせ、好きな男と寝てみたいという憧《あこが》れじみたそれを実践《じっせん》したかっただけだ。

そして痛みと不快感の強いセックスを終え、もう一度会いたいと呼び出されたのは初体験から一週間後。

――いやだあ？　ノリの悪いこと言ってんじゃねえよ、楽しもうぜ？

気づけばもうのっぴきならない状況《じょうきょう》に追いこまれていた。あのとき身体《からだ》が動かなかったのは、酒のせいなのか、ほかのなにかのせいなのか、わからない。気づいたときには、まだ初々《ういうい》しく未熟な身体は全裸《ぜんら》に剝《む》かれて震《ふる》えるしかできず、両手足を押さえこまれて泣きわめいていた。

よみがえった恐怖《きょうふ》にぶるりとした朝倉は、しかし表情だけは強気に言い放つ。

「まあ、あのときみたいに俺、ラリったりしてねえけどさ」

「朝倉、もうやめとけ」

「でもあんたもけっこうすごかったよね？ 俺、悪くなかったろ」

大智の制止も聞かず、朝倉は歪んだ笑《え》みのままなおも言葉を続けた。あのできごとに関しての疵《きず》が、なにひとつ癒《い》えていないと知るのはこんなときだ。異様に興奮して、他人を傷つけるためだけの言葉が――ふだんあれほどに不器用な言葉が、マシンガンのように朝倉の口からは飛び出していく。

「何回イったっけ？ 俺ら最後には精液まみれだったよな。もしかして大智さんもキメてたの？ そもそも、あんな場所にいるくらいだもんな、あんたもああやってパーティーに参加してたのかよっ⁉」

「朝倉！ もうやめろ！」

リンチまがいに輪姦《りんかん》されようとした現場で、不愉快《ふゆかい》そうに酒を飲んでいたのが、いま聞くに堪《た》えないという顔で叫《さけ》んだ大智だった。あんな連中とつきあいがあったくらいだ、彼自身も当時は、裏ではかなりすさんでいたのだと思う。だがむろん、彼がその場にいたのは本意ではないことくらい、重々承知のうえで朝倉は彼をあざけってみせた。

狂乱《きょうらん》の場でふいに目があって、お互《たが》いにぎょっとした。大学で見せる快活な笑みはそこになく、暗い目をしていて、だからしばらく気づかなかったのだ。そしてそれは、相手も同じことだったのだろう。構内ではいつも眼鏡《めがね》をかけ、地味に装い、うつむいてばかりの痩《や》せた男が、すさんだ淫靡《いんび》な場所で多人数プレイのショーへとかりだされていたのだから。

――そいつ、俺が目をつけてたんだ。手、離《はな》せよ。

山下を介《かい》しての顔見知り程度でしかなかったが、助けてくれるつもりだったのだろう。大智の発言力は、そんな場でも強かった。だが、ただで引っこめるには、その場は異様な熱に浮かされすぎていた。

――だったら大智サン、あんたこいつとやってよ。みんなで見てるからさ。

朝倉をだました男は、顔を潰《つぶ》されたと怒《おこ》ってそんなことを言った。大智は舌打ちしたが、集団の狂熱《きょうねつ》に抗《あらが》いきれない。その場で断ったらおそらく、ふたりまとめてぼろぼろにされると知れて、輪姦されるよりはましだと了承《りょうしょう》したのは朝倉だった。

人生のなかで、最低最悪のセックス。それが、大智と共有した記憶だ。お互いに苦汁《くじゅう》をなめたような顔をしたまま、とにかく身体をつないで、揺《ゆ》らして、射精した。それも、周囲が満足するまで、幾度《いくど》も幾度も。

「なに？　あのときみたいに俺のこと、かまってくれちゃう？」

「俺はもう、そういうことはしない」

朝倉の挑発《ちょうはつ》に、大智は乗ってこなかった。どころか、抱くことはできないと告げる彼にもまた、大事な誰かがいるのだと知るのは、真摯《しんし》で穏《おだ》やかなまなざしのせいだ。

「やだなあ、もう。落ち着き払《はら》っちゃって……別人ですよ、大智サン」

「もういい歳だからな。おまえも、いいかげん大人になって落ち着けよ」

なにも変わっていないのかと、遠くから眺《なが》めるような目が許せなかった。もうあんなよどんだ空気とは無縁《むえん》だと言いきる大智が、許せなかった。

(なんだよ。あんたはそうやって、もう忘れたみたいな顔しやがって)

どいつもこいつも、朝倉の身体に乗りあがっては通りすぎる。山下だけは手も触《ふ》れぬままだったけれど、心をこじ開けたという意味ではあの男のほうがタチが悪かっただろう。

だが、目の前でひとり、昔のことなど忘れたように大人ぶる男がいちばん、腹立たしい。

「でっけえ世話だよ。どうせ本命いるんだろ？　だったらその相手だけ、後生大事にしてりゃいい。俺のことなんか放っておけよ」

吐き捨て、大智を突《つ》き飛ばして朝倉は逃《に》げようとする。だが、大智はそれを許さずに腕《うで》をきつく摑《つか》んだ。

「放っておけって、そんなわけにいくかよ。朝倉、おまえどうしてそう、投げやりなんだ」

親切ぶった言葉に、吐き気《け》が出そうだ。こちらを見る大智の目に、あのときの無様な姿がまだ映っているかのようで、朝倉は本当にいたたまれない。

もう忘れたいのだ。どうしてそれをわかってくれないのかと、苛立《いらだ》ちもあらわに腕を振《ふ》りほどき、朝倉は冷笑《れいしょう》を浮かべた。

「しつっけえな。あんたのそういうとこ、いらいらするんだ。本気でむかつくし、だから俺は、あんたがきらいなんだよなあ」

「……っ」

さすがにこのひとことに、大智はぐっと言葉を呑《の》み、顔をしかめた。その隙に朝倉は夜の街へと走り去る。ああまで拒絶《きょぜつ》すれば、大智もさすがに追ってこないだろう。

(すげえ、最悪)

どうしていつもこうなのだ、と息を切らしながら朝倉は思った。無駄《むだ》に相手を挑発するような言葉や態度ならいくらでも出てくるのに、あのときはありがとうのひとことは絶対に紡《つむ》ぐことができない。

大智が、本当は自分の恩人とも言える人間なのはわかっている。それでもあの強烈《きょうれつ》な体験を共有した男に――あのときの朝倉のあさましさを知っている男に、哀《あわ》れまれたくはなかった。だまされたとか、それ以外になかったという言い訳はいくらもある。だがあのとき、たしかに彼に抱かれて乱れたのは朝倉だ。十数人の目が光るなかで、男をくわえこんで腰《こし》を振り、『いい、いい』と泣きよがったのは、誰でもない自分自身なのだ。

いやな顔をしながらも、大智は最初から最後までやさしかった。ギャラリーから物足りないと言われるほどに。可哀想《かわいそう》だと、できるだけ他人の目から隠《かく》れるように抱いてくれた。そうして、大きな手のひらで朝倉の目を最後まで、ふさいでくれた。

——だいじょうぶだ、見てんのも、聞いてんのも、俺だけだから。

だから、朝倉は大智がきらいなのだ。うわずったあえぎも、狂乱のなかで繰《く》り返した言葉が、助けてとあえいだそれが、彼には聞こえていたかもしれないからだ。

そして快楽に混濁《こんだく》した意識のなか、秘《ひ》めた想《おも》いを向けた山下の名を、大智には聞かれてしまったかもしれないから——。

「うわっ……!」

霞《かす》む視界のなか闇雲《やみくも》に走っていると、途中《とちゅう》で背の高い誰かにぶつかった。たたらを踏《ふ》んだ身体がかしぐのを、甘く涼《すず》しげなフレグランスをまとう腕が抱きとめる。

「危ない。だいじょうぶですか?」

「すみ、ませんっ……」

やさしい声で問われ、だがまともに詫《わ》びている余裕《よゆう》もない。朝倉はろくに謝ることもできずに、背の高い誰かを押しのけ、その場を逃《のが》れた。

もうそのころには、走っているつもりでも脚《あし》はろくに動かなかった。階段を駆《か》けあがり、大智から逃げるために酷使《こくし》した脚はがくがくと震え、気づけばもう、ここがどこだかわからない。

ただ、妙《みょう》にぎらついたネオンが眩《まぶ》しくて、慣れないコンタクトをはめた目が痛む。

シャッターを下ろした店の端《はし》に、くずおれるように座りこんだ。全身が水でも浴びたかのように汗《あせ》をかいていて、息もまだ荒《あ》れたままだ。

通りを行くひとびとは、奇妙《きみょう》な様子の朝倉に声をかけたりはしない。真夜中近く、冷たいコンクリートの地面に腰を落とし、ぜいぜいと息を荒《あら》らげた男になど、近寄りたい人間はろくにいないだろう。

もし、そんな奇特《きとく》な人間がいるとしたら、底抜《そこぬ》けにひとのいい間抜けか──もしくは、ろくでもない趣味《しゅみ》をした手合いだけだ。

「……あんた、もしかしてキまっちゃってる？」

「クスリはやってねえよ……」

にやけた顔が目に浮《う》かぶような声に、朝倉は長い湿《しめ》った前髪《まえがみ》をかきあげた。少しだけクリアになった視界には、いかにも性質の悪い気配が漂《ただよ》う男が立っている。

汗の浮いた朝倉の頬《ほお》は紅潮し、さきほどの名残《なごり》で目は潤《うる》んでいた。じっと半眼にした目で男を見あげると、ごくりと喉《のど》が動いたのがわかる。

よく見ると、首からこめかみにかけて、蜘蛛《くも》が顔の半分を抱《だ》くようなタトゥーが入っている。

悪趣味《あくしゅみ》なそれは、おそらく男の本質を表してもいるだろう。

「休めるとこ、連れてってやろうか？」

「ほんとに休ませてくれんのか」

「ま、することしたらな」

ぐいと腕を掴まれ、抗うのも面倒《めんどう》で流れに任せた。朝倉は、男をひっかけるときだけなぜか、初対面であれなんであれ、言葉に惑《まど》うことも、困ることもない。

十八のあのろくでもない体験以来、なぜか朝倉はこの手の男に目をつけられることが多かった。相手曰《いわ》く『全身から誘《さそ》うフェロモンが出ている』のだそうだが、そんなものなのだろうかとぼんやり思うだけだ。

(ほんとにフェロモンっつうなら、もっとピンポイントで出してえよ)

長年好きだった相手にはまったく、なんの効果もなく、もっともきらいなタイプにだけ誘引《ゆういん》力があるなんて、最低にもほどがある。

だが朝倉はもっと最低だ。胸の痛みを凌駕《りょうが》する激痛が欲しくて、爛《ただ》れた夜をすごすためだけに差し出される手を取るのだから。

起きあがらされるなり、尻《しり》を掴まれた。節操のない男だと嗤《わら》い、そしてこの節操のない男にこれからなにをされるのかと思うと、胸のなかが妙に軽くなった。

それはもう、護《まも》るものなどなにもないとあきらめた空虚《くうきょ》さゆえの、解放感だった。

＊　＊　＊

山下に紹介《しょうかい》された仕事について連絡《れんらく》が入ったのは、嘉悦との対面から三日も経《た》たない日のことだった。条件等々の折衝《せっしょう》は派《は》遣《けん》会社に一任してあったが、そもそもは嘉悦との面談で話はおおむね決定しており、派遣会社には形式的に話を通したようなものだ。とくに問題もないということで引き受けることとなった。

『とにかく急務ということになっているみたいなんで、なにか無理なことをやらされそうなら言ってくださいね』

登録してある派遣会社の担当はそう言ったものの、労働基準法には抵触《ていしょく》しっぱなしのシステム関係のプログラマーに労働条件が云々《うんぬん》と言ったところで無駄なのは重々承知のうえだ。要するに朝倉から『だいじょうぶです』のひとことを引き出し、言質《げんち》を取るための、いわば様式美的なやりとりだった。

それから二週間も経たないうちに仮の宿であるマンションを与《あた》えられ、速攻《そっこう》での引っ越し。落ち着く間もないまま朝倉が足を踏み入れた、六本木にある永善株式会社システム部は、殺気と焦燥感《しょうそうかん》に満ちあふれていた。

「──で、こちらが、システム完成まで派遣として来てもらうことになった朝倉さんです」

システム開発の責任者である南雲《なぐも》が、神経質そうな見た目どおりのいささかうわずり気味の声で紹介すると、その場にいた全員が軽く会釈《えしゃく》してくる。

息苦しい気がするのは、なにも着慣れないスーツと首を絞《し》めつけるネクタイのせいばかりではない。朝の部内朝礼の挨拶《あいさつ》で紹介を受けたとき、見まわした面々の顔つきが一様に暗いものをたたえていたからだ。そして朝倉に対し、同情を隠しきれない視線がいくつも投げかけられ、これは予想以上かもしれないと冷《ひ》や汗が流れた。

（まあ、突貫《とっかん》工事の真っ最中じゃあたりまえだろうけど）

これがゲーム業界などになれば、さらに煩雑《はんざつ》で悲惨《ひさん》な現場もある。それこそ知人に請《こ》われて助《すけ》っ人《と》に参加したとある会社では、朝礼中に社員のひとりが泡《あわ》を吹《ふ》いて倒《たお》れたこともあった。納期を目前にしたなか二十四時間態勢で働き、誰も彼もがぼろぼろになる。ましてや、グラフィックに音声という煩雑な要素もあるあの業種は、おそらく労働環境《かんきょう》は最低ランクだろう。

一応は大企業《だいきぎょう》の、それも社内システムの再構築であれば、さほどひどい状況《じょうきょう》ではなかろうと高をくくっていたのが実際だ。しかしこの悲壮《ひそう》感は、ゲーム会社で垣間《かいま》見た修羅《しゅら》場《ば》に近いものがある気がする。

「朝倉さんには、わたくし南雲が率いる第二グループのほうに合流してもらいます。木谷《きたに》さん、細かいこと教えてあげてくれるかな」

グループ長代理だと教えられた木谷は、三十そこそこのほっそりした女性だった。目があって会釈すると、木谷はなぜか同情的なまなざしをする。なんだ、と思っていると、南雲の、男にしては神経質そうな声がこうつけくわえた。

「甲村《こうむら》さんが入院ということになりまして、そのぶんの作業を全員に割り振《ふ》っていたわけですが、それらは彼に引き継《つ》いでもらいますから」

「え、でも……」

なにごとかを言いかけた木谷を、南雲はじろりと睨《にら》んで制した。なんだかいちいち物言いや態度が尊大な男だと思いつつ、朝倉はとりあえず反応せず、挨拶をするにとどめる。

「朝倉です。どうぞ、よろしくおねがいします」

頭をさげつつも、木谷の同情的な視線が突《つ》き刺《さ》さるようだ。

（なんか、聞いてたよりやばそうだぞ、これ）

異様に緊迫《きんぱく》した空気、南雲の無意味に高圧的な態度。朝倉は、これはとんでもないところに来てしまったかもしれないと、いやな予感を覚える。

その予感が的中したらしいと知るまでに、数日どころか、数時間もかからなかった。

朝礼を終え、木谷についてもらい、いままでの資料、マニュアルなどの説明を受けつつ引き継ぎをしてもらっていた朝倉は、与えられたマシンのモニタを覗《のぞ》きこみ、資料とつきあわせたのち、ほんの一瞬《いっしゅん》だけ拍子抜《ひょうしぬ》けした。

「あ、なんだ。もうおおかたできあがってるんじゃないですか」

仕事の内容自体は、すでに概要《がいよう》の決まったシステムを動かすためにプログラムを組み、穴をふさいでいくだけ、というところまで来ていた。これならば、デバッグで丁寧《ていねい》に補正していけば問題はないだろうと告げたが、なぜか木谷の顔は少しも晴れやかではない。

「うーん、それはそうなんだけどね……」

「なんだけど？」

なにかあるのですかと問いかけようとしたその瞬間《しゅんかん》、フロア中に南雲の怒声《どせい》が響《ひび》き渡《わた》った。

「――ちょっとなにこれ、この間言ったのと仕様が違《ちが》うじゃないか！　おまけになんで、手形が日曜に落ちる状態になってるんだっ。サイト《期限》もなにもめちゃくちゃじゃないか！」

ぎょっとするようなヒステリックな声に朝倉は肩《かた》をすくめたが、周囲は『やれやれ』という風情《ふぜい》でため息をつくのみだ。

「これじゃ外部設計にあわないだろう、なに考えてんだ！」

「でも、それってこの間、指示されたとおりのコード設計にあわせたんですよ」

「結果的におかしくなるなら、それをちゃんと言えよ！　なんのためにおまえら雇《やと》ってると思ってんだよ⁉」

がみがみとやられているのは、この部署でもっとも若そうな青年、糸井《いとい》だ。南雲の机の前に呼びつけられ、延々ねちねちとやられている様にぽかんとしていると、そんな朝倉の肩を木谷がつついた。

「朝倉さん。まだマニュアルの説明終わってないわよ」

「あ、はい。すみません」

「それと……アレ気にしてたらやってけないわよ」

慌《あわ》てて向き直ると、木谷はマニュアルの分厚いファイルで口元を隠《かく》し、こそりと囁《ささや》いてくる。

目顔で『いつも？』と問えば『いつも』と彼女はうなずいた。

「とにかくやり直せ、いますぐだ、すぐ！」

「……わかりました」

こめかみをひきつらせた糸井が、南雲のつきだした仕様書をひったくるようにして奪《うば》い、自分の机へと戻《もど》る。席は朝倉の斜《なな》め前で、どすんと腰《こし》かける様にも苛立《いらだ》ちは滲《にじ》んでいた。

「糸井ちゃん、どうなのよ？」

「どうもこうもないすよ……スケジュールぎりぎりなのに仕様変更《へんこう》してきたの、アノヒトなんですよ？　それで俺らに丸投げしておいて、無理だっつっても聞かなかったくせに」

「手形がどうこうって聞こえたけど、どういうこと？」

机の引き出しから、胃薬らしい錠剤《じょうざい》とペットボトルを取りだした糸井は、ざらざらとそれを口に流しこんだあとに深いため息をついた。

「南雲さんがいまさら『上』のわがまま丸呑みしたんですよ。入金関係の入力欄《らん》がひとつ足りないとかいって、画面構築のやりなおしって。で、そう言ってきかねえから無駄《むだ》を承知でいじったら、案の定バグが出ました」

おおむねの場合、手形は三ヶ月、六ヶ月に落ちることになっている。この振出日《ふりだしび》から支払期《しはらいき》日《じつ》までの期間のことを、手形サイトというのだが、今回のバグはそのサイトをめちゃくちゃにするものだったと糸井は言う。

「めちゃくちゃってどういうことですか」

「永善は末日決済なんすよ。で、月末が土日にかぶっちゃうと、本来は土日って銀行が稼働《かどう》しませんよね。今回それを防ぐために、土日が当たるところはちゃんと、その翌日の月曜日に処理を済ませるよう、組んでたんですけど……」

そこで南雲が突っこんできた仕様変更のため、狂《くる》いが生じた。プログラムというのは融通《ゆうずう》が利《き》かないもので、ここだけ変えればいい、というわけにはいかない。全体を見直して片っ端《かたっぱし》からバグ——問題点を洗い出し、必要な動きをするためにコードを修正しなければならないのだ。

「まあむろん、そこもやったんですけど。やっぱバグが出ましてね。テストでは動くもんだから安心してたら、これが見事に土日に『落ちる』というすばらしいことをやってのけて」

「え……それ、やばいんじゃ」

「やばいもやばいですよ。月末の日曜でもこっちからは入金しましたぜーという情報が出ちゃう。つまり、そうなると——はい木谷さん、どうなるか朝倉さんにご説明」

くさくさとしていた糸井は、もうしゃべるのもいやだと突っ伏《ぷ》した。木谷は肩をすくめ、言葉を引き取る。

「たとえば九月三十日が『日曜日』なのに『九月中に入金されちゃう』の。けど当然、銀行での処理は翌日、つまり翌月にまわされて、実際の入金は十月一日。でもシステム上の『入金予定日』は九月末。つまり実働してたらどうなるでしょう？」

「……半期ずれで未払《みばら》い発生？」

「ご明察。始末書何枚書けるかなー……」

うんざりした顔の糸井は力のない拍手《はくしゅ》。木谷はやれやれと首を振り、朝倉は震《ふる》えあがった。

企業《きぎょう》における九月末という時期がどういう意味を持つのか、朝倉も知らないわけはない。上半期の締め、つまりは決算の時期だ。バグですまされる問題ではない。

それよりなにより、このプロジェクトの進行自体もかなりあやしいものが見えてきた。

「ちょっと待って……いまの時点で、まだそんな横やり入るんですか」

「入るんです」

「入るんですよ」

ユニゾンの返事に、どうしてこの部署がここまで殺気立っているのか、朝倉は悟《さと》った。

さきほど糸井が言ったバグがもしも実際にシステムが稼働してから起きたなら、画面上の収入と、実際の収入とが著《いちじる》しく違《ちが》うことになる。また、永善のような大会社では、動く数字が億単位にもなるだろう。そして責任を問われるのは、システムを構築したシステム部の面々だ。

（うそだろ、マジかよ）

完成しかかっているシステムを、上のひとことでバグまみれにする上司。そしておそらくこのグループでは、この手の面倒《めんどう》な指示が日常的に飛んできているのだろうと息を呑《の》んだ朝倉の予想を裏づけるように、うつろな声が響き渡る。

「ついでに言えば、この話、週明けのミーティングでは出てなくって、そのあとでいきなり突っこまれたんですよね。ビバ、思いつき！」

うふふ、と暗い笑いを浮《う》かべて遠い目をする糸井に対し、朝倉はなにを言っていいものかわからなくなる。そして、冷や汗《あせ》を流す朝倉の肩を叩《たた》いた木谷は、ほがらかに言った。

「まあ、覚悟《かくご》しておいてね朝倉さん。……これで甲村さん、倒《たお》れたから」

次はあたしかな、と呟《つぶや》く彼女の目もまたうつろで、いったいどうすればいいのだと朝倉は途《と》方《ほう》にくれるしかなかった。

＊　＊　＊

永善への派遣《はけん》がはじまって数日が経《た》った。

午後の陽射《ひざ》しがやわらかにさすなか、朝倉はシステム部とはフロアの違う喫煙《きつえん》スペースで、魂《たましい》とともに煙《けむり》を吐《は》き出していた。

「いやほんと、これがほんとのデスマーチ……」

ひとりきりの空間で呟くそれは、聞く者がいたなら鳥肌《とりはだ》を立てるだろうほどに寒々しい。

ガラスで区切られたヤニ臭《くさ》い空間は、嫌煙《けんえん》ブームのおかげで、システム部ではなく営業部のフロアに行かないとならない。煙の充満《じゅうまん》するそこに長いことといるのは喫煙者でもつらく、だが、おかげでひとりになるには最適の場所だった。

膝《ひざ》に抱《かか》えたのはさきほどまたまわってきた仕様変更書。頭痛がするのでヤニを吸ってくると告げると、木谷も糸井も無言で親指を立てるだけだった。

難航しているというシステムの構築は、圧倒《あっとう》的に人的要素が大きいのではないかと、数日も経たないうちに朝倉は思い知らされていた。

今回のプロジェクトでの責任者である南雲が、とにかく仕事を割り振《ふ》れないのだ。本来ならば進捗《しんちょく》状況《じょうきょう》の確認《かくにん》や、仕事の割り振りを決めるため、システム部では週一回ミーティングを行うことになっている。だがその采配《さいはい》を取るはずの南雲が、管理能力も判断能力もないときた。

また、そのミーティングの漏《も》れを防ぐため、本来はそれぞれに送付されていなければいけないアサインメール——仕事の割り当てを伝達するそれ——が、届いていない、もしくはミーティングと内容が違《ちが》う。基本、それさえ与《あた》えられていればそれぞれが分担した仕事を進められるというのに、催促《さいそく》してもなかなかまわされてこない。つまり段取りはバラバラ、思いつきで仕様変更や指示を出す、というずさんな状態だった。

そのくせ上層部の言うことは全部丸呑みなのだ。手形サイトの問題がいい例で、ここは折れてはいけない、折れたところでバグの嵐《あらし》、というところも安請《やすう》け合いし、現場に丸なげをする。

また、たとえ仕様変更自体が無茶なものでなくとも、現場に伝え忘れて間に合わなくなり、『ぼくは伝えた』としらばっくれる。

あげくの果てには、作業が進行し、指定された箇所《かしょ》がほぼできあがりかけたときに『それ違うよ！　言ったじゃないか！』とキレまくる。

列挙しただけで頭痛がするような、これらの強烈《きょうれつ》な事件は、出社して三日のうちにすべて起きた。そして朝倉は永善への派遣初日から、午前様の帰宅を余儀《よぎ》なくされている。

（そりゃ、甲村さんも倒れるわ……）

入院したという担当者の甲村は、第二グループのグループ長だった。南雲の直下、中間管理職である彼が連絡《れんらく》の悪さをフォローし、またそのせいで遅《おく》れがちな作業をひとりで埋《う》め合わせしていたために倒れたのだというのだ。

見かねて嘉悦に相談したのが、第一グループをまとめているシステム部課長。彼も南雲には手を焼いているらしいのだが、言って聞き入れるどころかミスを隠蔽《いんぺい》するほうに走るので、どうにも手がつけられない。かといって甲村のいないいま、これ以上トップをすげかえて混乱を引き起こすのも困る――というわけで、朝倉に白羽の矢が立つ羽目になったのだそうだ。

――あなたも無理しないように気をつけてね。

うつろな声で言ったのは、その甲村の抜《ぬ》けたぶんの業務を、もっとも多く背負わされていた木谷だ。彼女こそが倒れるのではないかとはらはらしているが、朝倉とてそう余裕《よゆう》も持っていられない。

南雲は係長職ではあるが、システム部には一年前、人事異動で飛ばされてきたらしい。かつてはシステムをいじったこともあるらしく、基本の知識程度はあるが、いかんせん十年以上前のものだ。最近のＩＴ事情についての理解がまったく追いついていない。

おまけに、せめて仕事の仕切りができればいいものを、管理面でもひどいものときた。四十代の後半、男としては働きざかりの時期だが、このくらいの年代はそれゆえに他人の意見を耳に入れない傾向《けいこう》がある。

そしてむろん、周囲がそんな南雲についていくわけもない。いままでは甲村の人徳と、身体《からだ》を壊《こわ》すほどの努力で、このプロジェクトはどうにか進行していただけなのだろう。

「こういうぴりぴりしてんのは、ほんとに苦手なのに……」

うなだれたまま、朝倉はため息をつく。実際的な部分でもかなり大変だが、南雲は気分屋で厄介《やっかい》で――それがかつての苦い記憶《きおく》を思い起こさせるのが、いちばん滅入《めい》る。

苦手極《きわ》まりない組織のなかに身を置くことは、あらゆる意味でつらい。人的な問題で仕事の滞《とどこお》る現象とその厄介さは、朝倉のもっとも苦手とするところなのだ。

（それがなんで、こんなことに）

木谷や糸井とはどうにかうまくやれているが、南雲のおかげで現場の空気は張りつめているし、お互《たが》いに余裕もないままモニタを睨《にら》み、言葉をかわすにも険が取れないこともしばしば。

おまけにこの仕事をする限り、山下のことが頭を離《はな》れない。彼に紹介《しょうかい》された事実がある限り苦しくて、やるせない。

——おまえもさ、フリーでやってそれなりに稼《かせ》いでるんだろうけど、あんな無茶いつまでもやるより、大口の仕事取って少し楽したらどうかなって。

「……楽になんか、なんねえんだよ。山下」

フリーで受ける仕事など、収入面においては微々《びび》たるものなのだ。山下は誤解しているようだが、朝倉が一軒家《いっけんや》に暮らし、そうかつかつせずともやっていけるのは、プログラマーとしての稼ぎがあるからではない。

エクサからの、巨額《きょがく》といってもいい退職金が、朝倉の生活を支えている。それは、朝倉があの会社に所属していた当時、開発したプログラムを買いあげる形でごまかした、社長——水島《みずしま》清剛《せいごう》からの手切れ金でもあったのだと理解している。

かつて、朝倉がもっとも尊敬し、また慕《した》いながらも憎《にく》んだ水島の、抗《あらが》うことを許さないあの強さに惹《ひ》かれた、なつかしい日々。

たしかに一瞬《いっしゅん》だけは、輝《かがや》いてもいたのだろう。だがその後の顚末《てんまつ》を思い出せば、まだ、胸が苦しい。

ドットコムバブル、ITバブルと言われた九〇年代末期、まだ群雄割拠《ぐんゆうかっきょ》の勢いがあったIT産業において、検索《けんさく》・ポータルサイト『exa』とそれにまつわる関連システムの開発で有名になった株式会社エクサは、一躍《いちやく》トップに躍《おど》り出た。

学生ベンチャーからはじまったせいか、若手の有能なプログラマーやSEを、人脈を使って雇《やと》い入れ、人件費を安くあげることができていたのも、会社を大きくするうえではかなり有効な手段だったのだろう。

そしてエクサのプロジェクトに誘《さそ》われたのは、朝倉がまだ大学在学中のときのことだ。

そのころ、朝倉は二十歳《はたち》になったばかりだった。ナンパされた男にだまされ、集団のなかでのセックスショーという、最悪な記憶はまだ朝倉のなかになまなましく、人生のなかでももっともすさんでいた時期だろう。

大学には一応通っていたが、山下以外の誰ともろくに口をきかず、部屋にこもってパソコンをいじってばかり。かと思えば夜になると盛り場をうろつき歩いて、ろくでもない男に身体を投げ与えた。セイフセックスにもろくに気を配ることもせず、のちになってよくも病気をしなかったものだと思うほどに、荒《あ》れていた。

そんなとき、インターネットのチャット仲間にエクサの関係者がいて、あれこれと話すうちに『やってみないか』という話になったのは、ほんの軽い思いつきからだった。

最初はアルバイト扱《あつか》いでソフト開発に携《たずさ》わっていたのだが、思いがけず大きな仕事を任されることになった。当時インターネットとの情報共有を急いでいた携帯《けいたい》コンテンツにおいて、安定性のあるソフトを提供する。そのためのプログラムを造りあげろと言われ、朝倉はのめりこむようにしてコードを書き、システムを走らせることだけに夢中になった。

そして出会ったのが、水島だった。初対面の言葉はいまも覚えている。

――おまえが天才オタク少年か？　思ってたよりマシな面《つら》がまえだな。

そう言ってのけた夜には、水島は朝倉をベッドのうえで泣かせていた。

三十代後半、男盛りの水島は、高級なスーツをびしりと決めた、いささかアクは強いがハンサムな男だった。二十歳の、男にろくな扱いをされてこなかったゲイの青年など、あっけなくその手に落とすだけの余裕と狡猾《こうかつ》さを持っていた。

――俺のために働けよ。おもしろい体験、させてやるから。

――なんで、俺にそんなこと言うの？

――きれいなコードを書くガキが、きれいな身体をしてる。そりゃ、両方欲しいさ。

そんな傲慢《ごうまん》な言いざまで、学生の身分ながら準社員へとすぐに昇格《しょうかく》した。むろん、プログラマーとしての腕《うで》を見こまれてもいたのは知っている。仕事においての水島は大変容赦《ようしゃ》がなく、愛人だからといって自分の大事な会社のプロジェクトを任せるような腑《ふ》抜《ぬ》けではなかった。

そして水島の指示のもと、朝倉が中心となって開発したプログラムにより、個人販売《はんばい》のウェブショップを一括紹介《いっかつしょうかい》する、ネットワーク型システム『e-CUBE』が開発された。

システム自体はポータルサイトで広く紹介され、エクサが運営し、有料で登録すれば誰でも利用ができるし、デザインイメージのチェンジも可能で、幅《はば》も広い。

個々人でウェブショップを開設するには、商品発送や課金制度の問題、それ以外にも信用問題などがあってなかなかむずかしい。しかしそれらもすべてエクサとクレジットカード会社が代行してくれる。小ロットながら販売したいものがある、というユーザーにとっては願ってもないものだった。

そうしたもろもろの新規システムで他社に先んじたエクサはそのまま一部上場企業《きぎょう》となるまでのぼりつめた。朝倉もまた、エクサと水島という、ふたつの大きなものに抱《だ》きこまれることによって、一時的には落ち着いていた。

だが、急成長した大きなものには、必ず負荷《ふか》がつきまとう。

水島、エクサとの出会いによって朝倉が得たのは身に余る報酬《ほうしゅう》と、相手を限定した濃厚《のうこう》なセックス。しかし同時に、失ったものも多かった。

学生ながら開発責任者の肩書《かたが》きを持たされた朝倉は、徐々《じょじょ》に現場でプログラミングだけに携わることができなくなった。

水島は能力のあるものはどんどん引きあげるという男ではあったが、そのために切り捨てていくものも大変に多かった。むろん、それについての恨《うら》み辛《つら》みを抱く者もいた。

やりたくもない管理職、やりたくもない折衝《せっしょう》をする羽目になったが、対人関係の苦手な朝倉にそんなことはできるわけもない。

おまけに社内での妬《ねた》みもひどく、いやがらせじみた妨害《ぼうがい》も受けた。水島が朝倉をお気に入りで、どこにでも連れまわすようになっていたため、いやでも目立たされたのだ。

どうしてあんな若造が――と、強烈《きょうれつ》な水島には吹《ふ》き飛ばされる反感は、すべて朝倉に対しての攻撃《こうげき》にすり替《か》えられた。やっかみに仕事の妨害、一度などは出社して自分のマシンを立ち上げると、システムそのものが消されているという悪質な事態まで起きた。問題にしたくない朝倉は、機械の熱暴走での故障ということにしてごまかしたが、おかげで事態はどんどんひどいほうへと向かった。

そしていつしか、朝倉は本当は社長の愛人なのだろうという噂《うわさ》が社内には蔓延《まんえん》していた。社内メールで中傷がまわされるに至って、朝倉は慰留《いりゅう》を振《ふ》りきって会社から逃《に》げた。中傷をはねつけなかったのは、水島と肉体関係があったのは、事実だったからだ。

といっても愛情があってのこととは言えない。お互いに気が向いたときの処理相手のようなものだった。

そして、朝倉に対し、おまえはタチの悪い男を寄せつけると断言したのも水島だ。

――きれいなくせに陰《かげ》がある。はっきり言えば暗いんだよ。おまえのそういうところが、妙《みょう》にそそるんだ。俺みたいなやつにはとくにな。

そう言って酷薄《こくはく》に笑った水島は妻帯者で、あらゆる意味で精力的な男だった。組み敷《し》かれ、あえがされながらもお互いに愛の言葉など交《か》わしもせずにいた関係は、朝倉の退社とともにすっぱりと清算された。

別れの言葉さえもなく、朝倉の銀行口座に振り込まれた、家を三軒《げん》はキャッシュで買える金額が、よく解釈《かいしゃく》するならば水島なりの愛情だったのかもしれない。

それらの出来事は、朝倉が二十歳から二十二歳までの二年間でめまぐるしく起きた。

エクサから手を引くとほぼ同時に大学も卒業。そして朝倉は、実家の風景によく似たものを感じた藤沢で、偶然《ぐうぜん》見つけた空き家を購入《こうにゅう》した。

エクサを辞《や》めて以来、人嫌《ひとぎら》いに拍車《はくしゃ》がかかり、ひきこもり生活を送っていた朝倉は、山下以外とはほとんどの交流を絶っていた、というわけだ。

(もう、あんなぐちゃぐちゃは二度とごめんだったのに)

本当に朝倉のためを思うのなら、放っておいてくれたほうが、いっそよかった。

けれど、朝倉のなかの良心のすべてを具現化したような山下がもたらしたものなら、朝倉はきっと毒でも飲み干すのだと思う。

(かわいい子だったな)

大柄《おおがら》な山下と並ぶとさらに小さく見える一葡は、シンプルな意味でかわいい見た目をしていた。朝倉の、陰鬱《いんうつ》さが滲《にじ》む顔立ちとは対極の、けろりと明るい印象のある童顔。

だが、ただ愛らしいだけの青年ではないことなど、聡明《そうめい》そうな目を見ればすぐにわかった。

あのあと、数日経《た》って永善への派遣《はけん》が決まった際に、朝倉は山下へと電話をかけた。ふだんはメールのやりとりが多く、めったに使わないそのツールで、一葡が電話口に出たときに、ああ本当に同棲《どうせい》しているのだな、とあらためて衝撃《しょうげき》を受けた。

『先日は、本当に失礼しました』

声だけを聞くと、見た目の印象よりもずっとしっかりしているのがわかった。そしてかすかに震《ふる》える声で、一葡はこうも言ったのだ。

『おれが、すごく迫《せま》って無理言って、つきあってもらったんです。だから、あの、山下さんのこと、……いままでどおりにつきあってください』

懸命《けんめい》に、とても怖《こわ》がりながら、それを隠《かく》して訴《うった》える一葡に対して、朝倉は笑いながら『なんのこと』と言った。

『あいつに彼女ができようが彼氏ができようが、俺には関係ないけど?』

そう告げると、電話の向こうで一葡が小さく洟《はな》をすすっていた。涙《なみだ》もろいところまで、自分とは正反対だと思う。朝倉は、あんなふうに素直《すなお》には泣けない。

「頭よくてけなげで一途《いちず》でかわいい、か。……そりゃ落ちるわな」

一葡は、少なくとも見た目だけでも間違《まちが》いなく山下の好みだ。ちょっと頰《ほお》のラインがまるくて、印象がふんわりやさしい、明るい笑顔《えがお》のかわいい、小さい子。意外にベタな好みであることは、たぶん山下本人より、朝倉のほうがわかっているだろう。

昔から山下がつきあうのは、中身はともかくとして、ルックスはどこか小動物系の彼女ばかりだったなと、朝倉はぼんやりと煙草《たばこ》を吹かし続ける。

（つまりはまあ、俺と正反対だ）

小柄《こがら》でもなく、ふわふわした甘い印象もない。笑った顔は冷笑《れいしょう》にしか映らないし、口を開けば皮肉と嫌味《いやみ》がほとばしる。攻撃される前にと身がまえるから、必要以上にきつい態度を取って、それで他人を遠ざけてばかりいた。

だがいつしか、そういう攻撃的な自分に疲《つか》れてしまって――いっそ遠ざけるなら『自分を』遠ざけようと、藤沢の奥にひきこもっていたのに。

「なあんで、こんなとこにいるかなあ。俺」

ブースのなかにこもった煙《けむり》に、いいかげん目が痛くなった。きっと髪《かみ》にも服にもヤニのにおいがこびりついているに違《ちが》いないとため息をつき、朝倉が煙草をもみ消したときだ。

長い廊下《ろうか》の向こうからきらきらしたものが歩いてきた。

「――あれ？　ケネスさん」

「ああ、朝倉さん。おひさしぶりですね」

嬉《うれ》しそうな顔をするのは上等なスーツを纏《まと》ったケネスだった。ゆったりとして見えるのに近づいてくる速度が速いのは、彼の脚《あし》が長いからだろう。

作務衣《さむえ》姿ではない彼を見るのははじめてで、そのあまりの美丈夫《びじょうふ》ぶりには圧倒《あっとう》されてしまう。

というより、じつのところ引っ越《こ》したあの日以来、彼とは一度も顔をあわせていなかった。

超過《ちょうか》残業あたりまえのシステム部はフレックス導入のため、ほかの部署とは通勤時間が重ならないのもあり、隣《となり》に住んでいながら「ひさしぶり」と挨拶《あいさつ》を交わす皮肉に苦笑した。

「偶然ですね、休憩《きゅうけい》ですか」

「あ、まあ。つってももう、戻《もど》るとこだけど……」

とろけてしまいそうな笑顔で話しかけられ、どうしていいのかわからなくなった。朝倉はうつむいて、子どものように前髪《まえがみ》をいじる。もう戻ると言いながら、気の乗らない朝倉のぐずぐずした様子を、ケネスはたしなめなかった。

「顔色が悪いですね。やはり、大変ですか」

そっと声をひそめるケネスに、朝倉は力なく笑った。フロア違いとはいえ、同じビルにある部署のことだ。第二グループのトップである南雲の話も、おそらく耳に入っているのだろう。なにより、この会社に入る直前に知りあい、行きがかり上とはいえ愚痴《ぐち》を言ってしまったため、ケネス相手に隠してもしかたがないとため息をついた。

「やっぱり相当きつそうな感じで、まいったなと思ってる」

「そうですか……進捗状況《しんちょくじょうきょう》は？」

「うーん、昨日までに完成したプログラムは、経理と営業の担当者に使ってみてもらって問題はなかったんだけど」

ごにょごにょと言葉を濁《にご》した朝倉に、ケネスは高い背を屈《かが》めて覗《のぞ》きこんでくる。じっと見つめてくる青い目、視線でうながす態度に、朝倉は再度息をついて愚痴を吐《は》いた。

「プログラムなんて基本は『走れ』ばいいはずなんだ。けど、南雲さんはそれじゃだめだって」

うんざりと呻《うめ》くのは、この日の朝倉が突《つ》っこまれたリテイクが、本則とはまるで関係のない事柄《ことがら》だったからだ。

「だめとは、どういうことです？」

「俺もコーディング規約……ええと、プログラムの書き方なんだけど、これにはこだわるほうなんだけどさ。南雲さんは見た目重視なんだ」

朝倉の書いたコードを見るなり『なんかこれ、見づらい』とのたまって、彼の好みの整頓《せいとん》されたコーディングに書き換《か》えろというのには閉口した。むろん、朝倉の書いたそのままでも、システムが稼働《かどう》するのになんら問題はないのに、だ。

「カッコの内側にスペースあけろだの、いちいち細かいし」

「スペース？　すみません……それはどういうことなんでしょう」

思わずマニアックな愚痴を垂れていると、ケネスが困惑《こんわく》気味に問いかけてくる。しまった、と朝倉は顔をしかめたが、問われたものはしょうがないと、手にした仕様書をめくる。

「たとえばだけど、このメモしたとこに、if□(□a□==□b□)って記述があるだろ。□はスペースね。これをね、スペース抜《ぬ》きでif(a==b)って記述したところで、本来なんの問題もない。でも、南雲さんはこのスペースにこだわって、絶対空けろっていう。やってないとリテイク」

「なぜこだわるんです？　問題がないのなら、そのままでよいのでは？」

「そのほうが、『好きだから』。そんだけ」

「……は？」

ケネスはぽかんとした顔をした。美形の間抜《まぬ》け面《づら》というのもなかなか見物だと思いつつ、朝倉は「くだらないだろう」と嘆息《たんそく》する。

「この程度の見場の違いだとか、構文を二行改行したか一行改行したかなんて、どうだっていいはずなんだよ。でもそこを言うとおりにしないと、無駄《むだ》に小一時間は説教たれるわけ。こんなんにこだわるんだったら無茶な仕様変更《へんこう》すんじゃねえって言いたいよ」

南雲は一事が万事《ばんじ》その調子で、異様なまでに『見場』にこだわる。今回のリテイクもそうだが、たとえば作成した書類ひとつ取っても、章の区切りを二行空けるか三行空けるか、句読点が多いか少ないか、その程度のことにねちねちといつまでも固執《こしゅう》するのだ。

情けない話だが、会社組織というのは必ずこの手のガンのような上司がいる。ごく些細《ささい》なことにのみ執着《しゅうちゃく》を見せ、自分の言うとおりにしなければキレる。そして、状況《じょうきょう》を知らない上層部へのお追従《ついしょう》と愛想《あいそ》で世渡《よわた》りをしていくのだ。現場の混乱や苦労など、意にも介《かい》さずに。

「こりゃ甲村さんが胃をやられるわけだよ。ただでさえ急ぎだってのに、その程度の話でいちいち仕事止めてるのがトップなんだもん」

ぼやいて、朝倉はまた前髪をいじった。

「……せめて、嘉悦さんみたいな上司だったらなあ。じゃなきゃ、第一グループがよかったって、チームの全員がぼやいてる。やってられないよ」

顔の半分を覆《おお》いそうなそれは、出社前に切ろうと思いながらも慌《あわ》ただしくしてしまったために長いままだった。さすがに派遣当初はうしろに撫《な》でつけるなどしてごまかしていたのだが、たった数日でこの余裕《よゆう》のなさを味わうと、もはや見た目など気にしている状況ではなくなった。

作業中は適当なピンで留めていたのだが、頭皮が攣《つ》れて痛むので、休憩前にはずしてしまっていた。おかげで変なくせがついたそれを引っぱっていると、いきなりケネスに髪をかきあげられる。

「わ、な、なに?」

驚《おどろ》いて顔をあげると、完璧《かんぺき》な美貌《びぼう》が少しだけ心配そうに眉《まゆ》をひそめ、告げてくる。

「これじゃあ、前髪が長すぎる。目に悪いから切ったほうがいいですよ」

「あ……ああ、うん。なんか、切りそびれて」

「不便でしょう、こんな状態では」

毎度のことながら不思議だ。いきなりのスキンシップは苦手なはずなのだが、ケネスには不思議とそれがない。

こうして心配そうにされるのも、たとえば相手が大智や山下ならば憎《にく》まれ口のひとつも叩《たた》いて放っておけと言うはずなのに、なぜか彼には素直《すなお》になってしまう。

「うん。でもこのへん、まだよくわかんないし。会社も遅《おそ》いからさ、出るともう、店は閉まってるしさ」

まだケネスは朝倉の前髪をいじっている。まいったな、と苦笑してみせながら、やんわりとその手から逃《のが》れると、彼は「ふむ」とそこだけは外国人らしい気障《きざ》な仕種《しぐさ》で肩《かた》をすくめ、腕《うで》を組んで考えこんだ。

「ならば朝倉さん、わたしと一緒《いっしょ》に行きましょう」

「へ？　どこに？」

「先日、わたしも同じ部署のかたに教えてもらったヘアサロンがあります。紹介《しょうかい》で行けばすぐに頼《たの》めますから、明日にでもどうですか」

（あ、ヘアサロンがまた英語だ）

などと朝倉が変なところに引っかかってぼんやりしているうちに、いつのまにやら美容院を紹介するから一緒に行こうという話が進んでいたらしい。

「──じゃあ、仕事にきりがついたら、夜でもかまいませんので行きましょう。そのほうが空《す》いていると思います」

「え、でもあんた忙《いそが》しいんだろ。悪いよ」

「まだ日本に来て短いですし、遊びに誘《さそ》える友人があまりいないんです。ついでに、食事にもつきあっていただけませんか？　今度の土日はお休みは取れそうですか？」

少し強引《ごういん》、けれど押しつけがましくはない。そのうえ、超《ちょう》一級の美形に頼みますと誘われてしまうと、とりたてて面食いでもない朝倉でも、さすがに弱い。

「お、俺でいいなら、いいよ。土曜は無理でも日曜は……まあ、仕様変更とかなければ、たぶん」

「ありがとう。とても嬉しい」

気づけばこっくりとうなずいていて、やはり変な展開になったと思う。そもそも美容院に連れていってくれるのはケネスなのに、なぜ朝倉が礼を言われているのだろう。

ヤニ臭《くさ》い喫煙《きつえん》スペースの近くにあっても、ケネスはひとり涼《すず》しげで、甘いにおいさえ漂《ただよ》わせている。窓からさしこんだ光に金髪《きんぱつ》がふわりと輝《かがや》いて、無意識に見惚《みほ》れていた朝倉は、ポケットのなかの携帯《けいたい》が突然振動《とつぜんしんどう》するのに飛びあがった。

「あ、め、メール入った。うわ、戻《もど》ってこいって」

「休憩《きゅうけい》は終わりですね。じゃあ、細かいことはまた……そうだ、ケータイのナンバーを教えて

くださいⅠ

「あは。ケネスさん、携帯の発音がちゃんと『ケータイ』なんだ」

笑いながら、彼の取りだしたそれと番号を交換《こうかん》する。そしてまた、ケネスと会うと自分は自然に笑えているのだなと不思議になった。

「じゃ、都合ついたら電話します」

「わかりました。……ああ、朝倉さん」

それじゃあ、と頭をさげて朝倉が歩き出したあと、ケネスの呼びかけに振《ふ》り返る。

「I'll cross my fingers for you.」

にこやかにそう告げたケネスは優雅《ゆうが》な印象のある長い指の、人差し指と中指を交差させるようにして掲《かか》げている。その手つきの意味も、少し早口の言葉も聞き取れず、朝倉はきょとんとなった。

「え？　な、なんて言った？」

「あなたの幸運を祈《いの》っています。これは、簡易ですが祈りの意味がある形です」

指を組み合わせるかわり、ということなのだろう。よじったままの指を軽く振って、ケネスは甘い笑顔《えがお》のまま、つけくわえる。

「無事にプロジェクトが終了《しゅうりょう》するように。あなたに、どうかつらいことがありませんように」

「あ……ありがと」

難航する仕事に重くなっていた気分が、ふわっと軽くなるようだった。ケネスの向けてくる言葉や思いやりは、ストレートで少しくすぐったい。

(でもいいな、こういうの)

なんの含《ふく》みも思惑《おもわく》もない、お隣《となり》さんで同僚《どうりょう》。にこやかでハンサムな外国人と、ちょっと奇妙《きみょう》な異文化コミュニケーションを取ることなど、いままでの朝倉の人生にはなかったことだ。カリカリしていた気分も、どこか薄《うす》れてしまった。こうなったら南雲の好みどおり、ねちねちとスペースを入れてやってもいいか、という気分になって、しかし。

「——朝倉、ちょっと来い！」

システム部に戻るなり飛んできた南雲の怒声《どせい》に、そんな親切な気分は一瞬《いっしゅん》で吹《ふ》き飛んでしまったのだけれど。

＊　＊　＊

それじゃ明日、などと言ったものの、仕事の予定がそうそうすっきりと動くわけはない。ケネスに引っぱられ、美容院に行ったのは彼と約束してからゆうに一週間は経《た》ってのことだった。

「あれ、どうしたの朝倉さん。さっぱりしちゃって」

「あー、切り損《そこ》ねてたんですけど、やっと行ってきました」

髪《かみ》を切ったことに気づいたのは、やはりというか女性の木谷だった。短くなった髪は木谷には大好評で、やたらとしげしげ眺《なが》められ、朝倉は首をすくめる。

「うん、もっとそういう感じにしてなさいよ、きみ。感じいいわよ」

「そ、そうですか」

「ネクタイも、いい色じゃない。色白いから、そのほうがいいわよ。顔色、よく見える」

誉《ほ》められて照れ笑いが浮《う》かぶけれども、じろりと睨《にら》んでくる南雲の視線に、朝倉はすぐに顔を引き締《し》める。

「朝倉っ。この間のモジュールどうなったんだっ」

「終わってます。南雲さんのマシンにメールしておきました。サンプルプログラムでの検証もすんでるんで、確認《かくにん》してください」

案の定飛んできた怒声にしらっと返すと「ん、そうか?」と南雲は少し慌《あわ》てて自機を確認する。どうやらメールチェックを怠《おこた》っていただけらしく、ごにょごにょと口のなかでなにかを呟《つぶや》いたあと、静かになった。

異様に見場にだけこだわる南雲の面倒《めんどう》さも、やりすごす方法を少し覚えた。とりあえず言うとおりにさえしておけば、そうそうねちねちと絡《から》んでは来ない。

「なんか絶好調な感じっすね、朝倉さん。そのネクタイも新しいっぽいけど、お見立てって、まさか彼女のとか？」

「はは、違《ちが》いますよ。暫定《ざんてい》お隣さんのお見立て。知ってるかな、海外事業部のケネス・クロフォードさん。いま社宅でお隣さんなんですよ」

ケネスと同行して髪を切りに行ったついでに、あまりスーツを持っていないという話をすると、ならばショッピングだと美容院に行く前に連れまわされ、服を買うのにもつきあってもらったのだ。恐縮《きょうしゅく》したけれど、ケネスは気にしないでと笑うばかりで、てっぺんからつまさきまでを一式、コーディネートしてくれた。むろん払《はら》いは自前だが。

「おお、あのハンサムなアメリカ人さん。日本語ぺらぺらなんですよね」

「そんなことまで知ってるんですか？」

「有名ですもん。彼が来てからずっと、部署違《ちが》いの女子までそわそわしちゃってて。王子が来たって」

「へえ」

やっぱり王子と呼ばれているのか。失笑《しっしょう》した朝倉は、今度ケネスに言ってやろうと考える。

当初はどうなることやらと思ったシステム部での仕事だが、南雲の件はとりあえずあさってのほうに置いておき、開き直って仕事をこなせば、案外とスムーズに運んだ。

もともと基本の部分はすでにできあがっているのだ、バグつぶしと南雲の横やりさえ回避《かいひ》する術を学べば、そうむずかしい話ではない。

そしてこれは日を追うごとに実感するが、糸井や木谷というフランクな関係を持てる同僚がいたのも幸いだった。

どうやらそれぞれ、かつてはＳＯＨＯとしてフリーだったという彼らは、このプロジェクトのために、一年ほど前に甲村にヘッドハントされたらしい。それに見合うだけの高い能力を持ち、無駄《むだ》をきらう。ひらたく言えば南雲のアレにうんざりはしても、愚痴《ぐち》を言って空気をいつまでも重くするより、さっさと作業を終わらせるべし、という人種だ。

（エクサより、そういう意味では居心地《いごこち》もいいな）

学生サークルからベンチャーにのし上がったあの会社では、縦横のつながりが異様に濃《こ》かった。なにかと言えば飲み会、親睦《しんぼく》会、休み時間はべたべたとおしゃべりし、上司の悪口に同僚の陰口《かげぐち》、そういうものがねっとりと渦巻《うずま》いている空間だった。

「問題点を洗い出して善後策を立てるなら、多少のぶっちゃけ話は必要でしょ。でも、いつまでもそこで愚痴《ぐち》愚痴言ってるだけなら発展性はないし、あたしはパスだな」

それが木谷の言い分で、彼女は朝倉が知る限りの理系な女性のなかでも、もっともさばけたタイプなのではないかと思う。そのわりに姉御肌《あねごはだ》で、面倒見《めんどうみ》もいい。入院した甲村が彼女をなにかと頼《たの》みにしていた、というのもうなずける話だった。

「仕事は適当なとこで切りあげなさいよ、朝倉さん。自分でここまでって切らないと、本気で甲村さんの二の舞《まい》になる。あなたすごく仕事速いけど、コードいじってるときちょっとイってるから」

「あー、イってますか」

時計を睨んだ木谷の言葉に、朝倉は頭を掻《か》く。時刻は夜の九時をすでにまわっていて、ほかのフロアではすでに電気も落とされていた。システム部のなかでも、残っているのは第二グループの面々のみだ。

「昼も抜《ぬ》いたでしょ。しっかり休むところ休んで、ノー残業は絶対無理だけど、土日のどっちかは確保しなよね」

気持ちに余裕《よゆう》を持てという彼女に、そうだねと朝倉はうなずく。こんな言葉を素直に聞けるようになったのも、間違《まちが》いなくケネスの影響《えいきょう》なのだろう。

「や、一応週末は、出かける予定なんで、リフレッシュしてきます」

「あら、なによ。デート?」

「違いますよ。ケネスさんに鎌倉《かまくら》の案内頼まれたんです。俺、家が藤沢だから」

「なんだ、でもいいなあ。あたしはきっと休日出勤だわ……」

いささか強引《ごういん》なケネスに、このところの朝倉は振《ふ》りまわされてばかりいる。休みじゃなくとも、隣室《りんしつ》という距離《きょり》を理由に食事だなんだとつきあわされ、部署が違うというのにほぼ毎日、顔をあわせている状態だ。

おまけに、明日の休みはケネスがどうしてもと言うので、観光をする羽目になっている。

（あいつも、変なやつだよなあ）

――藤沢にお住まいなんですか？　でしたら、鎌倉を案内してはもらえないでしょうか。

うっかりと会話のなか、藤沢に自分の家があると告げれば、ケネスはどうしても鎌倉に行ってみたいと頼みこんできた。朝倉にしてみればすでにめずらしい街でもないが、考えてみれば自身でも、本格的に観光をしたことなどない。

どうしたことか、それが少し楽しみのような気がしている。徹底的《てってい》なインドア派の朝倉は近所にさえ出かけるのも億劫《おっくう》、という性格であるのに、ケネスと一緒ならばまあいいか、という、そんな感覚なのだ。

「朝倉さん、俺に鳩《はと》サブレ買ってきてよ。牛乳と一緒《いっしょ》に食うのが好き」

木谷との会話を耳にしていたのだろう、糸井が机の上に積みあがった書類の隙間《すきま》から、ひょいと顔を覗《のぞ》かせた。ついでのように木谷もねだりだす。

「あたしは鳩サブレより梅花はんぺん欲しい」

「ね、練り物はどうかなあ……日持ちしないんじゃ？」

引《ひ》っ越しそばを生でケネスに持っていった話をした際、常識がないと呆《あき》れたのは木谷だ。あいうときは通常、一ヶ月程度は保存期間のあるものを贈《おく》るべきで、そうでなくとも昨今では引っ越しの挨拶の定番はタオルだと言われ、朝倉は非常に反省した。

「帰りに直行で会社来てくれれば夜食にするわよ。どうせ休出してるもん」

「……鬼《おに》ですかあんた」

「うるさいわね、会社にマイマヨネーズとマイしょうゆがあるせつなさを、あんたたちも共有しなさいよ」

けろりと言った木谷に、糸井が目をすがめてつっこんだ。

「マイマヨネーズはただ単に、木谷さんがマヨラーなだけじゃないんですか」

「疲労《ひろう》で味覚狂《くる》ってんのよ。マヨがなきゃ味わかんないのよ。いいかげん、家に帰りたい」

グループ長代理である彼女は、糸井や朝倉に比べても相当に仕事量が多い。南雲が役立たずのため、第一グループとの進捗《しんちょく》状況《じょうきょう》の確認や情報交換《こうかん》、折衝《せっしょう》も、おおむね彼女の仕事となってしまっている。

むくみ防止にマイスリッパまで持参し、足下《あしもと》には足つぼマッサージの健康器具。すっかり彼女のデスクは『巣』と化しているのを、痛ましげに朝倉は見やった。

「木谷さん、今日で何日目です？」

「四日目。もう近所のサウナでシャワー浴びて、会議室の椅子《いす》の上で寝《ね》るのはイヤ……っ」

着替《きが》えも常備だと泣きまねをする木谷に、朝倉は「あー……」とうなだれるしかない。

年末には会議があるため、十二月には仮の形でもいいからおおまかなシステムを社長以下役員らの目の前で実演してみせなければならず、木谷はこのところその大詰《おおづ》めなのだ。

「なんか手伝うことは……」

「ありゃあとっくに頼んでるわよ。デバッグ修正デバッグ修正」

目をつりあげ、ぶつぶつとこぼしはじめた木谷は、音速の勢いでキーボードを叩《たた》きはじめた。

「とにかく土産《みやげ》は買ってきますから。がんばってね」

「がんばりまくってるわよっ」

苦笑《くしょう》しながら、いい意味で力の抜けている自分を朝倉は知る。こうして話す間も、全員がタッチタイピングのままキーボードを叩き続けているのだが、不思議と当初のような息苦しさは感じなかった。

ふと胸元《むなもと》に目をやると、ケネスの選んでくれたネクタイがある。朝倉は基本的に服を選ぶと地味な系統で揃《そろ》えてしまうのだが、オレンジの差し色のきいた明るい色調のネクタイは、品がいいのに華《はな》やかだ。

——明るい色を身につけるだけでも、気持ちが軽くなるんですよ。

そう言って、朝倉のために選んだタイを首の近くにあわせ、よく似合うとケネスは微笑《ほほえ》んだ。うっかり見惚《みほ》れてしまった自分に気づき、非常に照れくさかったけれど、朝倉はひねた気分にはならないままだった。

（あれじゃまるで、デートみたいだな）

エスコートされて、買いものにつきあってもらって。しかしそこに含《ふく》むところがなにもないのを知っているから、ひどく気楽だ。

ケネスのあまりにも現実感のないうつくしさのせいだろう。案外とお節介焼きだと思うのに、まるで映画の登場人物に話しかけられているようで、逆に気負いがなくなるのだ。

朝倉は自覚もするが自意識過剰《かじょう》で、言語に過敏《かびん》に反応するところがある。同性に恋愛《れんあい》感情を持つ嗜好《しこう》があると自覚してからは、とくに男相手には身がまえるところがあった。たぶんそれは、思春期の女学生らが男子を相手につんけんしてしまうのと、そう変わらない意味合いで。

けれど、ああまでひととしてのレベルが違《ちが》うきれいな男相手に、変な自意識を持つほどばからしいことはない。もはやケネスと自分では生きているステージが違う。そう思うと、むしろ肩《かた》から力が抜けるのだ。

(だってきれいすぎだもんな)

ケネスに見惚れてもあたりまえ。外国人でハンサムで、夢のように甘《あま》い存在は、一緒にすごす時間が増えてもやはり、どこか現実感がない。それが、ふだんであれば同性に対して覚える甘い感情へのうしろ暗さを軽減させてしまっている。

ペシミスティックになりやすい朝倉さえも前向きにする、彼の華やぎに感謝しつつ、ただただ、やさしい時間をもらっている。

こんな楽しい穏《おだ》やかさは、誰にも感じたことがない。おそらくは派遣《はけん》が終わるまでのつきあいだろうけれども、友好な関係が結べたままでいられればいい。

（鎌倉か。どこ、連れてってやろうかな。でもあのひとのことだから、プランは決めてそうだけどな）

キーボードを叩く朝倉の口元は、それと自覚がないままに、笑《え》みを浮《う》かべていた。

＊　＊　＊

朝倉とケネスが鎌倉を訪《おとず》れたのは、十一月もなかばをすぎてのことだった。

この日は日曜日で、ＪＲ鎌倉駅に降り立つなり、ふたりはごった返す人混《ひとご》みに、しばしぽかんと立ちすくむ。

「さすがに混み合ってますね。紅葉のシーズンだからですかね」

「修学旅行の学生もいるんじゃないかな」

ケネスと外出などすれば悪目立ちするのではないかと思っていたが、周囲を見まわすと、意外に外国人の姿も多い。大都市東京に比べるとのんびりした風情《ふぜい》の鎌倉は、じつのところ朝倉もまともに訪れたのはこれが二度目だ。

「さて、まずはどうする？　山側か海側かで、移動手段変わってくるけど」

「朝倉さんは、なにかご希望は？」

「俺は帰りに鳩サブレと土産でも買えればそれでいいよ。糸井さんのリクエストだから。それより、昼飯とかどうしよう」

無計画極《きわ》まりない言葉だが、それもしかたない。ケネスも朝倉も仕事が立てこみ、前日までばたばたしていたせいで、家を出る時間を決めるメールを交《か》わすのが精一杯《せいいっぱい》だったのだ。

寺巡《めぐ》りでもするかと問いかけると、ケネスはしばし考えたあとに「海がいいです」と言った。

「食事なら、ブルーサウンドがありますから、そこでどうですか」

「え……い、行きたいの？」

ぎくっとした朝倉には気づいた様子もなく、ケネスは金色の髪《かみ》を輝《かがや》かせて微笑む。

「道順は嘉悦さんに教えてもらっているんです。若宮大路を海のほうに歩いて、一の鳥居の近くの交差点を曲がって、海沿いに行けばいいそうですので」

「う、うん。道順はすごく簡単」

「朝倉さんは、あの店に行ったことはあるんですか？」

「ま、まあね。山下がヘルプだったときとか」

歯切れ悪く呟《つぶや》いてうつむいた朝倉は、まいったと内心舌打ちをする。こんなことであれば、さきにプランを立ててどうでも山側にルートを定めておけばよかった。

「朝倉さん？　気が乗らないのなら、変更《へんこう》してもかまいませんが」

様子がおかしいのはすぐにばれたらしい。身を屈《かが》めてくるケネスの青い目に、気遣《きづか》わしげなものを読みとって、朝倉はぶんとかぶりを振《ふ》った。

「……や、いいよ。行こう。ケネス、行きたいんだろ？」

呼び捨てにしてくれ、というのは先日髪を切りに行った際に言われたことだった。基本的に自分の名前に『さん』をつけられたことがない——英語圏《えいごけん》ではあたりまえだ——というケネスは、それればかりはどうにも不自然に思えてならないのだそうだ。

会社の人間ならしかたもないが、プライベートくらいは。そう言われてしまうと、呼び捨てにするのにためらいがあった朝倉も、不承不承うなずくしかない。

そのくせ、ケネスは朝倉のことをいつまで経《た》っても『さん』づけするのだが。

「よろしいんですか？」

「こっから海まで歩くの、ちょっと遠いかなって思っただけ。ケネスがいいなら、いいよ」

言い訳にしてもいささか苦しいものがあったが、ケネスはそれ以上追及《ついきゅう》することはなかった。ただいつものようににっこりと笑い「では、まいりましょうか」と品よくうながすだけだ。

駅を出て、若宮大路《わかみやおおじ》を鶴岡八幡宮《つるおかはちまんぐう》側へ向かうのならば土産物屋なども林立しているが、海側へ向かって歩くとなると、さしてめずらしいものもない。だが十分ほども歩いたころ、巨大《きょだい》な鳥居がそびえる道路の向かい側にいきなり海が開ける光景は、意外に新鮮《しんせん》な感動がある。

「凪《な》いでるな」

「風もありませんしね。静かです」

夏には海の家が建ち並ぶ浜辺《はまべ》も、いまは静かなものだ。犬を連れた近所のひとらが散歩をしている程度で、静かな海を横目に、まっすぐな道をこれまたひたすら歩く。

少し冷たいくらいの風が吹《ふ》いているけれども、歩くにはちょうどいい気候だろう。ケネスのやわらかそうな金髪《きんぱつ》がなびいて、どこまでも絵になる男だと思う。

「……なにか？」

「あ、いや」

思わずじっと見つめていると、視線に気づいた彼がこちらを見た。少しいたずらっぽく目を見開いてみせるそれに、いまさら見惚れていたとも言いづらい。朝倉はとっさに、以前から少しだけ気になっていたことを口にした。

「えっと、あのさ、さっきも嘉悦さんから聞いた、って言ってたろ。でもあのひと、営業部の企画《きかく》課じゃなかったかなって。まあもちろん、正社員同士なんだから知りあいなんだろうけど」

それにしても、引っ越《こ》し前から話が行くというのなら、よほど親しいのではないか。そう問いかけると、ケネスはうなずいた。

「嘉悦さんは、もともとはわたしと逆です。十年ほど前に、EIZEN international へ出向されていて、日本へ戻《もど》ってこられたのが五年ほど前です」

「そのころ、同僚《どうりょう》だったとか？」

「そうです。当時、わたしは新入社員でしたが、研修の際にもわたしの日本びいきを周囲はよく知っていたので、おまえの好きなサムライがいるぞ、と嘉悦さんのところに連れていかれて」

「あはは、なるほど侍《さむらい》か。でもあのひとそんな感じだ」

笑いながら、ケネスは嘉悦よりも年下だったのか、と気づいた。いまさらの話だが、朝倉はこの隣人《りんじん》の年齢《ねんれい》すらも知らないままだったのだ。

「あ、ええっと……ごめん、ケネスっていくつ？　です、か？」

「わたしは二十九歳ですよ。朝倉さんは？」

「やっぱり年上なんだ。俺は二十六……って、待ってくれよ」

外国人の年齢は摑《つか》みにくいが、落ち着いた物腰《ものごし》や容姿の印象から、年上だとは思っていた。しかしあらためて年齢を知るにいたり、変じゃないかと朝倉は口を尖《とが》らせる。

「待つ？　なにを？」

「いや、あのさ。俺が年下なのに呼び捨てで、そっちはさんづけってやっぱり変だ……変です。やっぱりケネスさんって呼、びます」

たったそれだけ言うのに、幾度《いくど》か朝倉は嚙《か》んだ。一度崩《くず》した言葉遣《ことばづか》いはなかなかあらたまらない。どうしてこういうところが融通《ゆうずう》がきかないのか、自分でもいらいらする。しかしケネスはからりと笑うばかりだ。

「よしましょう。いままでどおりフランクな感じのほうが嬉《うれ》しいです」

「だって、ケネスは丁寧語《ていねい》っていうか、敬語っていうか」

「わたしはこういう話しかた以外、できないんですよ。ヒアリングはどうにかなっても、とっさには出てきません。日本語はとてもむずかしい」

嘘《うそ》つけ、と横目に睨《にら》むがケネスは涼《すず》しい顔のままだ。

「じゃあ、せめて俺のほうも『さん』つけるのやめろよ」

「んん、そうですか？　じゃあ……薙？」

いきなりファーストネームで来たからどきっとした。おまけにケネスはまっすぐに朝倉の目を見つめている。目の前にした海より深い青に、ふっと吸いこまれそうになって朝倉は慌《あわ》てた。

「い、いきなりニアだなあ」

「ふふ。わたしの国では、基本はファーストネームで呼びますからね。でもそれでいいとおっしゃったのは、そちらでしょう？」

からかうように顔を近づけられ、自分が赤くなるのがわかった。どうしようもなくうろたえつつ、朝倉はしどろもどろに言うしかない。

「……えっと、やっぱり朝倉のほうでお願いします」

「承《うけたまわ》りました」

くすくすと笑うケネスに、からかわれたのかと膨《ふく》れる朝倉の頬《ほお》は紅潮してひりついていた。こんなに顔を赤くするなど、何年ぶりの経験だろうと手のひらでさする。

（おろおろしたり、赤くなるなんて、もうずっと、なかった）

こんなふうに、顔が赤らむような気恥《きは》ずかしさなど、もうずいぶん忘れていた。

つまりはそれだけ、情動を動かさずに生きていたということだ。睨みあうのはマシンのモニタだけ、たまに訪《おとず》れる山下相手には、しらけて皮肉なキャラクターを装い、ごくたまに彼への恋心《こいごころ》を思い出しては、しんとむなしい思いを嚙みしめるばかりで――。

（……思い出して？）

自分の思考に、朝倉は愕然《がくぜん》とした。それではまるで、山下に対する気持ちが、過去の痛みを捨てきれないだけの、ただの感傷のようではないか。

朝倉は長い間、山下ひとりに気持ちを預けていたはずだ。大智とややこしいことになったときにも、水島に抱《だ》かれ続け、愛人まがいにすごした日々にも。

だが思えば、報《むく》われない思いにやるせなくなる夜はあっても、山下自身に対して身を焦《こ》がすような欲求を覚えたり、どうでも振り向いてほしいと願って行動したことは、一度とてない。

――おれが、すごく迫《せま》って無理言って、つきあってもらったんです。

ふと脳裏《のうり》をよぎったのは、一葡の言葉だ。その気もない山下に何度も何度も好きだと言い続けて、がんばったのだと彼は言った。つきあってもらった、などと少し卑屈《ひくつ》な物言いをするから、朝倉はたしかこう答えもしたはずだ。

『心配ないよ。あいつ、おひとよしに見えて、自分でやりたくないことは最終的にはなんにもしないから。それに、ふるならふるで、ちゃんとけじめはつけると思うよ』

一葡は、何度もふられたからそれは知っていると笑っていた。そして、――ふったあとでも変わらず接してくれるだけの男だと知って、ますます好きになったのだ、と。

(俺はそれを、知ってたよな)

誰よりも近くで見つめて、山下のいささか冷たくもある平等さをもっとも熟知していたのは、おそらく朝倉だ。

(じゃあ、なんでだ？　どうして俺はあいつにちゃんと、告白しなかった？)

いまのままの関係がいいなどというのは言い訳だ。もしも恋心が破れたとしても、少しの気まずさを一定期間やりすごしたなら、山下は変わらず友人でいてくれる確信はある。

ならばいったい、なぜ自分はあんなにも、彼に執着《しゅうちゃく》していたのだろう。不意に見えなくなった気持ちに混乱し、朝倉は手のひらで額を押さえる。

「……朝倉さん？」

声をかけられ、はっとして見あげたさきには、やはり痛いほどまっすぐな視線を向ける青い目がある。透明《とうめい》な青さに、内心に渦《うず》を巻いた惑乱《わくらん》を見透《みす》かされてしまいそうで、朝倉はひどく動揺《どうよう》した。

「え、あ、あ、なに？」

「いいえ。さっきから黙《だま》りこんでいらしたので、疲《つか》れたのかと」

「いや、あの、仕事のことちょっと思い出して」

焦《あせ》りつつ、うまくもない言い訳をすると、ケネスはめずらしく眉《まゆ》をひそめる。

「オフのときは、仕事のことは頭から追い払《はら》ったほうがいい。むろん、思考を止めたくないという気持ちはわかりますけど、あなたが考えていたのは、あまりいいことではないでしょう？ずいぶん、険しい顔だった」

「ご、ごめん……」

ケネスの言葉は責める響《ひび》きではなく、苦笑《くしょう》まじりのそれはむしろ心配を滲《にじ》ませていた。だが『いいことではない』という言葉にぎくりとした朝倉が反射的に詫《わ》びると、ケネスは小さく息をついてくすりと笑う。

「いまはわたしとの時間に集中してほしいですね」

「え……」

「さっきまでせっかくリラックスしていたのに。もっと笑っていてください」

どうしてこういう言葉がぽんぽんと出てくるのか。まるで口説いてでもいるかのようなそれに、朝倉は失笑する。

「ケネス、それじゃ女の子には誤解されるよ」

「なにを？」

「うーんと、日本人はあんまり、そんなにストレートにいろいろ、言わないからさ。ありがたいんだけど、照れるし」

遠回しに、口説いているのかと思われるぞと言ったつもりだった。だがケネスは意味がわからないというように、首をかしげている。

「女性に対しては言ってはいけないことを、なにか口にしたでしょうか」

「や、そうでなく……あー、まあ、いいや。たいしたことじゃないよ」

いまさら説明するのも気恥ずかしく、朝倉はやや強い口調で話を打ち切った。いささか妙《みょう》な間が空いてしまい、どうしてこうなるか、と顔をしかめてしまう。

話を途中《とちゅう》で投げるなと、いつも山下に怒《おこ》られた。言いたいことを途中で止めれば双方《そうほう》にストレスがかかるのだから、その場では気まずくともちゃんと最後まで言えと。けれど、言っても言わなくても朝倉はどうにも他人との場をまずくしてしまう。

(最悪だほんと)

内心ひそかに落ちこんでいた朝倉だが、ケネスはその微妙《びみょう》な雰囲気《ふんいき》など気づかない顔で、いきなりこう問いかけてきた。

「朝倉さんの住まいは、どんなところですか?」

屈託《くったく》のない笑《え》み、ほがらかな声にわざとらしさはいっさいない。だがけっして無神経だったり鈍《にぶ》かったり、そんな理由でいきなりの話題転換《てんかん》ではないと知れる。

(やだな、意外に食えねえよな)

とにかくこの男は、笑っているか茶目っ気のある顔をするか以外の表情を見せないので、却《かえ》って隙《すき》がないのだと、いまさらながら朝倉は知る。

しかしながら取り繕《つくろ》われた空気に乗る以外なく、朝倉は足下《あしもと》を見つめて答えた。

「藤沢は、鎌倉よりもうちょっとごちゃっとしてるかな。ここほど観光地って感じじゃないから、ふつうっぽい」

「一軒家《いっけんや》なんでしたっけ？　ひとりで、広くありませんか」

「資料とか、パソコン関係の荷物突《つ》っこんでるから、そうでもない」

風に乗ってきたのか、歩道にも砂がかぶっている。途中で見かけるファミリーレストランでも、このあたりは必ず足洗い場があるのがよその土地とは違《ちが》うところだろうか。

やがて見えてきた、エスニックな印象の店を目にして、朝倉はケネスに気取られぬようにこっそりと息を呑《の》んだ。

（だいじょうぶだろ。たぶん、あいつは厨房《ちゅうぼう》だし、藤木《ふじき》さん、いるんだし……）

人見知りの激しい朝倉だが、あの店の店長のことは不思議に身がまえずにいられた。

藤木というのは、どこかやわらかい日だまりのような印象のある男性で、きれいで隙がないわりに、誰に対してもやさしい。本来そういう人気者タイプは苦手なはずの朝倉ですら、なんの気負いもなくしゃべることができる、不思議なひとだった。店の若い子が仕事を覚えなくて失敗ばかりしても、けっして怒らずに見守るだけの度量もある。

若いころから苦労していたらしいと山下に聞いたことがある。藤木の年齢《ねんれい》以上の落ち着きと包容力は、その苦労のたまものなのだろう。

(うん、そうだ。藤木さんに会いに行くと思えばいいんだよな)

とたんに気分が楽になって、よし行くぞ、と身がまえたときだ。

あの店の売りでもあるウッドデッキのテラスが見えたとたん、朝倉は声を裏返した。

「あれっ？　椅子《いす》、あがってる」

テーブルのうえに椅子を逆さに積みあげてある。まさか、と思って小走りに駆《か》け寄ると、駐車場脇《ちゅうしゃじょうわき》、デッキにのぼる階段そばには『CLOSED』の看板に『都合により臨時休業いたします』の張り紙をくっつけたものがぶらさがっていた。

「まいったな、店休日は週半ばと聞いていたんですが。無駄足《むだあし》になってしまいましたね」

ケネスも困惑《こんわく》したように眉をひそめている。この付近は喫茶店《きっさてん》程度はあるけれど、食事をするところとなると極端《きょくたん》に少ない。どうしたものか、とため息をついていると、背後で「あっ」と小さな声があがった。ふたりが振《ふ》り返ると、おとなしそうな青年が買い物袋《ぶくろ》を抱《かか》えたまま、慌《あわ》てて頭をさげてくる。

「すみません、今日は休みなんです。せっかく来ていただいたのに、申し訳ありません」

「あ、店員さん。えーっと瀬里《せり》さん、だっけ」

見覚えのある姿に、店内で呼ばれていた名前を朝倉が口にする。はいそうです、と照れたように肩《かた》をすくめた瀬里は、もう一度頭を下げた。

「厨房担当の中河原が急に体調崩《くず》しまして。料理ができないのでは、どうにもならないので、閉めさせていただきました」

「そっか、山下いないしな」

鬼《おに》の霍乱《かくらん》か、と息をついた朝倉の言葉に、瀬里はまばたきしたあと、また声をあげた。

「ひょっとして、朝倉さんですよね。山下さんのおともだちで、大智さんの後輩《こうはい》の」

「うん、まあ……」

ぐずぐずと朝倉がうなずくと、瀬里はますます申し訳なさそうな顔になった。

「せっかく来てくださったのに申し訳ありません。じつは……大智さん、いま水疱瘡《みずぼうそう》なんです」

「はあ？　あれって子どものときにやるもんじゃないの？」

「やってなかったみたいです。本当はもう、治りかけなんですけど、お客さんに感染《かんせん》したらまずいから、店は閉めてるんですよ」

なるほど、伝染性の高いそれならばいたしかたない。食事を提供する店で菌《きん》をまき散らしたら洒落《しゃれ》にならなくなってしまう。

「じゃあ、あなたはお見舞《みま》いに？　たしかお店のうえがお住まいだと聞いたことがありますが」

「えっと、どうしてご存じで……」

突然《とつぜん》話しかけたケネスの見た目にそぐわぬ流ちょうな日本語に、瀬里はぎょっと目を丸くした。気持ちはわかるなあ、と苦笑して、朝倉は口を挟《はさ》む。

「あ、こっちケネスさん。藤木さんの先輩《せんぱい》の、嘉悦さんと同じ会社にいるひと。嘉悦さんからブルーサウンドの話聞いて、来てみたかったんだって」

「そ、そうだったんですか。はじめまして、宮上《みやがみ》瀬里です。せっかく足を運んでいただいたのに、本当に申し訳ありません」

あわててまた頭を下げた瀬里の手にある紙袋《かみぶくろ》は口がゆるんでいて、荷物がこぼれた。だが、それは予想していた食料などではない。

「……洗濯《せんたく》物？」

「あ、わっ」

焦《あせ》って拾いあげる瀬里の手にしたシャツは、どう考えても彼の着るようなものではなさそうだった。まさか、と朝倉が瀬里を見つめると、彼は真っ赤になってまくし立てた。

「いやあの、大智さん俺の家に泊《と》まりに来たときに倒《たお》れちゃって、それで熱出して汗《あせ》いっぱいかくし、着替《きが》えがなくなっちゃってですね、それであの……あの……」

「や、なんも言ってねえんだけど」

朝倉がぽかんとなったまま、だいじょうぶかと瀬里を見る。だがそれがまずかったようだ。

「あのっ……失礼します！」

「あ、ちょ、ちょっと」

瀬里はますますいたたまれない様子で肩をすくめ、叫《さけ》ぶなり走り去ってしまった。

（いまのって……）

瀬里にはとても似合いそうにない、派手なプリントに大きなサイズ。あれは間違《まちが》いなく大智のものだ。看病しているという彼が洗濯物を引き取りに来るのも、なんらおかしい話ではないけれど、あのうろたえようが、すべてを物語ってしまっていた。

——俺はもう、そういうことはしない。

——どうせ本命いるんだろ？　だったらその相手だけ、後生大事にしてりゃいい。

おそらく瀬里こそが、大智の本命なのだろう。そうと理解した瞬間《しゅんかん》、朝倉のなかでどうしようもない不愉快《ふゆかい》さがうねり出した。

（そういうことか）

く、と低い嗤《わら》いに朝倉の喉《のど》が鳴る。大智も山下も、学生の時分にはどこか腰《こし》の据《す》わらない不安定さが垣間見《かいまみ》えたくせに、年月を経《へ》て——大事にする誰かを得て、すっかり落ち着いてしまったというわけだ。

お互《たが》いを大事に思いあって、慈《いつく》しみあって、そのことで前向きに変化したり、やさしくなれたり。

（くだらねえよ）

山下に永善の仕事を紹介《しょうかい》されて以来、微妙に不安定で居続けた自分の心理が、どこから来るものなのか、ようやく朝倉はわかった気がした。

山下も大智も、おまえのことが心配なのだと言った。だがそれは、彼らがいま満たされているから、その余裕《よゆう》のおこぼれを、分けてくださろうという腹なのだ。

そんなにも幸せなら、おのがことだけを見ていればいいのだ。幸せのお裾分《すそわ》けなど、朝倉は求めていない。どうせいちばん大事な誰かがいるくせに、もののついでのように親切ごかしに情をかけられるなど、まっぴらだ。

男同士でなにが本命だと、吐《は》き捨ててやりたくなる。それが、ひとり取り残された気がする朝倉の――ろくな人間と関《かか》わって来なかった朝倉自身の、逆恨《さかうら》みにも似た感情だと知ってはいたが、尖《とが》る神経は抑《おさ》えられそうにない。

「……どいつもこいつも、まったく幸せそうだ」

ごく小さな声でぼそりと吐き捨てれば、ケネスがぴくりと眉《まゆ》を動かした。「なにがです？」と訊《たず》ねてくる彼にかぶりを振り、朝倉はあえて明るい声を発する。

「なんでもないよ。さて、どうしよう？　ここらへんなにもなさそうだから、いったん駅まで引き返しますかね」

ほがらかな色を浮《う》かべた頬《ほお》が、無理につくろった表情に痛む。どうしようもなく乾《かわ》いた目は、笑《え》みに歪《ゆが》めた瞼《まぶた》に隠《かく》されるだろう。そう思っていたのに、ケネスがじっと朝倉を見つめるまなざしがあまりに強いから、つい顔を背《そむ》けてしまう。

「と、通り沿いに喫茶店みたいなのならあったかな。そこにでも入る?」

「いえ。……そうですね、ちょっと提案があるのですが」

朝倉のぎこちない態度には気づいているだろうに、ケネスは指摘《してき》しないまま、すっと目の前の海に目を移した。ほっとしながら「なに?」と問いかけると、唇《くちびる》に長い指を当てた彼はしばし思案して、口を開く。

「予定と少しずれましたが、このまま葉山《はやま》のほうまで行ってみませんか」

「それってまさか歩いて? 相当かかると思うけど……」

「疲《つか》れたら車を拾うのはどうでしょう?」

とはいえ流しのタクシーなどろくにない。朝倉は携帯《けいたい》を取りだし、ルートを検索《けんさく》しながら唸《うな》った。海沿いの道なりに行けばたどり着けないことはないだろうけれど、こちら側から徒歩で行ったことはないし、徒歩での移動時間はさすがに読めない。おまけに地図を見るに、車道がメインのような気がする。

「ケネスがそうしたいんなら、いいけど……でも、俺歩いて行ったことないよ」

おまけに、昼食はブルーサウンドで摂《と》るつもりであったから、そこまで空腹の身体《からだ》が保《も》つかどうか不安だ。

「じゃあ、行けるところまで歩きつつ、タクシーを待ちましょうか」

ケネスの提案に、朝倉はいったんうなずく。だが正直言って、藤沢に住んでいたころからあまり外出に縁《えん》のない朝倉は、駅からここまでの歩きだけで、軽い疲れを覚えている。

「あっ、待てよ。裏にバス停ある！　逗子《ずし》で乗り換《か》えれば葉山までバスで行ける」

携帯のエリア検索で発見したそれに朝倉は声をあげ、ケネスは苦笑《くしょう》する。

「なんだよ、ほんとに足なまってるみたいで、疲れたんだよ」

「いけませんよ、まだ二十六なのに。少しは身体を動かさないと」

「そんなこと言ったって、歩いてないもんはしょうがないだろ」

横目に睨《にら》んだ男は、いかにも丈夫《じょうぶ》そうな逞《たくま》しい身体つきをしている。欧米《おうべい》人の骨格はやはり日本人とは違《ちが》うといまさら思いつつも、ケネスこそどうなんだと朝倉は切りかえした。

「そっちだって忙《いそが》しいんじゃないのか。システム部ほどじゃないけど、けっこう時間がめちゃくちゃだって言ってたくせに」

「空いた時間で身体を動かすようにしてますから。会社も、保養施設《しせつ》としてスポーツジムと契《けい》約《やく》していますしね。今度一緒《いっしょ》にいかがですか」

「うわ、俺そういうの勘弁《かんべん》……ていうか、それ正社員だから使えるんだろ」

「派遣《はけん》のひとでも安くなるそうですが」

フィットネスなどで汗を流す自分を想像し、げんなりと朝倉がため息をついたところでバスが来た。逗子駅行きのそれに乗りこむと、さすがに観光地らしく、日曜の昼間からバスは混《こ》み合っている。長身のケネスはバスの天井《てんじょう》に頭がつきそうな勢いで、きゅうくつそうな姿には笑いがこみあげた。足場を確保するのがやっとという混雑したバスのなかでは、ろくな会話もできないまま逗子駅に辿《たど》りつく。そして朝倉がバスの路線を確認《かくにん》するより早く、うんざりした顔で首筋を押さえたケネスが言った。

「……次はタクシーで移動してもいいですか？　ちょっとあの狭《せま》さは耐《た》えがたいです」

「あー、やっぱ首おかしい？」

思わず吹《ふ》きだしてうなずくと、めずらしく憮然《ぶぜん》としたままのケネスはさっさとタクシー乗り場へと向かってしまった。

「葉山マリーナまでお願いします」

乗りこむなりケネスが言った言葉に、観光客慣れしたタクシーの運転手は「お客さん、日本語うまいね」とほがらかに笑って車を出した。

車窓を流れていく風景に、ぼんやりと朝倉は目を向ける。このところ会社と社宅の往復で、ろくに外を見る余裕もなかったが、やはり東京に比べるとこのあたりは緑が多く、なんともゆったりした時間が流れているように思う。

「葉山マリーナにすぐつけちゃっていいの？　昼時だけど、なんか食べた？」

「ああ、どこか食事ができるところはありますか？」

親切な運転手の問いかけにケネスが質問で返すと、「それなら」と海沿いにあるファミリーレストランを勧《すす》められた。だが朝倉は一瞬《いっしゅん》だけ眉をひそめる。

「えっ、ファミレスしかないの？」

「なくはないけど、あそこがいちばん人気だよ。海まで歩いていけるしねえ。それに店のなかから海が見えるし、テラスも気持ちいいよ。たまに富士山が見える」

ばかにしたもんじゃないよ、と語る運転手に、ケネスがふっと顔をあげた。

「富士山、ですか」

「うん。今日なんか天気いいから、はっきり見えるんじゃないかね。ガイジンさんは好きだろう？　富士山」

運転手の説明によれば、葉山の海が目の前にある、人気のスポットでもあるそうだ。だが、せっかく観光に来て、そんな庶民《しょみん》的なところでケネスはいいのだろうかと隣《となり》の美形をうかがい見る。

「ケネス、それでいい？」

「わたしはけっこうですよ。日本のチェーンレストランは味の保証がされていて、どこでも変わらず、おいしいですし」

「そっか。じゃ、俺もそこでいいや」

にっこり微笑《ほほえ》む王子様がよいのなら、朝倉に異存はない。運転手お勧めの場所まで運んでもらい、丁寧《ていねい》に礼を言ってタクシーを降りた。

「いらっしゃいませ、二名様ですね。お席は喫煙《きつえん》と禁煙、どちらになさいますか」

店は案の定混み合っていたが、入り口付近の待ち合いに立つ受付の店員に少し待てば案内すると言われ、希望を問われた朝倉が喫煙と答えるより早く、ケネスが言った。

「できれば喫煙がよいのですが、外の席は空いていますか？」

「も……もうしばらくお待ちいただければ、おそらくだいじょうぶです」

ケネスの穏《おだ》やかな声の問いに、まだ若そうな女性店員は一瞬だけ声をうわずらせる。そして朝倉から見てもかなり舞《ま》いあがっているとわかる態度で、慌《あわ》てて店内にとって返した。

その間にも、ちらちらと周囲からの視線が痛い。なんだろうと朝倉が目を向けると、あちらこちらからケネスに向けて、羨望《せんぼう》と賞賛のまなざしが送られていた。

（うわあ、やっぱ目立つな……）

東京からの移動中にも感じてはいたが、この王子様然としたルックスはやはりひと目を惹《ひ》くようだ。とくにこの店は女性客が多いため、ろこつに感じる。だがケネスは平然としたものだ。

——外国人はやはり、めずらしいでしょうからね。

以前にも一緒《いっしょ》に出かけた際、さらりとした笑みのままそんなことを言っていた。ただの外国人ならばここまで熱っぽく見つめられたりもしないだろうと思うのだが、ケネスは自分が破格級の美形であることを、あまり意識していないらしい。

（いやまあ、天然ってより自覚的に無視してんだろうけどさ）

おそらく、こんなふうに見つめられたり、モテるのが彼の『日常』であって、意識するというほどのこともないのだろう。自意識過剰《かじょう》気味で、他人の視線に敏感《びんかん》な朝倉とはえらい違《ちが》いだ。

なぜこんなにタイプの違う男と休日に海など見に来ているのだかと、朝倉はいまさらに首をかしげた。そして気になることはもうひとつ。

（なんか、しっかり目的地決まってねえか？）

鎌倉駅についたときは、どこに行きましょうかなどとのんびりした態度だったのに、ブルーサウンドが休みだと知ってからのケネスはやたらとてきぱきしている。じっと見つめていると「なにか？」と彼が首をかしげて、朝倉は疑念をそのまま口にした。

「あのさ、葉山に行きたかったなら、鎌倉に寄らないで、最初からそっちにすりゃよかったんじゃない？　それに、観光するなら浅草とか、秋葉原のほうが人気あるんじゃないのか」

たまたま朝倉が藤沢に住んでいたし、ブルーサウンドに寄るつもりだったのかもしれないけれど、そもそも鎌倉に来たがる外国人というのは、ずいぶんと日本通だ。むろんケネスのこの流ちょうな日本語ひとつとっても、もとから日本が好きだというのは理解できるけれど、なんだか妙《みょう》に引っかかるものがある。

「ああ、それは……」

「朝倉さま、二名様。お待たせいたしました。お席の用意ができました」

ケネスが答えようとしたところで、ウェイターが案内に来る。ケネスは優雅《ゆうが》な仕種《しぐさ》でアルバイトらしい彼に向き直り、会釈《えしゃく》して制服姿の店員に続いた。

案内された席は、希望したとおりテラス席だった。

目の前には釣《つ》り客の点在するテトラポッド。その向こうには葉山の海の水平線、そしてうっすらと、富士山が見える。ロケーションは最高だが、吹きつける風は冷たかった。

天気もいいし、と朝倉もそれで了承《りようしよう》していたのだが、いざ席に着くと海風があるのでかなり外は寒い。さすがにテラス席に出る酔狂《すいきよう》な客は、朝倉たち以外にはいないようだった。

「なあ、ケネス。やっぱ、なかのほうがよかったんじゃないか?」

「いえ。……ここがいいです」

なにか遠くを見るような目で、ケネスはそのけぶる富士山を眺《なが》めている。やはり外国人と言えばフジヤマなのだろうか。冷たい風に髪《かみ》を乱しながらも、視線はゆるがない。

日本人にはあり得ないまっすぐで高い鼻筋。けれど、彫《ほ》りが深すぎて怖《こわ》い、というほどでもない。絶妙《ぜつみよう》な甘さのあるきれいで完璧《かんぺき》な横顔に、見つめる海と同じ色の目と、金色の髪。

(横顔もきれいだなあ)

メニューを風よけにするふりをしながら、朝倉は絵になる男の姿を横目に眺めた。ふっと彼の視線が動き、慌てて写真入りのメニューに目を落とす。

「あ、あー。なんか腹があったまりそうなものはないかな。ケネス、なににする?」

性懲《しょうこ》りもなく見惚《みと》れた自分に恥《は》ずかしくなり、ごまかすように問いかける。するとケネスは微笑して、うつくしい眉《まゆ》を軽く寄せた。

「すみません、外にしてしまって。寒かったですか？」

「いや、いいけど……」

会話が途中《とちゅう》で途切《とぎ》れたのは、そわそわしながら注文を取りに来たウェイトレスのせいだった。とりあえずメニューを決め、朝倉もケネスもその日の日替《ひが》わりランチを注文する。

「あたたかいコーヒーを、さきにふたついただけますか」

「はい、よろこんでっ」

（おい。それマニュアルの受け答えと違《ちが》うから）

メニューを差し出す仕種までも優雅なケネスに微笑みかけられ、舞いあがったままオーダーを入力した彼女は、どうやらこのレストラン以前には、チェーン居酒屋でバイトをしていたようだと朝倉は悟《さと》った。一応店員教育は行き届いているらしく、必要以上に騒《さわ》ぎ立てはしないもののの、うら若い女性としてはハンサムな外国人は目の保養なのだろう。

「すげえなあ。やっぱりモテるなあ、ケネス」

苦笑《くしょう》して煙草《たばこ》を取りだした朝倉だったが、ケネスの目はやはり富士山に釘付《くぎづ》けだ。ふだん、会話の途中で目をあわせないことが少ない男にしてはめずらしいと思っていると、すぐに注文した品が運ばれてくる。

うに笑った。

「……さきにコーヒーをと言ったのに」

ファミリーレストランらしく、速攻《そっこう》で届いた食事を前にして、息をついた彼は少し照れたよ
「すみません。見入ってしまいました」

「そんなに富士山好き？」

「いいえ、いろいろと感慨《かんがい》深かったもので」

どういう意味だと不思議になった朝倉が首をかしげると、彼は満足げに金色の睫毛《まつげ》を伏《ふ》せた。

「これで、日本に来た目的のひとつが果たせました」

「え……？」

「さきほど、なぜ葉山なのかと、朝倉さんはわたしに訊《き》かれましたね」

途切れた話をもう一度振《ふ》ってくるケネスにうなずくと、彼は長い指を組んでそこに目を落とす。祈《いの》るようなその形にも、真摯《しんし》な表情にもどきりとした。

「わたしが日本びいきになったのは、親族のお嫁《よめ》さんに日本のひとがいたから、というのはお話ししたと思います。彼女は綾子《あやこ》さんと言って、祖母の弟の妻だったひとですが、わたしにとっては、母や祖母以上に慕《した》わしいひとでした」

楚々《そそ》とした風情《ふぜい》の、やさしく穏やかな老婦人に、幼いケネスはひどくなついたのだという。

「母や祖母は働く女性でしてね。ひどく強くて個人主義だった。シッターを雇《やと》ってわたしの面《めん》

倒《どう》を見させていたんですが、いまでこそ健康ですけれども、小さいころの私は病気がちで」

「そうなのか？」

背も高く、堂々とした体格の彼に朝倉が意外そうな声をあげると、おかしそうにケネスは笑った。皆《みな》同じような反応をするのだろう。

「ええ、手のかかる子どもだったんです。綾子さんはそんなわたしを気遣《きづか》って、食事が悪いのではないかと、シッターに代わって世話をしてくれました。卵粥《がゆ》ならば食べられた。あちらではそうめったに日本の食材も手に入らないのに、どうやってか、ちゃんと出汁《だし》までとったものを作ってくれました」

アレルギーのあったケネスには、日本食があっていたらしい。なつかしそうに目を細める顔に、綾子という女性をどれだけ彼が慕っていたのかが表れている気がした。

「ベッドでじっとしているわたしに、綾子さんは日本の話をたくさんしてくれました。自分の国はとてもうつくしいと語る彼女の言葉で、日本の四季折々の光景が見えるようだった。ひとの心も、つつましく、とてもやさしいのだとね。そして、眠《ねむ》る前にいつも一緒《いっしょ》に綾子さんとお祈りをしました」

「ええと、綾子さんってクリスチャンだったりしたのか？　ケネスも？」

「いいえ、彼女もわたしも洗礼は受けていません。ある意味、日本のブッディストと感覚は同じでしょう。ただ、特定の宗派は定めていませんが、神というものの存在は信じていますよ」

ずれたケネスの答えに、朝倉は苦笑する。

「いや、じゃなくてさ。お祈りって言ったじゃんか」

「ああ。それは、こうやって」

手のひらをあわせる形にして、ケネスはいつでも微笑《ほほえ》んでいるような目と唇《くちびる》を閉じる。

「今日も一日無事にすごせました。ありがとうございます。そう祈りなさいと綾子さんに教わったのです。誰に祈るんだと聞いたなら、大きな誰かだと彼女は言いました。たぶん、小さな子どもに詳《くわ》しい宗教の話をしてもわからないと思ったのでしょうし……これは大きくなって気づいたことでしたが、父や母はクリスチャンでしたので」

「ああ……」

おそらくは、家庭内で宗教観が違《ちが》う子どもがいてはむずかしいことを、綾子は理解していたのだろう。朝倉も相づちをうつに留《とど》める。

「最終的には、私は洗礼は拒否《きょひ》しましたけどね。のちに調べて知りましたが、綾子さんの教えてくれたのは、大乗仏教《だいじょう》の、おそらく浄土宗《じょうどしゅう》、法然上人《ほうねんしょうにん》の教えだったのでしょうが、あの感覚を好ましいと思っているのです。手をあわせて祈れば救われる。とてもやさしい、それがよいのです」

その『やさしい』は、優《やさ》しいなのか易しいなのか。この外国人は完璧な日本語を使うけれど、だから却《かえ》って発言の意味がいまひとつ摑《つか》めない。

「この国の神、仏は、おおらかだ。なんでも受け入れる柔軟《じゅうなん》さと、繊細《せんさい》さが同居しています」

眩《まぶ》しそうに目を細める彼の言葉こそが、うつくしかった。

どこをとっても麗《うるわ》しいケネスの顔をぼんやりと眺める。金の髪、青い瞳《ひとみ》、どこの王子だという完璧な美貌《びぼう》に吸いこまれそうになりながら、朝倉は理由もなく怖いと思った。

こんなやさしくてきれいなものを自分は知らない。いままでにも、彼とは世界が違うと感じていたけれども、こんなうつくしい心を持つひとの前にいることが、急に恥ずかしくなった。

だからだろうか。つい、くさすようなことを言ってしまったのは。

「現代日本に夢みなさんなよ。ひでえもんだぞ」

わざとつっけんどんに吐《は》き捨ててみるけれど、しかしケネスのほうがずっと上手だ。

「あなたは、銃《じゅう》を扱《あつか》った事件が日常で起きる国に、生きたことはないでしょう?」

静かな声が、朝倉の背中をぞくりとさせる。

(なんか、怖い。こいつ)

それは、夢のような甘い言葉ばかり口にする男が、けっして甘いだけの存在ではないと知れるからだ。なにもかも暴《あば》きたてるように強い裏打ちが、ケネスにはある。

「そりゃ……そうだけど……」

なにをどう言っていいのか急にわからなくなり、朝倉は目を逸《そ》らした。ケネスはその顔をじっと見つめたまま、少し声のトーンを落として語りかけてくる。

「朝倉さん。あなたは『War bride』という言葉を聞いたことがありますか」

「ウォーブライド……なに？　知らない」

「戦争花嫁《はなよめ》。太平洋戦争の終結後、米軍人、もしくは軍属と国際結婚《けっこん》し、海外に移住した日本人女性のことを、そう呼びます。私の祖母の弟は、軍医でした」

戦争花嫁たちは、重国籍《こくせき》が容認《ようにん》されていないため、夫を選べばアメリカ国籍を得て、生まれた国のそれを捨てるしかなかった。また時代の問題もあって、祖国に帰れないことも多かったと語るケネスの言葉に、朝倉ははっとなる。

「じゃあ、綾子さんは」

「まさにそうでした。彼女は結婚後、一度も国に帰ることができないまま、亡《な》くなった。彼女の語った日本が、夢であり理想であるのは、そういう事情もあったことくらい知っています」

それでも、綾子から学んだ日本という国のすばらしさを、そして日本語のうつくしさを、ケネスは信じたかったのだと言った。

「綾子さんは、この海のそばで育ったのだそうです。葉山の海は穏《おだ》やかで、波音が気持ちいいのだと言っていました。むろん彼女の若かったころには、こんな機能的な店も、整備された道路も、なかったのでしょうが」

呟《つぶや》くように言って、ケネスはもう一度、白くそびえる山のほうへと目を向ける。

「彼女が二度と見られないけれど、もう一度見たいと切望していた、葉山の海から見る富士山。

これをわたしは、この目でどうしても見たかった。そして言葉どおり、とてもうつくしいと思いました。そうと知れたことが、たまらなく嬉《うれ》しい」

その目は、幻想《げんそう》ではない理想を見つけたいと強く願うものであり、けっして感傷だけに溺《おぼ》れた男のものではなかった。

眩しいくらいに輝《かがや》いていて、そのくせすさまじい胆力《たんりょく》をのぞかせる。ただ夢のような憧《あこが》れを、そのままにするのではなく、自分の力で引き寄せようとする、そんな目だ。

（……怖《こわ》い）

見つめるさきにある海よりなお青い、澄《す》んだ目のなかに、朝倉はいったいどんなふうに映っているのだろう。いままで気にしたこともなかったのに、ひどくそれが気になるのは、どうして彼がこんな大事な話を自分にするのか、わからないからだ。

「EIZEN international に就職したのも、それが日本出資の会社だったからです。そして、入社以来、日本への出向を長く希望していた。日本人の社員もたくさんいましたし、さきほど朝倉さんの仰《おつしや》ったように、現在の日本が綾子さんの語った国とはだいぶ様変わりしたのも知っています」

微笑みかけられても、もう朝倉は彼の目をまっすぐ見られなかった。子どもっぽい反抗心《はんこう》で、『夢を見るな』などと、わかったようなことを言ったのが恥《は》ずかしかったからだ。だが、それすらきっとケネスにはお見通しなのだろう。

「それでも、あの会社で、サムライと呼ばれた嘉悦さんに出会えた。こちらに来るよう取りはからってくれたのも嘉悦さんです。わたしは彼の友人であることを、とても名誉《めいよ》に、そして誇《ほこ》りに思います」

海の見えるテラスで、すがすがしい笑顔《えがお》で友を語るケネスがまぶしかった。朝倉はますますうつむいて、唇を噛《か》みしめる。

さきほど瀬里と偶然《ぐうぜん》出くわした瞬間《しゅんかん》の、あの苦い気分をふと思い出し、ひどく自分がいやになる。おおらかで自然体な大智を苦手に思い、やさしい山下には友人面して気持ちを寄せ、そのくせ告白のひとつもできず、うじうじとするばかり。

「……俺には、そんなともだちはいないな」

友人に対して、誇りになれるような存在ではけっしてないことが、ひどくつらく思えた。朝倉が卑屈《ひくつ》な気分で呟くと、ケネスは不思議そうに目を丸くする。

「山下さんはご友人ではないのですか？」

口をつぐみ、朝倉はあいまいにかぶりを振《ふ》る。複雑なものを孕《はら》んだ仕種《しぐさ》を理解しているくせに、ケネスはなおも言った。

「それに、わたしは、朝倉さんの友人にはなれていないのですか」

「え……」

毒気を抜《ぬ》かれるような反応に朝倉が絶句していると、ケネスはいつものように微笑んでいる。

「まだなれていないのなら、ともだちになりましょう」

なんの含《ふく》みもない顔で微笑まれ、朝倉はかっとなった。

(言うな、そんなことを)

そのひとことは、朝倉のなかに根ざした昔の記憶《きおく》を刺激《しげき》した。

――んじゃ、これからともだちになりゃ、いいんじゃないか？

穏やかな笑み、差し伸《の》べられるやさしい手、朝倉が苦手にしながら求めている安寧《あんねい》のようなものを含む、低い声。

「無理だ」

「え……なぜですか」

気づけば、うなるような声でそう突《つ》っぱねていた。怪訝《けげん》そうにこちらを見るケネスに、腹のなかのどろりとしたすべてを吐き出したくなっている自分に気づく。

自分の膝《ひざ》を両手でぎゅっと握《にぎ》り、しばらくは耐《た》えた。けれど、沈黙《ちんもく》は秒刻みに濃《こ》さを増し、朝倉の喉《のど》を圧迫《あっぱく》する。やめろ、言うなと理性が囁《ささや》くのを振りきって、朝倉はけっして言うつもりもなかったことを、勢いまかせに暴露《ばくろ》してしまっていた。

「俺はゲイで、あんたのことをそういうふうに見るかもしれない。長いこと、ともだちだった男にだってそうだったんだ」

吐き捨てるように口から言葉が飛び出したとたん、後悔《こうかい》がはじまった。米国人は、日本人以上にホモフォビアも多いと聞く。これでケネスは、朝倉を見る目を変えてしまうだろう。このまま、汚《けが》らわしいと席を立ってしまうかもしれない。

（どうして俺は、こうなんだ）

冷めたふりで斜《はす》にかまえているくせに、本当は少しもクールじゃない。感情のセーブがきかなくて、言わなくていいことばかりいちいち口にしてしまう。自分がいやでたまらないのに、みっともないところばかりを見せて許されたがって、見苦しい。

痛いくらいに唇《くちびる》を噛んでいると、そっと声をやわらげたケネスが問いかけてくる。

「友人の男性を、ずっと好きだったんですか。打ち明けようとは思わなかった？」

「あいつにはもう、恋人《こいびと》、いるから」

想像したのとは違《ちが》う言葉だった。だが顔をあげられない朝倉には、ケネスの意図が読み取れない。しかたなく、目を伏《ふ》せたままこくりとうなずくと、彼は言った。

「つらかったですね」

そっと髪《かみ》を撫《な》でられ、驚《おどろ》いて顔をあげる。そこにいたケネスは、いままでとなんら変わらず——いや、いままで以上にやさしい顔をして、じっと朝倉を見ていた。

「けれど、そういう自分を卑下《ひげ》するような言い方は好ましくありません。誰かを好きになったことは、羞《は》じることでもなんでもないでしょう」

子どもにするような髪を撫でる手つきに、しばらく毒気を抜かれていた。だが、諭《さと》すようなそれにはっとして、朝倉は手を振り払《はら》う。

「おためごかし言うなよ。あんた、ほんとはゲイなんて気持ち悪いんだろ？」

「そんなわけはありません。わたしもゲイです」

「……は？」

さらっとした告白に、一瞬《いっしゅん》意味を摑《つか》みあぐね、朝倉は目を瞠《みは》った。ケネスは優雅《ゆうが》に微笑《ほほえ》んで、振り払われた手を残念そうにひらひらと振ってみせながら、問いかけてくる。

「なにがそんなに苦しいのですか」

「なにがって……」

「恋《こい》に破れたというだけではなく、朝倉さんは苦しそうだ。ゲイであることはたしかにいろいろと大変なこともあります。それでも、自分の気持ちは偽《いつわ》れないでしょう？」

迷うことのない声で告げられ、朝倉は黙《だま》りこんだ。ケネスは静かな、だがあいまいなごまかしを許さないような口調で言葉を綴《つづ》る。

「たしかに偏見《へんけん》もある。許してくれないひともいる。けれど世界中があなたの敵というわけではない。少なくとも、誰かひとりくらい、理解してくれるひとはいるでしょう」

「そんなの、誰もいない。理解されたいなんて、べつに思ってない」

拗《す》ねたような声に、朝倉は自分で驚いた。どうしてそこまで踏《ふ》みこんでくるんだという反発より、なにかひどく頼《たよ》りないような気分のほうが強かった。

なぜだろうか、ケネスにはうまく意地がはれない。あがいて突っ張《ぱ》ってもその虚勢《きょせい》をすぐに見抜《みぬ》かれて、するりと内側に入りこまれてしまうのだ。

「あなたがそうして閉じてしまったら、理解はむずかしい。話してみてもらえませんか」

わたしに、朝倉さんの心の荷物を預ける気はないですか？

やさしく唆《そそのか》す笑顔が卑怯《ひきょう》で、ケネスを睨《にら》もうと思った。だがやはりあの青い目にぶつかると、朝倉は毒気を抜かれてしまうのだ。

そしてその青さのなかに吸いこまれてしまうようで、くらくらと目が眩《くら》んで、心のブレーキがどこまでもゆるくなっていく。

気づけば誰にも言ったことのない告白が口からこぼれ出て、ひとこと転がり落ちればあとはもう、止まらなかった。

「俺、ほんとに。理解してもらおうなんて思ってないんだ。気持ち、わかってもらおうなんて、ほんとにあいつにも——山下にも、思ったことなかったんだ……」

大学に入ったばかりのころ、朝倉はいまよりももっと、おとなしかった。あまり他人と口をきかず、一定の距離《きょり》を置いて、必要最低限の会話しか交《か》わそうとしていなかった。

また、うっかり口を開けばじつのところ見た目ほど穏和《おんわ》でもない性格が災《わざわ》いして、不必要に尖《とが》った物言いをしたり、皮肉を発してひとにいやな顔をされることも多かった。

——なにあいつ、性格悪い。

——むかつくし、近寄るのやめとけよ。

中学、高校と向けられた言葉は、大学でもあまり変わらなかった。一見は目立たずおとなしいくせに、近づいたとたん攻撃《こうげき》的になる性質。それは、早くからゲイの自覚のあった朝倉にとっての精一杯《せいいっぱい》の身を護《まも》る術《すべ》だったのだ。

大学生ともなれば、波長のあわない相手にいちいち絡《から》んだり喧嘩《けんか》をすることもなく、ただ黙って離《はな》れるだけなのがありがたかった。おかげで友人はおらず、その分だけまじめに授業を受けていたが、正直、あまり楽しい日々ではなかった。

そんなある日、大教室での講義中、朝倉にノートを見せてくれと言ってきたものがいた。

「悪い、朝倉。俺、この間の講義休んじゃってて。試験近いし、ノート見せて？」

「いいけど……」

さして親しい相手ではないが、とくに断る理由はなかったので、その場で写すのならと朝倉は了承《りょうしょう》した。自分のような偏屈《へんくつ》な人間に寄ってくるくらいだ、よほど困っていたのだろうと思ったからだ。そして、書き写している彼の姿を目に留め、幾人《いくにん》かが近寄ってきた。

「あ、もしかしてこの間の授業のとこ……？　俺もいいかな」

問題の講義の日は雨がひどくて、休んだ人間も多かった。朝倉にしても、べつにノートを見せるくらいはかまわなかったのだが——。

「ああ、いいぜ。これ使えよ」

俺も俺もと寄ってくる連中に朝倉がなにか言うより早く、最初に頼《たの》んできたその男が勝手に了承を述べたのには啞然《あぜん》とした。

朝倉など無視して、誰だか知らない相手に勝手に貸し出そうとする態度に、どうしようもなく苛《いら》ついた。このノートは自分のものだ。べつに親しい友人でもなく、こちらも見せてやる義理はない。

「……なんであんたが勝手に、OKするんだよ」

朝倉としては、当然のことを咎《とが》めただけだった。だが朝倉のいきなりの冷たい声に、相手は面食らった顔をした。

「な、なんだよいきなり」

「いいぜじゃねえだろ。ひとが親切に見せてやったのに、自分のもんみたいに勝手に貸すんじゃねえよ。どういう神経してんだ」

「おい……。そんな言い方することないだろ」

礼を失したのは相手が悪い。だがこんな物言いをしては、反省をするよりさきに腹を立てるのがあたりまえだろうと、頭の隅《すみ》ではわかっていた。

(やばい。言葉、とまんねえ)

昔から、そうだった。納得《なっとく》いかないことに意固地になり、どうしても穏便《おんびん》な物言いができずに相手をかっとさせてしまう。おまけにふだん無口だけれど、喧嘩のときばかりは口のまわる朝倉に、大抵《たいてい》相手はむっとする。

「俺の言い方が気に障《さわ》るなら、まず自分の態度を反省しろよ。いくらなんでも図々《ずうずう》しいんじゃねえの。だいたいあんた、調子よすぎ」

不愉快《ふゆかい》そうにする相手に対して、必要以上にきつい言葉を投げつける。内心では、ここまでいやな物言いをすることはないとわかっているけれど、怒《いか》りが先に立つと朝倉は口が止まらないのだ。

「てめえ、なんだよその態度。なにさまだよっ」

「そっちがなにさまだよ」

室内は剣呑《けんのん》な空気にぴんと張りつめた。もはやノートどころではなく、固唾《かたず》を呑《の》んでいる周囲に朝倉は内心ではひどく焦《あせ》った。

だが、そこで一触即発《いっしょくそくはつ》の空気に割って入る、穏和な声があった。それが山下だった。

「——ずっと見てたけど、いまのはおまえが悪いんじゃない？」

「え……」

「朝倉の物言いもきついけどさ。基本的に、他人を当てにしたあげくに、勝手にひとのものを貸すのはどうかと、俺も思うけどな」

さっくりと釘《くぎ》を刺《さ》すくせに、口調がやわらかいので角が立たない。まだ十代だというのに、そんな物言いを山下はすでに身につけていた。

「まず朝倉に謝って、それから見せてもらうなら見せてもらえよ。ひとになにかお願いするなら、それが筋だろ？」

「まあ……そうだけど……」

山下はあくまで飄々《ひょうひょう》とした態度で、発するのも穏和な声だが、それでいてどこか逆らえないほど押しが強い。いきり立っていた相手も、渋々《しぶしぶ》ながら「ごめん……」と呟《つぶや》き、ばつが悪そうに朝倉の前から去った。

上手に波風を立てないように場を収め、呆気《あっけ》にとられている朝倉ににっこり笑ってみせた山下は、「ところでさ」と言った。

「俺もノート見せてもらっていいかな？」

いままで遠巻きに眺《なが》めるだけだった、ひと好きのする笑顔《えがお》をいきなり向けられ、朝倉はどぎまぎした。

「いい、けど。こんなんで、礼になるなら」

「礼？　なんで？　俺が見せてもらうのに。逆だろ？」

きょとんとする山下に、朝倉は少し慌《あわ》ててこうつけくわえた。

「え、いやだって……べつにともだちでもねえのに、かばってもらったし」

入学時から、山下はなんとなく人の輪のなかに中心人物として存在していた。圧倒《あっとう》的な体格は迫力《はくりょく》さえあるのに、それを少しも気取《けど》らせないフランクさ。

(なんか、すげえ。こいつ)

朝倉にない全部を持っている彼は、そのとき、こう言ったのだ。

「んじゃ、これからともだちになりゃ、いいんじゃないか？　俺、朝倉みたいにずばずばものを言うやつ、きらいじゃないよ」

気負いのない声に、ずきんと胸が痛くなった。そんなこと誰も自分に言ってこなかった。

「い……いいけど。大学生にもなって、ともだち作るのかよ」

「はは。まあそうだな、ちょっと恥《は》ずかしいな」

けろりと笑ったその顔に、ああもうこれはだめだと思った、それが恋《こい》のはじまりだった。

淡《あわ》く、ほのかだった記憶《きおく》をたぐって、純情だったことだと朝倉は自嘲《じちょう》する。あのころはまだ、いまほど自分もすれきっていなかった。身体《からだ》も、心も。

「俺、あいつが、ずっと好きだったよ。いつもいいやつで、俺がなに言ったって、けろっと受け流してくれて。ずっと……ともだちでいてくれて」

これから友人になれればいい。それは奇《く》しくも、ケネスの口にした言葉のと、あまりにも似た響《ひび》きだった。だからあんなにも過剰《かじょう》に反応してしまったのだ。

「告白しようとは、思わなかったんですか」

「彼女も何人か知ってたし。見こみないのも知ってた」

「ああ、ヘテロセクシャルだったから？」

「うん。けどさ……この間、本気の相手紹介《しょうかい》されたら、それが、男で」

まいったなあと呟く。本当に、まいったなあと。あきらめと苦笑《くしょう》を含《ふく》んだそれは、しかしようやく他人に打ち明けたせいだっただろうか。思ったより、軽い響きになった。

「あいつが男ＯＫなんだったら、さっさと告ってりゃよかったのかなって一瞬《いっしゅん》思った。でも」

「でも、なんです？」

「これが、笑っちゃうくらい、いい子でさ。俺とぜんぜん違《ちが》うタイプで……そりゃねえよって思ったよ。ちっちゃくて、かわいーの」

俺じゃあ絶対に無理だろう、と朝倉は自嘲する。

山下の恋人《こいびと》である一葡は、そう派手な美形とは言えないだろうけれども、性格のよさそうな笑顔の明るい子だった。お互《たが》いに大事にしているのはすぐに見て取れたし、一葡も忙《いそが》しい山下を気遣《きづか》っていた。思いあうやさしいつながりは、たぶん朝倉のような未熟で尖《とが》った人間では作りあげられない。

「俺もあんなふうだったらな、って思うくらいには、羨《うらや》ましかったよ」

　せつなさを噛《か》みしめながら呟くと、ケネスは静かにかぶりを振《ふ》る。

「もしもを考えても意味はないし、恋はしかたありません」

「まあね。俺みたいな性格悪いやつじゃ、恋愛《れんあい》はむずかしいな」

　朝倉は自覚もするが、山下のように周囲に溶《と》けこむ協調性と穏《おだ》やかさもなく、大智のように華《はな》やかな引力もない。おまけに口べたで、それが無口ならまだしも、毎度、相手の神経を逆撫《さかな》でするような言動を取ってしまう。だからできるだけ、他人には関《かか》わらないように生きてきた。

「結局、逃《に》げてるだけなんだよな。対人関係面倒《めんどう》くさくてひきこもって……」

　せめて他人を不快にさせたくはなかったから、うまくやれない自分は、ひとと関わらないのが、不器用でへたくそな朝倉にできる、最良の『思いやり』としか感じられなかった。

「まあ、いまはなんでか、会社に引っぱり出されてるけど。やっぱこれも向いてないよ、俺、いろいろ不適合なこと多すぎるんだ」

　言い訳じみたそれを苦笑しながら告げると、ケネスは静かな声で言った。

「あなたは性格が悪いとは思えないし、とても魅力《みりょく》的だ」

　とくに慰《なぐさ》めという意図もなさそうな、さらりとした口調だった。たぶんケネスならそう言ってくれるともどこかで予想していて、だからこそ苛立《いらだ》ちが募《つの》った。

「……あのな。そうやって適当なことばっかり言うなよ」

穏やかに宥《なだ》めるようなケネスに対して、朝倉は低く唸《うな》るような声を発した。魅力的だなどと、彼の口から出るそれは、皮肉のようにしか思えない。

「いまの話のなに聞いてたんだ。俺のどこが魅力的だっての」

愚痴《ぐち》を言って、いい子だと慰められて。これではまるで、同情と否定が欲しくて自分を卑下《ひげ》したようだった。そんな見苦しいことだけは、朝倉はしたくなかったし、あしらわれるのもごめんだ。そう思ってそっぽを向くと、ケネスのほうこそ「やれやれ」とため息をつく。

「ひとの話を聞かないのは朝倉さんでしょう？　あなたは誉《ほ》められたりやさしくされることに、もう少し慣れて、照れずに素直《すなお》になっていい」

「な……」

「わたしの知っている限りの朝倉薙という人物は、繊細《せんさい》でまっすぐなひとです。仕事についても有能だし、自分の失敗を素直に詫《わ》びることもできる。そんなに卑下する必要はどこにもないでしょう？」

　思ってもみないことを言われ、唖然《あぜん》としたまま目を剝《む》くと、ケネスは真摯《しんし》なまなざしのまま朝倉を見つめていた。けれど素直にその言葉を受けとめられるほど、朝倉は恥知《はじし》らずではない。

「誉めてくれんのは、そりゃありがたいよ。でも……それはあんたが、俺のこと知らないから」

　自嘲の笑《え》みが歪《ゆが》んだものになるのを、朝倉は止められない。うつむいてケネスから目を逸《そ》らそうとするのに、彼の青い目は許さないまま朝倉に寄ってくる。

「知らないから、知りたいと思います。いけませんか」

その声の思いがけない強さに、朝倉は唇《くちびる》を嚙む。

「いま、少しだけあなたのことを知りました。ほかにもなにか、わたしが知っていいことがあるなら知りたいと思いますが」

うるさい、という言葉は声にならず、嚙みしめた唇のなかで何度も反響《はんきょう》する。

(うるさい。うるさいうるさい、俺のこと知らないくせに)

沈黙《ちんもく》は長く、ようやく口を開いたときには乾《かわ》ききった唇がひりついて痛んだ。そして、よせと思いながらも、どうしてか苛立ちが抑《おさ》えきれないまま、挑発《ちょうはつ》するような言葉が溢《あふ》れていく。

「俺が、妻子持ちの男の愛人やってたような人間でも、あんたはそう言える？」

ケネスの顔を見られずうつむいて、朝倉は歪んだ笑みを浮《う》かべた。卑屈《ひくつ》でいやな表情だと自覚していて、それをあらためようとは思わなかった。

「繊細でまっすぐな人間は、勤め先の社長に手切れ金もらったりしないだろ。有能ならその程度のことで潰《つぶ》されたりしない」

唇を嚙んで、朝倉は耳に馴染《なじ》んだ水島の声を思い出した。

——おまえは本当に変態だな。尻《しり》を掘《ほ》られてそんなにいいのか、この淫乱《いんらん》の、男好き。この陰気《いんき》そうな目がたまんないよ。泣かせて、めちゃくちゃにしてやりたくなる。

水島は、あざけるような言葉で煽《あお》りながら抱《だ》くのが好きだった。最中はサドそのものではあったが、セックスが終われば水島はやさしかったし、プレイのひとつであるのも知っている。

けれど向けられたひどい言葉に、たぶん真実もあったのだ。

やめてくれと泣《な》き叫《さけ》びながらも、朝倉も興奮していたのは事実だった。

「藤沢の家だってその金で買ったし、いまの俺があるのは、そのときの報酬《ほうしゅう》のおかげなんだ。あんたはそんなんでも、俺のことをいいやつだとか言えるの」

罵《ののし》られ、痛いくらい揺《ゆ》さぶられて射精して、だめな自分に安堵《あんど》するあの気持ちは、なんなのか。もしかしたら大智との体験がトラウマになって、過激なそれでなければ満足しない身体になったのかもしれない。

結局はやはり水島が言うように、朝倉が淫乱なのだろう。乱暴に犯《おか》されるのが好き、とうわごとのように何度も言った。

誰かに強要されるよりも、こういうひどいことが、心底好きなんだと思うほうが納得《なっとく》がいったし、やさしくされればむしろ、怯《おび》えて萎《な》えることさえあったのだ。

「それに、それだけじゃない。学生時代だって、……もっと、ろくでもないことといっぱい、経験してるし」

「朝倉さん……」

口にしながら、朝倉はすでに後悔《こうかい》していた。

目の前には、ろくに手つかずのまま冷めてしまったランチプレート。視界の端《はし》には、いかにも爽《さわ》やかな秋の海がうつり、潮風が髪《かみ》を撫でていく。この爽やかなシチュエーションをぶち壊《こわ》しにする自分の言葉に、どうしてだろうと朝倉は思う。

どうしていつも大事にしたいなにかを、たかが癇癪《かんしゃく》程度のことで放《ほう》り投げて、自分の手で粉々にしようとするのだろう。

苛立っていたからとは言え、腹のなかの澱《おり》をケネスにぶつける必要などなにもなかった。露《ろ》悪《あく》的に振る舞《ま》ってしまうくせに、すぐに後悔する自分の弱さがいやだ。どうせこんな物言いしかできないのなら、神経もそれに見合って太くあればよかったのに。

(俺は、ばかだ)

せっかく、なんの思惑《おもわく》も気負いもなくすごせる相手を見つけたのに、自分でだめにしてしまった。そう思って、テーブルを睨《にら》みつける朝倉の目の前が、ふっと翳《かげ》る。

「あなたの髪は、とてもきれいです」

あたたかい温度を持ったものが、額のあたりに触《ふ》れた。いまはもうだいぶさっぱりとした前髪を、ケネスの手がそっと梳《す》いてくる。

はっとして顔をあげると、ケネスはなにひとつ変わらない、やさしいままのまなざしで朝倉を見ていた。

「綾子さんは、若いころとてもうつくしい黒髪だった。亡《な》くなる前には、真っ白な髪をして、それはそれできれいだったけれど、わたしはこの黒さに憧《あこが》れます」

綾子のそれを思い出させると、朝倉の黒い髪をひと房《ふさ》つまんで、ケネスは唇を寄せる。

頭が真っ白になって、なにも考えられなかった。ここがファミリーレストランで、いくらいまはひと気のないテラス席とはいえ、誰かに見られるかもしれないことも、なにも朝倉には認《にん》識《しき》できなかった。

（キスされた）

それも髪のひと房に、うやうやしく唇を触れられたことなどいままで一度も経験がないから、どうしていいのかわからない。

（外国人だから？　あれ？　でも）

たしか口づけの場所に、決まりはあったはずだ。友情や親愛のそれの場合には頬《ほお》へ、手の甲《こう》へは尊敬や騎士《きし》が誓《ちか》うような忠誠、手のひらには願い。むろん唇は世界共通で親密な愛情だろうけれど——髪の毛にするキスの意味など、朝倉は知らない。

ただ、小さく音を立てた唇も、髪を大事そうにつまんだ指も、なによりケネスの目つきや雰《ふん》囲《い》気《き》が、勘違《かんちが》いするなと戒《いまし》める朝倉の理性をぐらぐら揺さぶってくる。

（なんだよ、その目、俺どうすればいいの）

熱っぽく、青い目が潤《うる》んでいるような気がする。これが気のせいなら、ケネスは本当はエリート会社員などではなく、最悪にタチの悪いジゴロかなにかに違《ちが》いない。

混乱するまま呆然《ぼうぜん》としていると、髪に絡《から》めた指をほどいて、ケネスのそれは朝倉のこめかみをするりと撫でた。産毛《うぶげ》を逆撫でるような、愛撫《あいぶ》するようなかすかなそれに、びくりと震《ふる》える。

過剰《かじょう》な反応に朝倉が赤らむと、ケネスはふっと苦笑《くしょう》した。

「女の子には誤解されると、さっきあなたは言った。適当なことを言うなとも。けれど、ずっとわたしの言葉を、それこそ適当に受け流していたのは、朝倉さんでしょう」

「ど……いう、意味……」

気障《きざ》な仕種《しぐさ》がどこまでも似合う男は、青い目をとろりと潤ませたまま、朝倉の手を取る。そして今度は目を見たまま、手の甲にも唇を寄せてきた。

今度ははっきりわかる。これは朝倉を敬ってのキスではない。場所が問題なのではなく、触れるケネスの気持ちとまなざしが、逃《に》げるな、ごまかすなと訴《うった》えている。

「い……いたっ……」

痕《あと》が残るほど強く吸われて、小さく声をあげると手が離された。もう朝倉は怖《こわ》くて店のなかを見られない。二度とこの店には来られないかもしれない。なのにケネスは平然としたまま、どうにも誤解のしようがないほどにはっきりと言った。

「出会い頭《がしら》からずっと口説いているのに、なにひとつ気づいてくれない鈍《にぶ》いひとには、もっとはっきりと愛を語らなければならないのでしょうか」

「あ、愛って……愛って」

「隣人愛《りんじんあい》でも友愛でも、同僚《どうりょう》としてのものでもなく、わたしはあなたの恋人《こいびと》になりたい」

いまのいままで思ってもみなかった。衝撃《しょうげき》はそのまま顔に表れ、ぽかんとしたままの朝倉に対して、ケネスはなおも言いつのる。

「わたしは朝倉さんが好きです。隣人《りんじん》となれた幸運は噛《か》みしめていますよ。そしてできれば、いずれもう少し、深い仲になれたらとても嬉《うれ》しいし、あきらめるつもりはありません」

「と、ともだちってさっき、い、言った」

「こういう場合、『おともだちからはじめてくださいい』は定石ではありませんか？」

ここまで真っ向勝負で口説かれたことのない朝倉は呆気《あっけ》にとられる。

手の甲にはケネスの残した赤いキスマークがぽつんとあった。触れるとまだじんと痛むようなそれが、忘れるなと強く告げている。

「返事を焦《あせ》るつもりはない。いまはまだ受け入れられない顔をしているけれど、時間をかけてゆっくり口説かせてもらいます」

「お、俺、でもっ……」

まだ全部じゃない。汚《きたな》い朝倉をケネスは全部知ったわけじゃない。あえぐようにしてかぶりを振《ふ》ると、彼はついに最後の逃げ場《ば》までふさごうとする。

「あなたのことを知らないというのなら、これから教えてください。たぶん、朝倉さんが……薙が怖がるほど、わたしはやわではありませんから」

やわじゃないから怖いんだとは言えなかった。朝倉の暴露《ばくろ》したことに引いてくれるような性

質の男だったら、きっともっと簡単にあしらえている。

（俺、全部、知られるのか）

やっぱり、失敗した。こんなやさしげな顔をして、ケネスは少しも手をゆるめない。甘い言葉と仕種とやさしさで包みこみ、がんじがらめにして朝倉を捕《と》らえようとしている。

もう、なにが起きているんだか、さっぱり理解できなかった。


「今日はおつきあいくださって、ありがとうございました」

「あー……うん……」

その日、家に帰り着くまで、朝倉は自失したままだった。

そんな朝倉に対し、ケネスはたまに軽い――友人の域を出ないスキンシップを仕掛《しか》けてくる程度で、朝倉はますますどうしたらいいものか、わからなかった。

（なにがなんだか、もう）

頭がくらくらして、ゆるくかぶりを振ると、ケネスはしらっと訊《き》いてくる。

「疲《つか》れさせてしまいましたか？」

「まあ……ちょっと」

鎌倉に出向いて、瀬里と出くわして、不機嫌《ふきげん》になって拗《す》ねて、感傷的になった気分のまま初《はつ》恋《こい》の話をしたら、ケネスに挑発《ちょうはつ》されて過去の恥部《ちぶ》まで暴露して、そしたら口説かれた。

（CPUが容量オーバーだ。俺のHDDは熱暴走してる。絶対メモリたんねーよ）

感情の演算処理ができなくて、すっかり朝倉はフリーズしている。本当にいまの自分は、メモリの不足している旧型のマシンのようにぎこちなく、反応が遅《おそ》いとぼんやり思った。

脳にメモリを増設できるものならしたい。それか外部記憶《きおく》装置をつないで、そっちに面倒《めんどう》なものを全部移植してしまって、リカバリしてすっきり軽い状態になりたい。

そうやって、必死にいちばん理解しやすい世界に出来事をなぞらえ、落ち着こうとしている朝倉を知ってか知らずか、ケネスはふっと微笑《ほほえ》んだ。

「それでは、朝倉さん。ゆっくり休んでくださいね」

「ん、ああ、おやす……」

終日大変紳士《しんし》的に振る舞ったケネスは、隣《とな》り合うドアの前で別れる直前、朝倉へと軽く身を屈《かが》めた。

「おやすみなさい、よい夢を」

そんな言葉とともに頬に落ちたキスが、友愛なのかそれとも違う意味を含《ふく》むのかは、朝倉にはさっぱりわからない。あっさりしたものだったし、昼間の出来事がなければ、ああやっぱり外国人だなと思う程度の接触《せっしょく》だった。

ただ、キスをしながら彼は朝倉の手の甲に触れた。そして頬から唇《くちびる》を離《はな》すときに、さりげなく耳元にくすりと笑いを含んだ息を吹《ふ》きかけた。

「いや……無理……ほんとに」

熱暴走どころじゃない。このままじゃクラッシュしてOSが吹っ飛ぶかもしれない。

閉めたドアの内側、朝倉は真っ赤になってへたりこみながら、自分でも意味がわからないまま『無理だ』と呟《つぶや》き続けていた。

＊　　＊　　＊

残念ながら人間というのは丈夫《じょうぶ》にできているもので、熱暴走してマザーボードが焼ければデータを真っ白にしてしまうコンピューターとは違い、翌朝の朝倉は発熱することもなく、記憶を失うこともなく、ふつうに顔を洗って歯を磨《みが》いて、予定どおりに出社していた。

「はいこれ、鳩《はと》サブレと大仏せんべい」

「……梅花はんぺんは」

「無添加《むてんか》保存料なしの練り物は怖くて買ってません。持ってくる間に傷《いた》んだら怖いでしょ」

木谷のブーイングは激しかったが、いくら肌寒《はだざむ》い季節とはいえそれは聞けないと朝倉は突《つ》っぱねる。鳩サブレを頭からかじってご機嫌の糸井は、ぽりぽりと口を動かしながら言う。

「でも缶《かん》入りのでっかいの、重かったでしょ。大変でしたね」

「だ、だって皆《みな》さんに渡《わた》さないと悪いでしょう」

包みを差し出すのは土産《みやげ》を要求したふたりだけではない。とくにサブレは土産用の大きめのものを南雲に渡し、グループ全員に行き渡るようにしておいた。会社勤めはこういう点でも面倒なものがあるが、円滑《えんかつ》な人間関係のためには欠かせない。——とはいえ、まともな思考が吹っ飛んでいた朝倉は、じつは朝までそれをころっと忘れていたのだ。

(なんであいつは、あそこまで日本人的にそつがないんだ)

朝になって、土産を忘れたと青ざめた朝倉だったが、出社のためドアを開けたとたん、玄関《げんかん》さきに大きな四角い物体が置いてあることに気づいた。どうやら、さきに出かけたケネスが置いていったものだと気づいたのは、メモによる。

大きめの付箋《ふせん》紙には『Please don't forget.』——忘れないでくださいね、と書かれたそれに、やられたと朝倉は頭を抱《かか》えた。

帰り際《ぎわ》、すでに放心状態だった朝倉はケネスに引きずられるようにして帰途《きと》についた。その途中《とちゅう》、鎌倉駅で彼がなにか買いものをしていたのは気づいたけれど、まさかこれだとは思いもよらなかった。

そしてまた、メモの言葉がシンプルなだけに、深読みしてしまいそうになる。

忘れるな、とはこの土産物のことなのかそれとも、昨日の彼の言動についてなのか。あまり深く考えたくないと、朝倉はメールチェックをしながらため息をつく。

「なによ、リフレッシュしてきたんじゃないの？」

「いや……やっぱお出かけ向いてないですね。ひきこもりのオタクだから、俺」

見咎《とが》めた木谷に『疲れちゃって』と愛想《あいそ》笑いを浮《う》かべると、わからなくはないと彼女はうなずく。

「まあねえ。モニタとにらめっこしてるのが向いてる人種ってのはいるわよ。自分もそうだし。でも生身とのコミュニケーションが薄《うす》れた状態で居続けると、それはそれでたまるよね」

「……たまります？」

「なんかさあ、自分の中身が濃《こ》くなってく感じしない？　コーヒー煮《に》つまるみたいに。出せなかった言葉とか感情みたいのが、ぐつぐつしていくの。そのうち、世界で自分がただひとりだわー、って気分になるのよねえ……あたしと会話するのはプログラムだけ、みたいな」

めずらしく疲れたことを言う彼女の顔をよく見ると、まだ午前中だというのに、すでに目の下の隈《くま》がくっきり浮いていた。

「木谷さん、まさか週末も？」

「ここで夜明かしでしたよ。いいかげん爆発《ばくはつ》しそうだったから、途中で飲みにいったけどね」

息抜《いきぬ》きもしないとね、と首をまわす木谷の細い肩《かた》から、ばきばきと不穏《ふおん》な音がした。

「ごたついた飲み屋で他人のしゃべってるの聞いて、ああ、人間っているんだわーと思う瞬間《しゅんかん》味わわないと、ほんとに自分がマシンと同化しそうで怖《こわ》いのよ」

「あー、なんかわかるかも」

「というわけで、ひと疲れしたとか言ってないの。はい仕事やったんさい」

言われずとも、自機のメールソフトにはたっぷりと長い南雲からのアサインメールが届いていた。南雲は最近やっと、この指示メールを送り忘れるということはなくなっていたが、嫌味《いやみ》でまわりくどい文章は、性格のせいか変わらないらしい。

（あれ、そういえば……）

南雲のくどい指示や嫌味が減ったのは、ケネスに愚痴《ぐち》を言ったあとくらいからだ。まさか誰かに忠告でもしてくれたのだろうかと思い、他部署の人間がそう口を挟《はさ》むこともあるまい、といったんは朝倉もその考えを打ち消す。

（でも、考えてみたらあいつ、海外事業部って花形部署だよな。しかも米国からって鳴り物いりのはず、だし）

そもそも嘉悦とも懇意《こんい》であり、その嘉悦自体がシステム部トップの悩《なや》みを聞いて、朝倉を誘《ゆう》致《ち》したのがこの仕事のはじまりだ。ケネスに愚痴をこぼすということは、そちらにも筒抜《つつぬ》けという可能性があるのを、いまごろになって朝倉は悟《さと》った。

「みっともねえことしちゃったなあ」

小さくぼやいて、朝倉は「いかん」とかぶりを振《ふ》った。気を抜《ぬ》くとぐだぐだとケネスのことにばかり意識が及《およ》んでしまう。仕事に集中だとコンパイラを開き、先週中にデバッガで洗い出した問題点をちまちまと修正していると、気になる点が発見された。

仕様書の束をめくり、該当箇所《がいとうかしょ》を確認《かくにん》していると、ふと書類を押さえる手の甲《こう》に目がいく。

(あ……)

くっきりと残る赤い小さな痕《あと》に、朝倉はどっと全身の血液が逆流するような気分を味わった。ここに、昨日、ケネスの唇が触《ふ》れた。あのときには混乱してわからなかったのに、しっとりやわらかい唇の感触《かんしょく》や、吸いあげられるなまなましさが残っているかのようで、思わずごしごしと手の甲をシャツにこすりつけてしまう。

「ん？ どしたの朝倉さん。顔赤くない？」

「えっあっ、いや」

「やだな、お出かけして風邪《かぜ》引いたとか言わないでくださいよ？ いま、倒《たお》れてる暇《ひま》ないですからね」

糸井のしかめっつらに、なんでもないとかぶりを振り、朝倉はどうあっても頭を離れてくれない男の面影《おもかげ》を、必死になって頭から追い払《はら》おうとつとめる。

それでも、金色に光る髪《かみ》と海の色の瞳《ひとみ》の残像は、しばしば瞼裏《まなうら》に浮かびあがり、朝倉の気持ちを思い切りかき乱してくれたのだ。

午後になり、げんなりとして朝倉が向かったのは、フロア違《ちが》いの喫煙《きつえん》スペース。この日はじめての煙草《たばこ》を口にすると、どっと力が抜けるような気分になった。

「くあ、きく……」

半日ぶりのニコチンは、じんと指先を痺《しび》れさせる。煙草の一本も吸えなかったのは仕事が立てこんでいるだけではなく、ケネスとの遭遇《そうぐう》ポイントであるそこに訪《おとず》れるのをためらったせいだ。べつにここに絶対にケネスがいるわけでもないのに、妙《みょう》に意識してしまってだめだった。

だが、在宅仕事に慣れ、自分のペースで喫煙していた朝倉はかなりのチェーンスモーカーで、ニコチンが切れるとたんに頭がまわらなくなる。

「あんた家で仕事してるとき、ひっきりなしに吸ってたでしょ。シナプスの代わりにニコチンで稼働《かどう》してるわよ、絶対」

お気の毒、と顔をしかめた木谷に、悪習はあらためなさいと言われたが、それでやめられるなら苦労しないのがスモーカーだ。だがはびこる嫌煙《けんえん》ブームは根強く、この社屋でも喫煙スペースはここにしか設けられていない。

狭《せま》い喫煙スペースにしゃがみこみ、ちびちびと煙草を吸っていると、なんだか学生が隠《かく》れて喫煙をしているかのような気分になってくる。げんなりと煙《けむり》とともにため息を吐《は》き出すと、頭上からおかしそうな声が降ってきた。

「なんだ、高校生みたいな格好だな」

「あ、あれ。嘉悦課長。お疲《つか》れさまです」

「お疲れ。隣《となり》いいか」

苦笑いで朝倉を見下ろしていたのは、久々に見る嘉悦だった。彼も息抜きに来たのだろうか、朝倉の隣に陣取《じんど》ると、さっさと煙草をくわえる。むろん朝倉のようにしゃがみこみはしないで、長い脚《あし》を軽く交差させる形の立ち姿は、いかにも大人の男らしく決まっていた。

「……狭いですよね、ここ」

「狭いね。まあ、この悪環境《かんきょう》がいやなら吸うなってことらしいが」

ひとがふたりもいると窮屈《きゅうくつ》な場所で、しかし言葉ほど不快そうな顔もせず、嘉悦はゆったりと煙を吐いた。やめられたら世話はないと広い肩をすくめる彼も、どうやらけっこうなヘビースモーカーらしい。

「駅でもホテルでも店でも、禁煙《きんえん》が圧倒《あっとう》的になっちゃって、肩身《かたみ》狭《せま》いですよね」

「いっそ喫煙オンリーの店でもできてくれないもんかな。喫煙者以外立ち入り禁止区域」

さらっと言う嘉悦の言葉に笑いながらも深くうなずく。歩き煙草などのマナー違反《いはん》は問題外だが、せめて心安らかに肺を汚《よご》す自由くらいは欲しいものだ。

「課長は今日、会議だったんですか」

片手に書類らしいものを持っている嘉悦に問いかけると、そうだとうなずく。

「システム部のほうでも順調に行っているらしいね。木谷さんの報告書も見せてもらった。朝倉くんがかなり戦力になっているという話で、俺も顔が立ったよ。紹介《しょうかい》した甲斐《かい》があった」

「いえ、そんなことないですよ。俺こそ、嘉悦さんの顔潰《つぶ》さなくてよかったです」

さらりと言う嘉悦にあわて、朝倉はさすがに立ちあがった。ぶんぶんと手を振ってみせると、嘉悦は苦笑《くしょう》したあと、少し声のトーンを落とす。

「……で、南雲さんは少しはしゃんとした？」

「えっ、な、なんですか急に」

いきなりのそれにどきりとすると、嘉悦は「知っているよ」と男らしい口元をほころばせる。

「彼のやり方がまずいのは、前々からまあ、ちらほらと聞こえていたんだけどね。皆《みな》、はっきりと釘《くぎ》を刺《さ》したりはできなかったらしいんだ。非常に扱《あつか》いのむずかしいひとだから」

システム部のトップと懇意であるという嘉悦は、おそらく愚痴まじりのそれを耳に入れてもいたのだろう。だが他部署ゆえに嘉悦が口を出すわけにもいかず――それはとりもなおさず、システム部課長の顔を潰すことになりかねないからだが――、結果として協力できたのが朝倉の誘致というわけだと彼は語った。

「まあ、そこのところは俺としても苦いけれど、日本的に、なあなあになっていたところもあるんだ。だが、ケネスがね。彼のやり方は非常に非効率的だと、前回の会議ですばりとやったんだよ」

「ど、どうして？　それこそ部署が違《ちが》うんじゃ」

「できあがるシステムを使用するのは、どの部署の人間も一緒《いっしょ》だ。それなのに、たかが個人のくだらないこだわりで仕事の手を遅《おそ》くしたり、折衝《せっしょう》すべき立場にある人間が丸投げで現場を混乱させるのはどういうことだと、ぴしゃっとね」

たしかにどれも朝倉がこぼしたことばかりだ。だが、そんなことを言ってもいいのかと、朝倉はうろたえてしまった。

「そ、そんなこと言って、ケネス、反発食《く》らったりしないんですか。外国人だし、日本的な、なあなあにはついていけなかったのかもしれないけど――」

いらぬトラブルの種になっていたらどうしよう。青ざめた朝倉に、嘉悦は怪訝《けげん》そうに眉《まゆ》をひそめた。

「訊《き》くが、朝倉くん。きみ、ケネスの肩書《かたが》き知ってる?」

「え? し、知らないです」

「海外事業部北米専任課長、兼《けん》、営業戦略推進室副室長、兼、EIZEN international マーケティング本部、グループチーフ」

つらっと嘉悦が並べ立てた長すぎる肩書きに、朝倉は一瞬《いっしゅん》意味がわからなかった。

「あの……なんか三つくらい肩書きがある、気がしましたけど」

「兼任《けんにん》してるからね。要するに、非常に優秀《ゆうしゅう》でえらくて発言力があるひと、と思っていればいいよ。単純に言ってしまえば、肩書きでは同じ『課長』になるが、じつのところ彼のほうが俺より立場は上なんだ。おまけに本人が日本に来たい来たいとうるさいからよこされたが、米国EIZENでも手放したくないらしくて、そっちの肩書きまでくっついてきてる」

ちなみにケネスの出身大学も教えてもらったが、全世界的に優秀な人材を輩出《はいしゅつ》することで有名なその大学の名前を耳にして、朝倉は腰《こし》が抜《ぬ》けそうだった。

「もっと言えば、あいつの発言力は部長クラスに匹敵《ひってき》するよ。なにしろ米国EIZENきっての切れ者で、よそからのヘッドハントも引きも切らないのを断って、好きこのんで日本に来た男、だから。上層部でも、下にも置かない扱いだ」

肩書きが課長止まりなのは、本社の年配管理職らに対する『日本的配慮《はいりょ》』、つまり建前上のものだそうだ。ケネス本人がまったく気にしていないから、それでいいらしいが。

「葉山の富士山見たさに、そこまですんのか……」

「するだろうな。ロマンティストで合理主義の、現実主義者。つまり『夢は実現させるためにある』っていうポリシーの、いちばん手強《てごわ》い男だから、あれは」

呆然《ぼうぜん》と朝倉が呟《つぶや》くと、嘉悦は当然とうなずいてみせる。信じられないと頭を抱《かか》えると、彼はさらに問いかけてきた。

「それと朝倉くん、あいつの日本に来たもうひとつの目的は聞いた？」

知りません、とかぶりを振《ふ》ると、嘉悦は「そうか」と苦笑した。

「まあ、それについては後日、本人の口から聞くといい。じゃ、そろそろ行くよ」

「あ、はい。俺も戻ります」

おさきに、と煙草をもみ消して広い背中を向ける嘉悦に頭を下げ、朝倉は深々と息をついた。

「肩書き三つってなんだよそれ……聞いてないよ……」

あんなとんでもない男がどうしてうっかり朝倉の隣人《りんじん》などになったのだろう。もはや遠い目になりながら、いつでもやわらかい笑《え》みを絶やさない彼のすさまじさを、朝倉は思い知った。

ロマンティストで合理主義。嘉悦のケネス評は、たしかにそのとおりだとうなずくしかない。

そしてあの嘉悦さえもが手強いと言った男に口説かれて、自分はいったいどうなってしまうのかと、朝倉は途方《とほう》にくれていた。

＊　　＊　　＊

山下からひさしぶりの電話があったのは、寒さも厳しい十二月のある夜のことだった。

『朝倉、仕事どう？』

「どうもこうもないだろ。おまえのおかげで地獄《じごく》の年末だよ」

うかがうような友人の声に、うんざりと吐き捨てて朝倉は手元の書類をめくる。

システム再構築の仕事は相変わらず難航していて、残業は当然、休日出勤はなくとも雑務や書類仕事などが持ち帰りになるのもしばしばだった。

『うーん、そうかあ。じゃあ無理かな……』

「なにが？」

『いや、じつは年末にさ、湘南と西麻布合同で、早めの忘年会《ぼうねんかい》しようかって話になってるんだよ。来年、こっちの店も一周年だし。ここ数年、年末はクリスマスだなんだでそういうのできなかったから、オーナーの曽我《そが》さんがやりたいって言い出して。場所はうちの店なんだけどその催《もよお》しに、よかったら来ないかと誘《さそ》われ、朝倉は躊躇《ちゅうちょ》した。

山下が店長であるあの店には、この仕事の話を持ちかけられて以来、一度も足を運んでいない。こうして声を聞くと、やはり複雑なものはあるし、顔も見づらいな、と思う。

「……忙《いそが》しいから、どうかな。それに店のひとだけでやるんだろ？」

『あ、いや。知りあいは誘っていいことになってるから。嘉悦さんとかも来る。ていうか藤木店長が、嘉悦さんがよけいな仕事回して迷惑《めいわく》かけたし、って』

気配りの美形店長は、朝倉にも気を遣《つか》ってくれたらしい。それはありがたいのだが、どうしたものかと思案する朝倉に、山下は誇《ほこ》らしげな声を発した。

『嘉悦さんがさ、俺に紹介してくれてありがとう、だって。なんか朝倉、すごい有能だって誉《ほ》めてた。おまえ、やっぱりけっこうやるんだな』

「んなこと、ねえよ。嘉悦さんのほうがすげえひとなんじゃん」

永善に派遣《はけん》されて気づいたことだが、あの会社は基本が能力重視で、年功序列的な部分が薄《うす》い。しかしそれでも、嘉悦のようにあの年齢《ねんれい》で課長クラス、しかも企画ごと任されている男というのはそういたものではない。

『そのすごいひとに誉められてるんだから、たいしたもんだろ。あのひとお世辞言わないし』

「まあ、な。……それはいいとして知りあい誘うなら、おまえ、彼氏でも誘っておけよ。一葡くんだっけ？」

あまり持ちあげられるのもこそばゆく、朝倉が話題を変えると、一瞬だけ山下が口ごもる。なんだよ、とうながすと、それもあって来てほしいのだと彼は言う。

『一葡がさ、朝倉に失礼なことしたってあれから気にしてばっかで』

「おい、俺はこの間の電話で、もう気にすんなつったぞ？」

『うん。だからよけい。嬉《うれ》しかったみたいだけど、顔見てちゃんと挨拶《あいさつ》できないかな、って言ってるんだ。おまえそういうの苦手なのもわかってるけど……会ってやってくんないか』

甘いことだとため息をついて、朝倉は顔をしかめた。自分の恋人《こいびと》のために、友人に頼《たの》み事をする山下など、一度も見たことがない。どちらかといえば彼女よりもだち優先で、それにも文句を言われていたくせに。

「おまえ、変わったなあ……そういうキャラだっけ」

『はは。自分でも驚《おどろ》いてるよ』

からかうつもりの言葉をあっさりと肯定《こうてい》され、なんだかなあ、と朝倉はぼやく。そしてもう一度ため息をつくと、「少し考えさせてくれ」と言った。

「べつにおまえの彼氏に会いたくないわけじゃねえよ。けど仕事どうなるかわかんねえから」

山下に告げたのは本心でもある。一葡に会うのは、想像していたよりもぜんぜん、いやな気分ではなかった。実際に仕事も立てこんでいたし、これがただ一葡に会ってくれ、という話なら、かまわないとも言えただろう。だが忘年会、しかも大智ら湘南本店の面子《メンツ》もそろい踏《ぶ》みになる、と聞けば、どうしても腰が重くなる。

『ああ、そうだよな。忙しいだろうし……』

「そうだよこの野郎《やろう》。誰の紹介《しょうかい》だよ。ていうか、どこまで色惚《いろぼ》けだよ」

茶化してやりながらも、朝倉は不思議だった。山下をからかう自分の声は、本当にのろける友人への呆《あき》れ以外、なにも含《ふく》むところのないあっさりしたものだったからだ。

(電話だからかな、なんか思ったほど、きつくもない)

先日は店を出るなり涙《なみだ》ぐんだというのに。それともショックが大きすぎて、無反応になっているのだろうかと朝倉がぼんやり思っていると、山下が話を締《し》めくくってくる。

『ま、とにかく時間あったら来いよ。無理は言わないけど、考えておいて』

「わかった。一葡くんには、忘年会無理ならそのうちな、って言っておいてくれ」

そんな言葉で電話を締めくくり、切ったあとに朝倉はベッドへと身を投げ出した。

(なんか、すっかり忘れてたな……)

山下から一葡の名前を聞いても、平静でいられる自分に少し驚いた。だが、現状の朝倉がそれどころではないことを思えば、当然かとも思う。

原因の一端《いったん》は、間違《まちが》いなく隣人の、あの王子様にあるだろう。ケネスとの微妙《びみょう》な攻防《こうぼう》は、相変わらず続いていた。

ゆっくり口説きますなどと言って来たわりには、その後のケネスの態度は、いままでとなんら変わらなかった。突然《とつぜん》べたついてくるでもなく、メールが執拗《しつよう》になるわけでもなく。戸惑《とまど》いつつも、朝倉は浅草、秋葉原《あきはばら》という外国人の行きたがる場所へもつきあわされた。

だが正直、そうそうお出かけに費やせる時間はなかった。年の瀬《せ》も迫《せま》り、システム稼働《かどう》開始である春を前に、年末の社長以下役員前でのテストプレイを会議で見せなければならないのだ。『お披露目《ひろめ》会』とチーム内では言っているのだが、それを目前に木谷は連日目をつりあげているし、そのフォローにまわる糸井と朝倉もまたしかりだ。

出かけていても、休日出勤している木谷からは携帯《けいたい》メールでひっきりなしに確認事項《かくにんじこう》が飛んでくるし、パワフルなケネスにつきあうのは骨だと思うこともある。

だが、仕事に忙殺《ぼうさつ》され、プライベートでも引きずり回されているのは気分的に楽だった。山下に失恋《しつれん》したことを、思い出す暇《ひま》さえろくにないからだ。

平日は仕事に追われてくたびれ果て、休日にはケネスに振《ふ》り回されて、夜は疲《つか》れきって泥《どろ》のように眠《ねむ》れる。奇妙《きみょう》な隣人のおかげで、朝倉は思ったよりも穏和《おんわ》な日々を送ることができた。

おそらくこれが、かつてのように在宅仕事のままでいたなら、一日中鬱々《うつうつ》と考えてはいやな考えに陥《おちい》り、また苛立って誰かにやつあたりしたり、ろくでもない男を引っかけたり、そんなことを繰《く》り返しては自己嫌悪《けんお》に浸《ひた》るという悪循環《あくじゅんかん》だったのだろう。

（まあ、そういう意味では、ケネスには感謝だけど）

朝倉の心配をよそに、ケネスは変わらずやさしく接してくる。がっついて、答えを急いだりむろん――身体《からだ》を求めたりもしてこない。

社宅のドアの前で別れ際《ぎわ》、頰《ほお》にキスをしてくるだけ。唇《くちびる》へのそれは一度もない。

いままでつきあった男で、こんな焦《じ》れったいようなアプローチをしてきた相手は誰もいなかった。そもそも、適当にお仲間の集まる場所でナンパしたりされたりして、そのままホテルへ直行というのが大抵《たいてい》のパターンだ。はじめてのセックスの相手も、出会って数時間後にはベッドのうえにいた。思えばそんなのでよく、彼氏ができたなどとめでたいことを考えたものだ。

水島にしても似たようなもので、とにかく朝倉は男といえば即物《そくぶつ》的な関係しか知らない。

だから、ケネスのように何度も食事や遊びに誘われたり、たくさん話をしたりというのが、まるっきり経験がなくて、どうすればいいのかわからないのだ。

まるでデートのような――というかデートそのものにつきあわされて、どうしていいのかわからなくなっている。声をかけられるたび一度は断ろうと思うのだが、あまりかたくなになるのもむずかしい。

というのも、あの告白以来、どうにも腰《こし》が引けていた朝倉は、何度か誘いを断ろうとした。

そのとき、ケネスにこんなことを言われたからだ。

——そうやって緊張《きんちょう》した顔で、一緒《いっしょ》にいたくないということは、少しは意識してくださったんですか？

——そんなんじゃない！　自意識過剰《かじょう》なんじゃねえの⁉

思わず言い返してはっとした。きつく言いすぎただろうかとすぐ後悔《こうかい》し、自意識過剰は自分だと恥《は》ずかしくなった朝倉に、ケネスは悪びれない顔で言ったのだ。

——だったら、一緒にいることに異存はありませんよね？　ともだちですしね。

そして結局『友人と出かけることのなにが悪いのか』と、とぼけるケネスに負けて、ついいつきあう羽目になっている。そしてほどよく楽しまされてしまい、気づけば玄関先《げんかんさき》で穏《おだ》やかに別れて、デート終了《しゅうりょう》。

この日もご多分に漏《も》れず、食事につきあわされて別れてきたばかりだ。今日はたまたまお互《たが》い早く仕事が引けたので、ケネスの手料理で、彼の部屋でパスタとスープとワインの夕食。そこまでお膳《ぜん》立《だ》てされていながら、やっぱり頬へのキスひとつで、さようなら。

「あーもう……どうすんだよ。どうにかしてくれよ。なんで手出ししないんだよっ」

呻《うめ》いて、朝倉は思わず枕《まくら》を殴《なぐ》った。

手を出されなくてイライラするなんてはじめてだ。そのくせ、いつでもソフトに頬に触《ふ》れてくる唇は意地悪さのかけらもなくて、毎回ぼうっとしてしまう。

――おやすみなさい、よい夢を。

そう囁《ささや》く声は、どこの少女が夢見る王子様だというくらいに甘い。こんなもの自分に向けられるなんておかしい、笑ってしまうと思うのに、実際の朝倉は真っ赤になってなにも言えない。

ケネスの扱《あつか》いがまた、至《いた》れり尽《つ》くせりだ。

博識でユーモアがあってハンサムでやさしい。ここまでくるとうさんくさいというくらいに完璧《かんぺき》な男は、けれどなんの裏もなく朝倉を好きだと言う。

それはそうだ。べつに朝倉ひとり引っかけたところで、なんの得にもなりはしない。たしかに貯蓄《ちょちく》だけは腐《くさ》るほどあるが、それもケネスの年収を考えると、たいした価値はないだろう。

おまけにこの日聞いてしまったことが、朝倉の頭をまたぐらぐらに煮《に》え立たせている。

葉山の海から富士山を見ることが、日本に来た目的のひとつ、と彼は言った。もうひとつのほうは知っているかと嘉悦に問われ、知らないと答えたら本人に訊《き》けと言われた。

だから素直《すなお》に問いかけてみたのだ。きっと、綾子さんの家族に会うとかなんとか、そういう返事だろうと思いこんで。

するとケネスの返事は、こんなものだったのだ。

――日本で、最愛のひとを見つけることです。できれば日本人の、こんなふうに……黒髪《くろかみ》のきれいなひとを。

これを真っ正面から見つめられて言われた朝倉が、ワインにむせたのは言うまでもない。

おまけに彼は長い指をそっと伸《の》ばして、いつかのファミリーレストランでそうしたように、朝倉の髪《かみ》をひと房《ふさ》、大事そうにつまんで、声の余韻《よいん》が消えるまで、朝倉の目を見たままだった。

(やばいよ。ほんとに口説かれてるよ)

いままでどおりじゃないか、と油断していた朝倉は、そこでやっと気づいた。

きっとあの葉山の海できっぱりと宣言されなかったら、ケネスの言葉にも「へえ、そうなんだ」と笑っていたのだろう。どれだけ暢気《のんき》で鈍《にぶ》かったんだと思うと自分に冷《ひ》や汗《あせ》が出る。

「どうすりゃいいんだよ……」

ひとり呟《つぶや》いて、ベッドに突《つ》っ伏《ぷ》した。

困り果てるばかりなのは、ケネスが少しも返事を求めてくれないからだ。

甘い笑顔《えがお》と甘い囁きと完璧なエスコートで部屋まで送り届けておしまい。俺はどこの乙女《おとめ》だと悶絶《もんぜつ》してしまうけれども、そもそもそんな扱いされたことがないから、どう反応していいのか、まるでわからない。

「ばかじゃねえの。俺なんか大事にしてもいいことないよ」

口にしたいかにもな台詞《せりふ》が、力なくひとりの部屋に消えていく。同じ台詞を今日、ケネスに言ってみた。

――いいことは、ありますよ。けれど彼は笑いながら言うのだ。朝倉さんがかわいい顔になる。

どうやら、挑発《ちょうはつ》したつもりの台詞も、赤い顔ではなんの効果もなかったらしい。

いつものように斜《はす》にかまえて相手を怒《おこ》らせようとしても、ケネスにはちっともうまくいかない。焦らされているようでイライラする。

本来、日本人より豊かなはずの表情を、うまく読むことさえできない。いつもいつも完璧な笑顔でいるケネスがなにをしたいのか、ちっともわからなくて振りまわされる。

（いい歳の大人なんだから、早くやっちゃって、それで厭《あ》きて捨てちゃって）

それくらいが楽でいい、そういう『恋愛《れんあい》』しか朝倉は知らない。

慣れないことも慣れないひとも、知らない場所も知らない感情も、怖《こわ》いのだ。

怖くて怖くてしかたないのに、頬に触れた唇がいつ、自分のそれに落ちるのだろうと待つような、そんな気分にさせられそうないまが、心底いやだ。

「疲れる……」

ぐったりと呻いて、瞼《まぶた》を閉じる。だが朝倉の顔は言葉と裏腹に、穏やかな表情のまま、眠りに吸いこまれていった。

＊　＊　＊

いよいよケネスのお誘《さそ》いすらも断らざるを得ないほどに仕事は佳境《かきょう》を迎《むか》え、毎晩泊《と》まりこみの木谷を放置して帰れるほど、朝倉も鬼《おに》ではなかった。

「朝倉くん正社員じゃないんだから、無理しなくていいのよ？」

「木谷さんらをフォローするための派遣《はけん》でしょ。いいから手動かしてください、手」

「動かしながら口も動かしてるわよっ」

キーボードを叩《たた》く指の動きはもはやマシンガン並みだ。まったく関係のない会話をしながら書類を睨《にら》み、指ではその書類と関係のないコードを入力しまくるという神業《かみわざ》を発揮しつつ、疲《ひ》労《ろう》を紛《まぎ》らわせる軽口がそれぞれの唇からは飛び出している。

「つうか南雲さんはここで帰りますか」

「オッサン、仕事の仕切りがスムーズになっただけマシっすよ。いても使えないし」

せいぜい接待でもしてやがれと毒づく糸井の目も据《す》わっている。

「くそ。これ形ができても絶対、お偉《えら》いさんらのひとことで、きますよ仕様変更《へんこう》。ああ、明日のお披露目《ひろめ》会が怖い」

「まあ、それは織りこみ済みだけどね。頼《たの》むから無茶言い出さないで欲しいわ」

年内最後の会議は明日に迫《せま》っていた。もはや実演用のプログラムはできあがっているものの、それに添付《てんぷ》する書類関係の作成でいまは追われている。

「会議に出る人数何人でしたっけ。コピーしときますけど」

土壇場《どたんば》まで書類があがらなかったため、事務職の社員らはすでに帰宅してしまっていた。朝倉が声をかけると、木谷はモニタから目を離《はな》さないまま首を振《ふ》る。

「んーー……そのあと各部署に回すぶんもあるから、五十作っておいて」

「了解《りょうかい》です。マシンの手配は？」

「そりゃ第一さんがやってるっしょ」

糸井が肩《かた》をすくめたとおり、同じフロアのパーティションの向こう、第一グループのほうでも同じような阿鼻叫喚《あびきょうかん》が起きている。ケーブルがたりない、数がおかしいと右往左往しているのを眺《なが》め、朝倉は「いずこも同じ」と思わず合掌《がっしょう》したくなった。

会議では出席者全員にマシンが用意され、実際に動かしてみるというテストもある。むろんそのマシンのなかにはヘルプもマニュアルも入っている。だというのに『紙もの』を配布しなければならないというのは、アナログ世代の役員らへの配慮《はいりょ》らしい。

「あれ……木谷さーん！　コピー、トナー切れてる」

「うそ、もう事務のおねえちゃんたち帰っちゃってるわよ。どっか動いてるフロアない？」

消耗品《しょうもう》や備品関係は総務課の事務担当者に言わなければストックを出すことができない。まいった、と舌打ちした朝倉は、書類の原稿ファイルを手に歩き出す。

「ちょっと営業のほういって、コピー借りてきます」

「カウンターチェックに『システム緊急《きんきゅう》』って追記しといてね」

無駄《むだ》な備品消耗を防ぐため、コピー機の横には使用数をチェックするカウンターと、使用者を記入する表がある。他部署の人間が使った場合は部署名を明記しておかないとあとで面倒《めんどう》なのだと木谷は言った。

「でかい会社のくせに、変なとこがけちくさいからなあ……」

ランニングコストを考えるとばかにならないということなのだろうが、だったら早いところ書類添付という習慣をなくしてしまえばいいのだろうに。ぶつぶつ言いながら、ふだんは喫煙《きつえん》にしか訪《おとず》れない営業部へと向かうと、大半の電気が消えていた。まいった、と思いながらも唯《ゆい》一《いつ》明かりの灯《とも》っている部屋を覗《のぞ》きこむと、そこには見慣れた金髪《きんぱつ》の男がいた。

「あ、あれ？　ケネス？」

「朝倉さん。どうなさったんですか」

はっとして入り口のプレートを見ると、『海外事業部』の文字がある。ここだったのかと焦《あせ》りつつ、スーツ姿のケネスを前に朝倉は書類を掲《かか》げてみせた。

「悪いけど、コピー機借りていいかな。システム部の、トナーがなくって」

「ああ、なるほど。そこにありますよ、どうぞ」

メールを書いていたらしい彼に断ると、長い指でコピー機の場所を教えてくれた。システム部とは配置まで違《ちが》うのか、とはじめて足を踏《ふ》み入れた場所に視線をめぐらせつつ、朝倉はコピー機に原稿をセットする。連続コピー可能、おまけに丁合いまでしてくれるタイプのコピー機のため、一度セットしてボタンを押せば、あとはすることがない。

「明日の会議用のものですか？」

「あ、うん、そう。ケネスは残業？」

「ええ、連絡《れんらく》を待っていて……」

ふだんに比べ、ケネスの顔は幾分硬《いくぶんかた》いような気がした。仕事中だからだろうか、と思いながら問いかけると、彼が答える前に電話が鳴り響《ひび》く。

「ちょっと失礼。――Hello. This is EIZEN. Yes」

待っていた電話なのだろう。片手をあげて受話器を取ったケネスは、なめらかな英語で話し出す。そしていまさらながら、彼は英語圏《えいごけん》の人間だったのだなということを朝倉は知る。

（いや、こっちのほうが違和感《いわかん》ないよな、やっぱ）

早口のそれは、取引先なのだろうか。声のトーンがいつもより低く、きつい感じがした。どうせ聞いていても意味など理解できないが、あまり聞き耳を立てるのはよくなかろうと朝倉は背を向ける。だが、ケネスがさらに声を低めた言葉に、なぜかどきっとした。

「―― It is regrettable to report the result to you, but have to say. Sorry」

いくら実践《じっせん》的な英語力のない朝倉でも、最後につけ加えられたそれくらいは理解できる。コピー機が勢いよく紙を吐《は》き出すのを見つめながら、朝倉は妙《みょう》に緊張《きんちょう》した。

「Thank you for calling. Good-bye.」

ひとつふたつ、世間話をして挨拶《あいさつ》を交《か》わすのもあまり喜ばしい空気ではなく、電話を切ったとたんにケネスがめずらしくため息をついたのも気になって、おそるおそる振り向いた。そこには、ふだんのやわらかい笑《え》みなど想像もつかないほどの厳しい顔をしたケネスがいて、朝倉は息を吞《の》んでしまう。

「……どうしました？」

視線に気づいた彼はすぐに笑みを浮《う》かべるけれど、疲《つか》れているのは明白のようだった。朝倉は無言でかぶりを振ったあと、コピー機の状態を見る。ひとりぶんが三十枚もある書類のコピーはまだ終わりそうにないと見るや、各フロア共通の作りである給茶器に近寄り、備えつけのカップをセットしてコーヒーのボタンを押す。ミルクと砂糖をぶちこみ、甘めのそれを作ると、目を丸くしているケネスの前に差し出した。

「はい。甘くしてあるから」

「ありがとうございます」

へたくそな気遣《きづか》いだったが、ケネスはとても嬉《うれ》しそうに微笑《ほほえ》んだ。さしてうまくもないオフィス用のコーヒーだったけれど、ひとくち啜《すす》ったあとに「おいしい」と呟《つぶや》く。

「……ひとつ、売り込まれた企画《きかく》を断らなければならなかったんですよ。プレゼンで、いいところまでいっていたんですが、ね。コストの問題で、むずかしかった」

「そっか」

説明されたのはそれだけだったが、残念そうな気配は伝わってきた。ケネス自身、それにかなり力を入れていたのではないかと予想して、朝倉はうなずくだけに留《とど》める。

伏《ふ》せた瞼《まぶた》に青みがさし、いまさらながらケネスが有能で多忙《たぼう》な男だというのがわかる気がした。誰もいないオフィスでひとり、こんな時間まで働いて、けれどいままで朝倉の前では、忙《いそが》しそうなそぶりすらも見せたことはなかったから、少しもわからなかった。

「お疲れさま」

ぽつりとそれだけを口にすると、はにかんだようにケネスは眉《まゆ》を寄せて笑う。

「う――ん……困りましたね」

「なんで？」

複雑そうな顔に、やっぱり悔《くや》しかったのかなと朝倉が思っていると、彼は思いもよらないことを言った。

「わたしは少し疲れていて、仕事の結果を残念に思っています。そこで朝倉さんがやさしくコーヒーまで淹《い》れてくれた。おまけにふたりっきりで、少しばかり浮かれています」

「ば……ばかじゃないのかっ」

いきなりの口説き文句にぎょっとなり、朝倉は目をつりあげて背を向けた。

「ひとが心配したのに、なんだよもう、……っ！」

コピー機に向かって文句を言っていると、背後からあたたかいものに包まれた。抱《だ》きしめられてはいない。けれど、絶え間なくコピーされた書類を吐き出す機械に長い腕《うで》をついたケネスとの間に挟《はさ》まれてしまえば、閉じこめられたも同然だ。

「……薙」

「な、な、なに」

そっと耳元で名前を呼ばれて、どっと心音が激しくなった。耳の裏がいきなり熱くなったのは、ケネスの吐息《といき》がかすめたせいだ。

頬《ほお》に触《ふ》れるやさしいキス以外、まったくといっていいほど接触《せっしょく》のなかった彼のいきなりの急接近に、頭がくらくらした。ふわりと甘いにおいが漂《ただよ》って、背中を包みこむようなケネスの体温にも眩暈《めまい》がする。

(会社、ここ、コピーが終わらない……ああ、そうじゃなくて)

このままきつく抱きしめられたら、たぶん逃《に》げられないだろうことも朝倉は悟《さと》っていた。だが、オフィスで男の体温を感じるというシチュエーションに気づくと、身体《からだ》がいきなり強《こわ》ばる。

——好きなんだろうが？　こういう、やばい状況《じょうきょう》が。

こんなに広いオフィスではなかったけれど、残業中に水島に抱かれたことは何度もあった。ふだん業務に使うデスクのうえに性器を押しつけられ、腰《こし》から下だけを剝《む》かれて、うしろから突《つ》きあげられて、泣きじゃくって達したことが何度かある。

エクサを去る前に社内を駆《か》けめぐった中傷メールのなかには、おそらくその声を聞いたのだとおぼしき妙にリアルな言葉まであった。そのときのことがよみがえり、朝倉は震《ふる》える声を発する。

「だ、誰か……見られ、たら」

　ぎゅっと握《にぎ》りしめた指が震えているのに気づかないでほしいと思う。だがケネスは小さく笑うと、近づいたときと同じように、するりと静かに離《はな》れてしまう。

「明後日、アークティックブルーで忘年会《ぼうねんかい》があるそうなんですけれど。朝倉さんもいらっしゃるんでしょう？」

「えっ？」

　ふいに背中に寒さを覚えると、ケネスはもう腕を伸《の》ばしたくらいでは届かない距離《きょり》で、いつものように微笑んでいた。なんだか落胆《らくたん》するような気分になりつつ、問われたそれにも戸惑《とまど》って、朝倉は混乱する。

「待って、なんでケネスがそれ知ってんの」

「嘉悦さんが、誘《さそ》ってくださったんですよ。本来お身内だけの集まりなんだそうですが、彼も招かれていて。けれど、だいたいああいう集まりのとき、嘉悦さんのおともだちの藤木さんは、裏方でいつもお忙しくて、間が持たないのだそうで」

　なるほどとうなずきつつ、もうそんな時期だったのかと朝倉は思った。

「たぶん山下さんから、朝倉さんも誘われているでしょう？」

「あ、ああ。でもそっか、明後日だったんだ……」

山下からの誘いをうっかり忘れていたのは、意図的なものではなかった。正直このところ、明日の会議のことで頭がいっぱいでそれどころではなく、日付の感覚も狂《くる》ってきていた。

思えばケネスと顔をあわせるのも一週間ほどご無沙汰だった。隣《となり》に住んでいるというのに顔も見ない状態なのは、お互《たが》い忙しかったからにほかならない。

「ちょうど会議のあとで、仕事も一段落ついているでしょう。一緒《いっしょ》にいきませんか。あの店はここからも近いし、残業さえなければ途中《とちゅう》でも参加できるでしょう」

「え、あー……ど、どうしようかな……」

この誘いには、さすがに渋《しぶ》った。さっきのいままで、微妙《びみょう》な関係のままの男と一緒に出かけるのも複雑だし、なにより山下に惚《ほ》れていたことを知っているはずのケネスが、なぜそんなにも熱心に誘ってくれるのか、よくわからない。

「コピー、終わりましたよ」

「えっ、あ、う、うん」

指摘《してき》されて気づけば、オフィスのなかはしんと静まりかえっていた。うろたえている場合ではなかったことを思い出し、朝倉はあわててコピーの束と原稿を抱《かか》え、木谷に言われたとおり、チェックに歪《ゆが》んだ字で『システム部朝倉・緊急《きんきゅう》』と書きつける。

「お、お邪魔《じゃま》しました。それじゃ」

「朝倉さん。明後日、仕事が終わったら電話をください」

そそくさと去ろうとしたところで、忘れてはいないとケネスが念を押してくる。どうしたらいいのかわからないまま、朝倉が振《ふ》り返ると、彼は長い脚《あし》で近づいてくる。すがるものはなにもなく、胸に抱えた書類を朝倉は抱きしめる。肩《かた》を強ばらせたまま、ケネスの強い視線にうつむくことさえできずにいると、眉を寄せて笑った彼の顔が近づいた。

（あ）

いつものように頬にくると思ったそれが、唇《くちびる》の手前で止まる。思わずぎゅっと目をつぶると、くすりと笑う気配がして、ケネスのキスは額に落ちた。

「わたしが待っていることは、忘れないで」

軽く肩を叩《たた》いて朝倉の硬直《こうちょく》をほどくと、背中を押すようにしてケネスが送り出してくれる。よろけながら暗くなったフロアを横切り、システム部に戻《もど》ると相変わらずの活気と殺気が満ち満ちた空間に、ようやく息ができる気がした。

「朝倉、おっそい！　コピーひとつになにやってんの！　さっさとそれ綴《と》じて！」

ついに呼び捨て扱《あつか》いとなった木谷の怒声《どせい》に「すみませんっ」と叫《さけ》んで朝倉は机に戻った。丁合いずみの書類の束をステープラーで綴じながら、こういう単純作業はまずいなと思う。頭を使わなくてもいいだけに、考えごとに没入《ぼつにゅう》してしまうからだ。

待っている、とケネスは言った。あれはおそらく、連絡《れんらく》を待つというような単純な意味ではなく、いままでぐずぐずとしてきた答えをそろそろ出せ、ということなのだろう。

強引《ごういん》に誘ってきたのは、山下のことについても、踏《ふ》ん切りをつけろということなのか。

最終的には自分で答えを出すように仕向けるケネスに戸惑いながら、それでも、引きずり続けたあいまいな初恋《はつこい》に終止符《しゅうしふ》を打つにはいいきっかけなのかもしれないと思った。

そのあと、ケネスと自分がどうなってしまうのかについては、朝倉にはまだなにも見えなかったけれども。

＊　＊　＊

糸井言うところのお披露目《ひろめ》会は、なんとか終わった。途中、テストシステムがダウンするというお約束な事態もなく、思ったほど凶悪《きょうあく》な仕様変更《へんこう》も飛んでくることはなかった。

機能検証のためのブラックボックステストなどクリアすべき点はあるが、要するに最終的な作業は地道なバグ取りだ。

「とりあえず、年内のヤマは越《こ》えたから、今日は早く帰っていいわよ。週末、鋭気《えいき》を養《やしな》ってまた踏《ば》ん張ろうね」

よれよれの木谷に告げられたそれがこの日でなければ、どれだけ嬉《うれ》しかっただろうと朝倉は思う。南雲までもが「早く帰れよ、残業しすぎで文句が出てるんだ」と肩を叩いてきて追い出しにかかり、朝倉には逃げ場もなくなった。

（電話、しなきゃだめかな）

急用ができたとでも言うか。この期《ご》に及《およ》んでそんな逃げまで考えたが、でっちあげの言い訳丸出しのそれを、ケネスが許すわけもない。しかし、かといって一緒に行くほど吹《ふ》っ切れてもいない。フロアを出て、しばし立ちすくんだ朝倉は、ぐるぐると考えこんだ。

（いや、もう、嘘《うそ》でいいから熱出したとか疲《つか》れたとか）

メールならば声でばれることもあるまい。そうだそうしよう、と往生際《おうじょうぎわ》悪く考えた朝倉が携《けい》帯《たい》を取りだしたところで、うしろから肩を叩かれた。

「お疲れさん」

「か、嘉悦課長っ」

てっきりケネスかと思いきや、帰り支《じ》度《たく》も万端《ばんたん》な嘉悦がそこにはいた。冷や汗《あせ》をかいた朝倉が隣に目をやると、コートをまとうケネスがいつも以上ににっこりと微笑《ほほえ》んでいる。

「行くんだろ？　車だから、俺が乗せていく」

「そ、そんな、わ、悪いですし」

「どうせ行く先が一緒なんだから、遠慮《えんりょ》しなくていい」

こう来たか、と叫びたい気分でいる朝倉の肩を叩き、嘉悦は颯爽《さっそう》と歩き出してしまう。もはや逃《に》げ場をなくし、がっくりとうなだれた朝倉の肘《ひじ》のあたりをケネスが軽く摑《つか》んでうながす。

「行きますよ、朝倉さん。嘉悦さんを待たせては悪いでしょう？」

「ケネス……てめ……」

「なんですか？」

やさしいのに押しの強い笑顔《えがお》に対し、それ以上の悪態もつけずに朝倉は押し黙《だま》った。そして、掴まれた腕《うで》を振りほどくこともできないまま、嘉悦のシーマに押しこまれ、アークティックブルーまで運ばれていった。


「いらっしゃいませ、お待ちいたしておりました」

店の入り口で三人を出迎《でむか》えたのは、以前にも案内をしてくれた瀬良という店員だった。今日は内輪だけの集まりということで制服姿でこそないが、彼の対応は毎度ながら見事だなと朝倉は感心する。

「藤木は？」

「あちらにいらっしゃいます。もうはじまっておりますので、ご自由にどうぞ」

わかったとうなずいて、嘉悦はさっさと奥に向かう。藤木は相手をしてくれないんじゃなかったのかと恨《うら》みがましい気分で広い背中を目で追うが、あれがケネスの方便であることも薄々《うすうす》気づいてはいた。

「朝倉！　来られたのか」

「あー、まあ、なんとかな」

「悪いな、なんだか無理してないか？」

「平気、一段落ついたし」

　来てしまったものはしかたない。山下が嬉しそうに近づいてきて、そのかたわらに一葡の姿があることも認め、朝倉は苦笑いでうなずいた。

「ちょっと待ってて。飲み物取ってくるから」

「いいよ、自分で……って、おいおい」

　気が回るのはいいけれど、一葡とふたりで残さないでほしい。困ったなと思いつつ、緊張《きんちょう》しているような小柄《こがら》な青年を前にして、無視するのはいくらなんでも性格が悪いと思った。

「一葡くん、こんばんは」

　複雑さは否《いな》めないものの、なんとかそれを隠《かく》して朝倉は声をかける。ほっとしたように息をついた一葡は、まだ少しぎこちない笑みを浮《う》かべて朝倉を見あげた。

「こんばんは。あの、お仕事、大変だったんですか？」

「うん。まあ、まだ終わりきってはいないんだけど」

　いったいなにを話したらいいものかわからず、互《たが》いにぎこちないふたりは、相手の出方を見るように、へたくそな世間話をはじめた。

「パソコンのお仕事なんでしたっけ」

素朴《そぼく》な言葉に、苦笑《くしょう》が浮かんだ。『パソコンのお仕事』は世の中に山のようにあって、説明するのが面倒《めんどう》なくらいに細分化されている。

「そう、だね。俺はシステムエンジニアだけど」

「どんな お仕事なんですか？」

「どんな、って、えーっと……いまは、企業《きぎょう》で使う社内システムをつなげる手伝いしてる」

「つなげる……？　どういうことをするんですか？」

きょとんとした一葡に、もっと具体的なことを言ったほうがいいのかと朝倉は思った。しかし、まだ緊張の拭《ぬぐ》えない朝倉の口からは、不親切極《きわ》まりない専門用語が飛び出してしまう。

「えっと、トップダウンテストまでは辿《たど》りついたし、あとはスパイラルモデルと実装かなあ。四月にカットオーバーだから、年明けにはフィットギャップ分析《ぶんせき》の結果も出るかなって感じ」

「……はあ」

羅列《られつ》された言葉は、ひとつも意味がわからなかったのだろう。一葡は目を丸くするばかりで、しまったと朝倉は内心舌打ちする。

「ごめん、俺、説明ヘタで……」

思わず、仲間内でしかまったく通じない言語をまくし立ててしまい、失敗を悟《さと》っても遅《おそ》かった。そんなことないですよと愛想笑《あいそわら》いをする一葡だが、困っているのは明白だ。

（やべえ、引かれた）

自覚もするが、朝倉はかなり場持ちが悪い。もともと、初対面に近い人間とはうまく話すことができない。顔だけを見れば平然としているように見えるらしいのだが、これでもじつは、かなりあがっていた。

そして案の定、妙《みょう》な沈黙《ちんもく》がふたりの間に落ちてしまう。

（もう、誰か助けてくれ）

ケネスはといえば、強引に自分を連れてきたくせに、さっさと嘉悦に連れられて藤木と、それから隣《となり》にいるオーナーらしいロマンスグレーの男性に挨拶《あいさつ》をしている。近くにはきつくカールした髪《かみ》をアップに結《ゆ》わえた女の子もいて、あれはたしかブルーサウンドの紅一点で、たしか真雪《まゆき》、という名前だったはずだったたなと朝倉は見るともなしにそちらを眺《なが》めた。

おまけに山下は飲み物をとってくると言ったくせに、その真雪に捕《つか》まって、なんだかにぎやかなことになっている。

視線のさきを追った一葡も気づいたのだろう。困っているのはあちらも同じようで、なんとか作ったとわかる笑顔を見せた。

「えっと、あの、俺、飲み物持ってきましょうか？」

「いや、いいよ。自分でもらいにいくから」

会話ひとつスムーズにできない自分に落ちこみそうで、どうにか貼《は》りつけたような笑顔を作ると、朝倉はカウンターのほうへそそくさと逃げた。

だが、一葡から逃げることばかり考えていたため、奥からひょっこりと顔を出した男に気づかなかったのは、さらなる失敗だっただろう。

「お、来たのか」

「……まあね。ジンライムくれる？」

先日、きらいだとまで言い捨ててやったのに、なぜ大智はここで笑みを浮かべられるのだろう。この男相手には表情をつくろう努力もしたくはなく、朝倉は思いきりしかめ面《つら》をした。

「一葡ちゃんと話してたけど、どうかしたのか」

「どうかってなに」

カウンターのなかにいる彼の顔を見たくはなく、朝倉は手際《てぎわ》よくカクテルグラスにジンを注《つ》ぐ長い指ばかりを見る。

「お見合いみたいにわたわたしてたからさ。おまえ相変わらず、人見知りだな。慣れた相手と、苦手な相手には口まわるくせに」

「いらねえ世話だっつってんだろ。くれよ、それ」

「お待たせしました。……たいして強くないくせに、きついのが好きなのは変わってねえな」

だからどうしたと鼻を鳴らし、大智が自分の酒の好みまで知っているのが不思議だった。

「一葡ちゃん、いい子だろ」

「あーね。いい子だね」

「今日、よく来たな」

ぼそりと告げた大智が、なにが言いたいのかわからず、朝倉はグラスの中身を啜《すす》った。

「しょうがねえだろ。あいつのカミングアウトで可哀想《かわいそう》に、一葡くん、泣きはいっちゃって。会ってなだめてやれだとさ。どういう神経だ山下も」

「トチ狂《くる》ってっからな、あいつも。ま、許してやれ」

「あんたに言われる筋合いじゃねえよ」

ひりつくジンのあとくちが、甘いはずなのにひどく苦い。ぐっと呷《あお》って唇《くちびる》に滑《すべ》りこんだ氷を舐《な》めながら、朝倉は「おかわり」とグラスを突《つ》きだした。

「おまえ、つまみ食えよ。まわるぞ」

「うっさいな、おかわりったらおかわり。もうライムいらない、ロックでいい」

睨《にら》みながら告げると、なぜか大智はそれ以上強く咎《とが》めなかった。無言のまま、タンカレーの瓶《びん》を摑み、朝倉の握《にぎ》ったままのグラスに透明《とうめい》な酒を注いでくる。ひったくるようにしてそれに口をつけると、彼はため息をつくだけだった。

「つうか、あのふたりって店公認《こうにん》なわけ？」

「ああ。つうかブルーサウンドのテラスで、客がいるのに山下とっつかまえて『好きです！』って叫《さけ》んだんだってよ。しかも会って二度目で」

「……はあ？」

あまりな告白劇に、朝倉は目を瞠《みは》る。大智はなにを思い出したのか、くすくすと笑い出した。

「いやまあ、俺もいるせいか、ウチ周辺ってわりとそういうのオープンだけどね。さすがに聞いたときは驚《おどろ》いた。でも、なんべんもふられてたんだけど、あの子めげなくてさ」

「ふうん……」

「まあ、あれは一葡ちゃんの粘《ねば》り勝ちだ。いまじゃ山下のほうがメロメロって感じだけど」

そうだろうな、と朝倉は早くも酔《よ》いのまわった頭で考える。

朝倉が大智と話しているのに気づいたのだろう、一葡は山下のもとにいた。ひとことふたことを会話するにもくすぐったそうな様子が、見ているだけでも幸せそうだった。

だが、ぼんやりとアルコールに鈍《にぶ》った感覚のせいか、とくに胸の痛みも覚えない。もしかしたらもう、自分はとうに彼のことを吹《ふ》っ切れていたのかな、と朝倉は思った。

少し赤らんだ目元をこすり、この集まりのなかでもひときわ目立つ、金色の髪を見つめる。

抑《おさ》えめにしたライトでもきらきらと輝《かがや》くようなケネスの姿が、やけに遠いのはなぜだろう。

胸の奥《おく》がもやもやしてたまらず、さらにグラスを呷ると喉《のど》の奥がかっと焼けた。

「……周辺がオープンって、あんたも店の子とできてんだろ？　瀬里、とかいう」

「な、なんで知ってんだよ」

勢いのまま問いかけると、大智は今度はひどく驚いた声を発した。

「この間水疱瘡《みずぼうそう》やってぶっ倒《たお》れたんだってな。で、その日俺と、あのひと……ケネスさんと一《いっ》緒《しょ》に、あんたの店に行ったの。そこで、洗濯物《せんたく》抱《かか》えた、かいがいしいあんたのハニーちゃんと遭遇《そうぐう》したわけ」

くくっと喉奥《のどおく》を鳴らす自分の声が、あまりいい響《ひび》きではないことくらい気づいていた。

強い酒を飲んでいるのに、体温が下がったような気がした。大智と話しているといつもこうだ。気持ちがざらざらと尖《とが》って、やけに攻撃《こうげき》的な気分になる。

（あんま壊《こわ》れんなよ、俺）

身内の集まりとはいえ朝倉は異分子で、ここで妙ないさかいを起こすのはいくらなんでもまずいことくらいわかっている。だが、きらいだとまで言い放った朝倉を意に介《かい》さず、あたりまえの顔をして話しかけてくる男にはどうしようもない不快さが募《つの》るのだ。

朝倉ごときにきらわれたところで、どうということもない。態度でそう、語られている気がしてしまうからだろうか。

「なにそのハニーちゃんて嫌味《いやみ》な物言い」

「嫌味言ってんだよ。どうやって、あんなウブそうなの引っかけたんだかと思って。……あの子、いないの？」

「いまは氷切れそうだから、買い出し」

やっと顔を歪《ゆが》めた大智に、胸がすく気分だった。そして朝倉は、とことんまで自分はこの男が気にくわないのだと思う。不愉快《ふゆかい》そうな顔をすればするほど、笑ってやりたくなるのだ。

（なのに、なにやってんだろうな）

　大智とこれ以上会話をしていたら苛立《いらだ》ちがひどくなるのはわかっているし、さっさとこの場を離《はな》れればいい。それはわかっているけれど、さりとて一葡のところに戻《もど》るのも、にぎやかに談笑《だんしょう》するケネスや嘉悦らに交じるのも、さらに気まずくて、どうにも居場所がないのだ。

「おかわり」

「おい、いくらなんでもペース早くねえか」

「少しは強くなったんですよ」

　嘘《うそ》だった。朝倉は昔から、酔えば酔うほどに顔色が白くなり、表情も平静になる。見た目ではまったく、泥酔《でいすい》していることさえ気づかれないタイプで、おまけに具合が悪くなりもしない。大智も疑わしいとは思ったようだが、なにしろ数年のブランクがある相手には確信も持てなかったのだろう。黙《だま》って酒を注ぎたした。

　もしかしたら、失恋《しつれん》のやけ酒とでも思っていて、それで咎めないのかもしれない。そう考えるとおかしくて、朝倉は低く笑う。

「しかし、ケネスさんか。嘉悦さんのアメリカ時代のともだちなんだってな。この店じゃ常連らしいんだけど、俺、今日はじめて会ったわ」

「……らしいね」

　相づちを打ちつつ、内心『そうだったのか』と少し驚く。ケネスがこの店の常連でいたことなどと、まるっきり朝倉は知らなかったからだ。この集まりに嘉悦から誘《さそ》われたというのも、嘘ではなかろうが、やはり部外者云々《うんぬん》は方便だったのだなと歯がみしたくなる。

（なにがしたいんだよ、あんたは）

強引《ごういん》に連れてきて、まるっきりほったらかしで。恨《うら》みがましく金色に光る髪《かみ》を睨んでいると、大智がその視線を追って、ぽつりと問いかけてくる。

「ハリウッドスターも真っ青の美形だよな。……おまえ、ああいうひととつるんでんのか」

意外そうに言われた言葉に引っかかり、朝倉は『どういう意味だ』と睨んだ。

「なに。俺とかじゃ連れになるのがおかしいって？」

「言ってねえよそんなこと。どうしてそういちいち、突っかかるんだよ」

「あんたが突っかかりたくなるような顔してっからだろ」

「はいはい、絡《から》むな。俺の顔は自分じゃどうしようもねえ」

両手をあげてみせる大智にふんとそっぽを向いた瞬間《しゅんかん》、くらりとなった。思った以上にまわっている自分に気づき、けれどそれを大智に悟《さと》られるのはしゃくで、朝倉は煙草《たばこ》をくわえる。

硬質《こうしつ》な印象の横顔を見やった大智は、ひっそりとした声で言った。

「……おまえが、山下以外ともつるんでるのは、よかったと思っただけだよ」

「なにそれ。意味わかんないんですけど。俺そんなにともだちいなさそう？」

「実際、いねえだろうがよ。俺のことは、知りあい以下の虫けらみたいにきらってるし」

苦笑まじりの声で言われたそれに、なぜかしくりと胸が痛んだ。

「……べつに」

言いかけて、はっとした朝倉は口をつぐんだ。べつに、なんだというのか。そこからさきの言葉をなにも持たず、朝倉は煙草をふかし続ける。

べつにともだちが、いないわけじゃない。べつに——きらいじゃない。そんな言葉をこの男に聞かせて、どうするつもりだというのだろう。

酔いも深まり混乱するまま黙りこんだ朝倉に、大智はふっと息をつく。彼もまた朝倉のことを扱《あつか》いあぐねているような、そんな気配があった。だったら話しかけたりしなければいい、立ち去れない自分を棚《たな》にあげて朝倉がそう思っていると、大智がぽつりと呟《つぶや》いた。

「せっかく常連なのに、一年の出向で帰っちゃうのは惜《お》しいな」

「……なに、それ？」

どうも相性《あいしょう》の悪いこの男は、悪気はないのだろうがいささかよけいな口がまわりすぎる。わかっていたくせに、ぐずぐずしていた自分をひどく悔《く》やんだのは、思いもよらない事実を知ったせいだろうか。

目を瞠って大智を振《ふ》り返ると、彼のほうこそ驚いた顔をしていた。

「なにって、聞いてねえの？　この間小耳に挟《はさ》んだけど、ケネスさん、永善の日本出向、一年こっきりって約束なんだろ」

すうっと血の気が引くような気がした。知らない、と弱くかぶりを振って、朝倉は手のなかのグラスを握《にぎ》りしめる。

（なんだそれ、一年って……来年の秋にはアメリカに帰るってことか？）

ケネスからそんなことは聞いたことがない。だが思えば、お互《たが》いに出かけるときにはプライベートな話題ばかりで、会社の話はなるべくしないようにしていた。それはケネスが、オフのときは仕事を忘れたいと言ったせいでもあったし、朝倉自身もそうだったからだ。

そして毎度ながら、ケネスについての情報は、他者からもたらされてばかりだと思う。先日嘉悦に聞かされた肩書《かたが》きもしかり、いまの大智の話もしかり。

「へえ、……知らなかったな。まあ、俺も半年の契約《けいやく》だけど、さ」

「半年って、春まで？」

「ああ。四月にカットオーバーだから」

さきほど一葡にはきょとんとされたそれを告げると、大智は「なるほど」とうなずく。

「新年度からシステム稼働《かどう》か。それで秋から突《つ》っこまれたんじゃ、きっつい日程だったろ」

「まあ、ね」

どうして、いちばん気の合わないはずの男に理解されなければならないんだろう。どうして、ケネスはこんな大事なことも教えてくれないんだろう。どうして――自分はこんなに、ショックを受けているのだろう。

自問しながら唇《くちびる》に運んだ酒が、震《ふる》えている。いや、朝倉の手が、震えていたのだ。

（なんだそりゃ、待ってるとか言って結局、秋までのつもりだったのかよ）

いま知った事実に、浮《う》かれていた自分に冷水をかけられた気分だった。

あんなにやさしくされて、うまくいかない仕事についてこっそりと裏でフォローまでして、誰も朝倉にくれなかったような甘《あま》さを教えて――けれど期限は決められていた。

（なるほど。まあそりゃ、俺がどんだけ腐《くさ》ってたって、気にもならないよな）

ゆっくりと口説いてやるとまで言ったくせに、愛を語ればいいのかとまで言ったくせに、キスのひとつもしない男の手ぬるさ、怖《こわ》いくらいの寛容《かんよう》を、朝倉はどこかで疑っていた。なぜケネスほどの男が、自分ごときにかまけるのか、さっぱり意味がわからなかった。

だがそれが結局、期限つきの恋愛《れんあい》ゲームのつもりだったからなのだと思えば、なにもかもが腑《ふ》に落ちた気がした。

（でもまあ、ちょっと、悪趣味《あくしゅみ》だなあ）

ラブアフェアごっこなら、もっと向いた相手を選んでくれればいいのだ。それともあの王子様は、なかなか落ちない朝倉がおもしろかったのだろうか。

思考はすべて自虐《じぎゃく》へと向かい、疑雲に包まれたいままでの時間が妙《みょう》に色あせる。確証もないくせにケネスがいかにもひどい男のように決めつけるのはまずいとどこかで思いながらも、朝倉の気持ちはどんどん黒ずんでいった。

それはおそらく、あの輝《かがや》くような男に惚《ほ》れられていると喜んだ自分のうぬぼれが、恥《は》ずかしくてたまらなかったからだ。そして過去に起きた色恋《いろこい》に関する記憶《きおく》は、予想できるうえでもっとも最悪なパターンばかりで塗《ぬ》りつぶされていたからだ。

ケネスを信じるよりも、やはりとあきらめるほうが、朝倉には容易《たやす》かった。

「おい、朝倉。ほんとに飲みすぎだ」

注がれたばかりのグラスの中身をさらに干してしまうと、大智からさすがにストップがかかる。目の前に置かれたのは冷たい水のはいったグラスで、しかし朝倉はかぶりを振った。

「うるさいよ。おかわり」

「飲ませるかよ。水飲んで少しさませ。おまえ、なんかおかしいぞ」

いいからと唸《うな》った朝倉は、大智がよこそうとしないジンのボトルへ手を伸《の》ばした。だがその手を逆に捕《と》らえられ、なにをするんだと睨《にら》むと、眉《まゆ》をひそめた大智がいる。

「どうしてそう、いつもいつもやけっぱちなんだよ。俺が気にくわないのはいいけど、自分痛めつけるような自虐的な真似《まね》ばっか、すんな」

「自虐的って、誰がだよ」

「おまえだよ。なんだってそう、こんな場でやけ酒みたいにかっくらうんだ、さっきまでそんなんじゃ――」

言いさして、はっと大智は目を瞠《みは》る。離《はな》せともがいた朝倉の手をさらにきつく摑《つか》み、まっすぐに見つめてくる目がつらかった。

「……おまえもしかして、ケネスさんとつきあってんのか?」

「そんなんじゃねえよ」

強気に言い返したけれど、動揺《どうよう》は見え透《す》いていたのだろう。彼はさらに心配そうに、そっと声をひそめてくる。

大智の厄介《やっかい》なところは、その親身さが本物であるところだ。どう反抗《はんこう》しても、どこまでも朝倉を案じる大智の目が、痛くてたまらなくて逃《に》げたいのに、逃げられない。

やめろと叫《さけ》びたいのに、真摯《しんし》な情で朝倉をぼろぼろにする。

「あんま、しんどい思いするようなら、やめとけよ。山下のときも、見てられなかった」

「うるせえ……っ」

そのひとことが、ぶつりと朝倉のなにかを切った。

「あんたになにが、わかるんだよ。なんでそうお節介《せっかい》なんだ。なんでそう――俺のなか、ずかずか踏《ふ》みこんで、勝手にわかったような顔して説教すんだよ!」

叫んだつもりなどなかった。けれど酔《よ》いのまわった朝倉の声はかなり大きかったようで、ざわっとその場の気配が荒《あら》らぐのを知る。恥ずかしいことをした自覚はあり、その羞恥《しゅうち》がさらに、目の前の男に対する怒《いか》りを呼ぶ。

いい思い出のない相手に、心まで見透《みす》かされていたことは、朝倉の神経を痛めつけるのに充《じゅう》分《ぶん》すぎて、わんわんと頭のなかに、いろんなことが駆《か》けめぐった。

(帰りたい。もういやだ)

だからひとがたくさんいるところはいやなのだ。神経がぐちゃぐちゃになる。閉じこもった静かな世界で、穏《おだ》やかにいたいのに、なんで自分はこんな場所にいるのだろう。

――自分の中身が濃《こ》くなってく感じしない？　コーヒー煮《に》つまるみたいに。出せなかった言葉とか感情みたいのが、ぐつぐつしていくの。

木谷が呟いた言葉が、ふいに頭をよぎった。それでもひとりで煮つまるならいいじゃないかと朝倉は思うのだ。誰も傷つけないし誰にも傷つけられない。関《かか》わらなければ、なにもはじまらない。ずっと無の状態でいられるのに。

「ばっかくせえ……」

低く吐《は》き捨《す》てると、凍《こお》りついていた場が動いた。入り口に近いカウンターの端《はし》で、買《か》いもの袋《ぶくろ》を抱《かか》えた、小ぎれいな顔をした青年が、ひょこりと顔を出したのだ。

「遅《おそ》くなってすみません。近くのコンビニ、氷、売り切れてて……」

「……瀬里ちゃん」

朝倉の腕《うで》を摑んだままの大智の目が、一瞬《いっしゅん》そちらに流れた。そして朝倉はまた嗤《わら》いたくなる。

ほらみろ、恋人《こいびと》が目の前に現れればあっさりと、意識を奪《うば》われるくせに。そう思って、彼の手がゆるんだ隙《すき》に、朝倉は自分の腕を取り返そうともがく。

だが、あっさりと振りほどけるかと思った大智の指は、まだ朝倉のそれを摑んだままだ。

（なにがしたいんだ、あんた）

朝倉の身じろぎに、大智の気配が迷う。それがひどい侮辱《ぶじょく》に思えたのはなぜだろう。

瀬里から目を離《はな》さないまま、朝倉の手も離しあぐねている大智に、どうしてここまで腹が立つのか。

（どいつもこいつも、おためごかしばっかじゃねえか……っ）

――ひきこもってばかりはよくないだろ？

一葡を紹介《しょうかい》して笑う山下、これはまだ許せた。もうあきらめもつけたことだと、今日彼らの姿を見て思えた自分にほっとした。やっとそうして手に入れた安寧《あんねい》なのに、また頭のなかがごちゃついている。

――またばかなこと、しようとしてんじゃねえだろうな。

どうして大智は放《ほう》っておいてくれないのか。朝倉が誰を好きだろうが苦しもうが、どうだっていいじゃないか。

――あなたのことを知らないというのなら、これから教えてください。

そんなことを言ったケネスは、この状態でも近寄っても来ない。いったいこれはなんのいやがらせだと、朝倉は笑いたくなった。

だから、嗤った。ひきつって昏《くら》い、自分でも最低だと思う声で。

「もうお節介はいいかげんにしろよ、大智先輩《せんぱい》。俺が誰にどうだろうと、あんたの知ったことじゃない」

はっとしたように振《ふ》り向いた大智の目を睨みつけた朝倉は、自分の破壊衝動《はかいしょうどう》に抗《あらが》えない。誰も止めるものなどいないし、止められたところでもう、知ったことではない。

「自分の大事なもんだけ、大事にしてろよ。あんたみたいな人間、吐き気がすんだよ」

「朝倉、おまえ――」

「あっちゃこっちゃに親切押しつけて、うぜえったらないよ。ああ、それともなに？」

やめろ、と大智が目で語った。けれどももう全部遅かった。

一瞬、朝倉から目を逸《そ》らした彼は、全部が遅かったのだ。

（もう全部、ぶっ壊《こわ》れちまえ）

まだ迷いながら触《ふ》れていた手を取り返し、朝倉は自分の腕を自分で抱《だ》きしめる。そして、大智の目をまっすぐに、挑《いど》むように見たまま、憤《いきどお》りを交えた嘲笑《ちょうしょう》を浮《う》かべた。

「また俺がやけっぱちで乱交パーティーに参加したら、あんたがまた、ご親切にやってくれちゃうわけか？　あんときみたいに、よくしてくれんの？」

その場に会社の関係者である嘉悦や、山下がいることもわかったうえで、ろこつな言葉を吐き捨てる。それがどうしてか、たまらなく爽快《そうかい》な気がした。

「たしかにすっげえよかったけどさ。でも朝までコースは勘弁《かんべん》してくれよ、俺ももうあのころみたく若くねえし、仕事あるから」

しんと静まりかえった空気のなか、大智は表情を変えなかった。

代わりに、どさりと荷物が落ちる音がして、朝倉がゆっくり視線をめぐらせると、瀬里が真っ青になっている。そして混乱した、笑い損《そこ》ねたような顔をして、彼はもう一度ドアの向こうに消えた。

「……あんた、さっさと追いかけて、いまの爆弾《ばくだん》発言の後始末でもしたら」

静まりかえった場に、朝倉の疲《つか》れたような声が響《ひび》いた。さきほどの一瞬の爽快感《そうかいかん》や高揚《こうよう》など、瀬里の青ざめた顔を見た瞬間《しゅんかん》に、幻《まぼろし》のようにあっさりと消え失《う》せた。

そして、苦渋《くじゅう》を頬《ほお》に貼《は》りつけた大智が、まだこんな状態でも朝倉を――すぐに暴走して、すべてをぶちこわしにする危なっかしい後輩《こうはい》を気遣《きづか》っているのが、つらかった。

「いつまでも俺にかまってないで、さっさと行けよ。行きたいんだろ」

大智は、その言葉に一瞬だけ朝倉を見た。その目に溢《あふ》れる同情と憐《あわ》れみなど知りたくはなく、朝倉はうなだれてかぶりを振る。

そして大智は、ただ舌打ちひとつを残して、罵《のの》りもしないまま、ドアの向こうに消えた彼を追っていった。

「――瀬里ちゃんっ」

ドアの向こうからも聞こえる大智の叫ぶ声に、朝倉は『ああ、やってしまったな』と妙《みょう》に冷静に思った。そして瀬里と大智が消えた瞬間、この空間にいる全部の人間が、自分の敵にまわったのだなと空気で知る。

（すげえ、しょうもねー）

山下にはじめて声をかけられたあの日のようだ。そして、エクサを辞《や》める日にも、これと似たものを味わった。

知りすぎていていっそなつかしい、そんな疎外《そがい》感だった。

（またかよ俺。いつになったら、懲《こ》りるんだよ）

場をぶちこわしにした自分にこそ、いちばん罵りを向けたかった。罵るだけじゃない、いっそこの場で心臓が止まってしまえばいいとさえ朝倉は考えた。

自虐《じぎゃく》して自分を痛めつける、それと同じだけの力で、周囲までをもいつも引きずりこんでしまう自分が、心底きらいだ。そして厭《いと》うくせに、何度同じことをくり返せば気がすむのだ。

（ごめんね……）

傷ついただろう瀬里に、詫《わ》びたいと思った。けれど、詫びたくらいではすまないともわかっている。

この場から、この世界から自分を消してしまいたいほどの後悔《こうかい》が苦い。こんな思いをするのなら、最初からなにもしなければいいのに——けれどもう、すべてが遅い。

「はは……」

朝倉が自嘲《じちょう》の笑《え》みを漏《も》らしたとたん、ぽん、と軽い音がした。なんだ、と顔をあげるより早く、頭からいきなり冷たいものを浴びせられる。

「……え？」

頭皮が、身がすくむほどに冷たくなった。しゅわしゅわと、泡《あわ》の弾《はじ》ける音。そしてアルコールの甘い香《かお》り。呆然《ぼうぜん》とした朝倉がようやく顔をあげると、開けたばかりとおぼしきシャンパンのボトルが目に入る。

そしてそれを摑《つか》んでいる、白く優雅《ゆうが》な指先。

見たこともないくらいに冷たい笑いを浮かべた男が、ボトルを頭上からひっくり返していた。

「これは失礼。手がすべってしまいました」

「ケネス……なに、これ、なにを……っ」

驚《おどろ》きすぎてなんの反応もできない朝倉に、彼はなおも冷たいような完璧《かんぺき》な笑みでフォローにもならないことを告げる。

「お酒のせいで悪酔《わるよ》いしたみたいですね、朝倉さん。皆《みな》さん、驚いていますよ」

「ふ……っざけんな！」

かっとなり、手が出たのは反射的なものだった。だがケネスはボトルを摑んだのと逆の手で、あっさりと朝倉の手首を摑む。それは、さきほど大智が摑んだのとは違《ちが》い、痛いほどに締《し》めつけてきて、容易にはほどけない。

「離せよっ。どういうつもりだこれ、なんの真似《まね》だよ！」

「わたしに怒《おこ》る前に、皆さんに謝るのがさきではありませんか？」

責任を取って謝れと告げる青い目に、なにも言えなくなる。震《ふる》える唇《くちびる》を噛《か》みしめ、朝倉は目を閉じた。

（……許してよ）

どうして、あんなになるまで放っておいたくせに、叱責《しっせき》だけを与《あた》えて朝倉の逃《に》げを阻《はば》むのか、少しもケネスの意図がわからない。

もう勘弁してくれ。これ以上は苦しすぎる。

あえぐように呼吸をする朝倉がうなだれたまま立ちすくんでいると、すっと空気が動いた。凍《こお》りついていた場を動かすようなそれに、のろのろと顔をあげると、顔をしかめた真雪の肩《かた》を押さえ、藤木がゆっくりと歩み寄ってくるのが見えた。

「藤木……さん？」

「ケネスさん、手を離してあげてくれますか？」

相変わらずのやわらかな美貌《びぼう》の持ち主は、朝倉にではなく、まずケネスにそう告げた。

藤木は、彼が手を離すまで青い目から視線をはずさなかった。そしてケネスが無言で腕《うで》を離すと、にっこりと微笑《ほほえ》み、きれいで細い手をあげる。

「――え？」

シャンパンまみれになった朝倉の頰を、ごく軽く、ぱちんとはたいたのは、藤木の手のひらだった。痛みさえないくらいの打擲《ちょうちゃく》にも、藤木がそれをなしたことにも驚き、朝倉はただ目を瞠《みは》る。

「だめだよ、大人なんだからね。わけがわからなくなるまで飲んじゃいけない」

「藤木さん……？」

「深酒は気をつけないと、醒《さ》めてから後悔するよ。もう、醒めたと思うけど」

どこにも険のない言葉に、朝倉はかっと頰が熱くなった。アルコールを浴びせられた頰がひりつく。羞恥《しゅうち》で死ねるなら、いまこの瞬間死んでしまいたい。

「ごめん、なさい」

もう声も出せないと思ったのに、ずっと言いたかった言葉は藤木に対してだけあっさりと転がり落ちた。ついでに頰に落ちた熱っぽい雫《しずく》は、シャンパンにまぎれてきっと誰にもわからないだろう。

「この格好じゃ風邪《かぜ》を引いちゃうから、もう帰りなさい」

彼が、場を代表して叱《しか》りつけてくれたのだとわからないほど、朝倉はばかではなかった。

大人なんだから、と藤木は言った。だが自分はてんで、子どもなのだと思い知る。

本当の大人に諭《さと》されて、そのくせ責められないまま場をうまく纏《まと》められてしまって、これ以上情けないことはない。

（本当に、ごめんなさい）

藤木だけじゃない、山下にも、この場にいるすべての人間に合わせる顔がない。きっともう、二度と来るなと言われてしまうのだろう。むろん、言われずとも訪《おとず》れるつもりはなかった。朝倉も、そこまで恥知《はじし》らずではない。

なのに、深くうつむいた朝倉に、なおも藤木は言うのだ。

「酔《よ》いが醒めたら、おいしいお酒を飲みにおいで」

「え……」

やわらかい、社交辞令ではけっしてない言葉に、うなだれていた顔をあげる。そこにある藤木のまなざしはなにもかも許すというようにやさしくて、朝倉はいたたまれなかった。ふたたびうつむいた朝倉の濡《ぬ》れた肩を、いたわしいと言うようにさすり、藤木はほがらかに言う。

「ケネスさん、申し訳ないけど、お隣《となり》さんでしたよね。彼、送ってあげてくれるかな？」

誰よりもやわらかく、けれどその場の誰より強く、藤木は言葉を使う。それでいてどこにも、強制する響《ひび》きがない。

「ありがとうございます、藤木さん」

おまけに、朝倉が礼や謝罪を述べるよりも早く、頭を下げたケネスが言うべき言葉を奪《うば》ってしまう。だからよけい、なにを言っていいのか、朝倉はわからない。

「お礼を言われることはなんにも。……さて！　真雪？　あとどうしよっか？」

くすりと笑った彼は、出番を失ってフラストレーションを溜《た》めた顔の彼女に振《ふ》り返る。真雪は、藤木が仕切ってしまったならしかたない、とかぶりを振った。

「どうもこうもないじゃん。瀬里はバカガワラにまかして、もうあとは無礼講っ」

ぱん、と高く手を打った真雪に目をやると、さっさと去れと呆《あき》れた顔で睨《にら》まれる。

「あんたもさあ。あの精液スプリンクラーに関《かか》わったのはアレだけど。他人にやつあたりしちゃいかんよ?」

口早に告げ、肩をすくめる真雪の言いぐさに、誰かがぶふっと小さく噴《ふ》きだした。振り返ると、そこにはいつもすました顔の瀬良がいて、「失礼」と咳払《せきばら》いをした彼はすぐ、ふだんどおりの冷静な顔に戻《もど》る。

真雪の明け透《す》けな言いぐさに、場がなごんだのはたしかだった。彼女はあきらかに自分より年下なのだろうに、どうしてこう皆、大人なのだろう。

(ごめんなさい)

口にできないまま、深く頭を下げた朝倉は、濡れ鼠《ねずみ》のままぶるりと震えた。アルコールは気化しやすく、本当にこのままでは風邪を引いてしまいそうだ。

どうにかして、とにかく帰ろう。そう思って歩き出そうとした肩を、ケネスの手が摑む。

「送ります」

「いらない。タクシーで帰る。遠くないし、平気」

「一緒《いっしょ》に乗っていきます。そんな格好で、停まってくれるタクシーもないでしょう」

逃《のが》れようと身をよじるのに、ケネスの手はやはり強い。それでも彼が怒ったような気配を漂《ただよ》わせているのは変わらなくて、もうやめてくれと朝倉は思った。

抗《あらが》わないのはただ、これ以上周囲に迷惑《めいわく》をかけたくないからだ。そして、脱力《だつりょく》しきってうまく自分ではものが考えられないからだ。

放心している朝倉を、ケネスはまるで引っ立てるように歩かせる。だが、その端整《たんせい》な顔に向けて、なにかが投げつけられた。まだいささか険しい顔のまま、不意の飛来物を片手でキャッチしたケネスに、低くとおる声がかけられる。

「どうせそんなんじゃタクシーにも乗れないだろう。使え」

「嘉悦さん……」

「ついでに、もうちょっとやさしく連れてってやれ」

嘉悦が放《ほう》り投げてきたのは、車の鍵《かぎ》のようだった。それに対し、深々と頭を下げた朝倉にも、大人な彼は「気をつけて」と笑って言った。

「週明けたら、また地獄《じごく》が待ってるから。しっかり休んで」

はい、と頭を下げた朝倉は、今度こそ店を出ようとする。だがその背を追ってきたのは、山下だ。いささか硬《かた》い表情の彼の手には、大判のタオルが握《にぎ》られていた。

「待って、朝倉。これかけてけよ。ほんとに風邪ひくから」

「……うん」

タオルをそっと肩にかけられ、朝倉はうつむいたままうなずくだけだ。

丸めた背中に、山下の視線が痛かったけれども、引きずるようにして連れ去るケネスの強《こわ》ばった表情のほうが、よほど怖《こわ》かった。

＊　＊　＊

地下の店から出ると、路上には、しんと冷えた静寂《せいじゃく》だけがあった。十二月の夜、シャンパンシャワーをやるにはあまりに不向きな気候に、朝倉は自分でも驚くほどに震え出す。

空に浮《う》かぶ丸い月は、冴《さ》え冴えと白い。月光に照らされたケネスの髪《かみ》もまた、金というよりも白く燃えるように輝《かがや》いていた。

「もう、いいだろ。離せよ……」

「離しません」

がちがちと震《ふる》える唇《くちびる》で告げるけれど、ケネスは少しも聞いてくれない。無言のまま、嘉悦の車を停《と》めた駐車場《ちゅうしゃ》まで朝倉を連れていく。

駐車場に停まっていた嘉悦の車は高級そうで、こんなアルコールまみれの姿で乗るのはためらわれたが、持ち主が了承《りょうしょう》したのだからとケネスは聞かなかった。

「い、飲酒運転じゃんか」

「わたしはソフトドリンクしかいただいていません」

「日本の、免許《めんきょ》、持って、んの」

「国際免許証《しょう》を所持しています。問題ありません」

いつになくつっけんどんな物言いに、ひどい乱高下を繰《く》り返した神経が痛む。けれど、軽蔑《けいべつ》されていてもしかたのないことなのだと、押しこまれた車のなかで訪れた沈黙《ちんもく》に、朝倉はじっと耐《た》えた。

それでもお互《たが》いの住まうマンションに着くまでが限界で、近くのパーキングに停車された車のなかから、朝倉は逃《に》げようとする。だが、ケネスは許さなかった。

「なんだよ、開けろよ、もう着いただろう！」

ドアのロックが解除されず、朝倉は焦《あせ》った。手動で開けようにも乗り慣れない車のロックがどこにあるのかわからず、もたついている間に無言の男が助手席にまわってしまう。

「行きますよ、朝倉さん」

「……やだ」

腕《うで》を摑《つか》まれ、車から引きずり出された。よろけた酒浸《さけびた》しの身体《からだ》を、ケネスはスーツが濡れるのもかまわず強く引き寄せ、腰《こし》を抱《だ》いて逃げられなくしてしまう。

彼とこんなに密着したのは、あのオフィスでコピー機を借りた夜以来だった。けれど、こんなに痛い気持ちで触《ふ》れあうことになるなんて、あの夜には思いもよらなかった。

「もう、やだって。もういいだろ、あんたそこまで怒《おこ》ってんなら、俺のことなんかほっときゃいいだろ！」

深夜で、近所に声が聞こえてしまうのもかまわずに朝倉がわめきちらす。だがケネスはそっけないまま、朝倉の身体を拘束《こうそく》する腕を離さない。

「あなたのわがままは聞きませんし、放ってもおきません」

「なんで……！」

暴れてもわめいても無駄《むだ》だった。ケネスは朝倉の抵抗《ていこう》などものともせず、ぐいぐいと引きずったまま、結局は自分の部屋まで連れこんでしまった。

見慣れた部屋のドアを閉められ、朝倉はもう抵抗する気力もないまま、呆然《ぼうぜん》と玄関《げんかん》に立ちすくむ。靴《くつ》を脱《ぬ》ぐ気配もない朝倉にケネスはため息をつき、足下《あしもと》にかがむと靴を脱がせ、その腕を引いてバスルームへと押しこんだ。

「シャワーを浴びなさい」

「自分の家で……」

「わたしに、いま、服を脱がされるのと、自分で入るのと、どちらがいいですか」

反論を許さない声に、朝倉はのろのろと自分の服に手をかけた。二度と着られないだろうスーツの上着を脱ぎ、ネクタイをほどいたところで、やっと逃亡《とうぼう》の意志がないのを認めたのだろう。ケネスは無言で脱衣所《だつい》を去り、丁寧《ていねい》にドアを閉めた。

湿《しめ》って酒臭《くさ》い衣服を脱ぎ去ると、いよいよ歯の根があわなくなってくる。芯《しん》から冷えきった身体に耐えかね、朝倉は急いでシャワーを浴びた。

隣にある、いま自分が暮らす場所と、似たようで違《ちが》う浴室。品のいい香《かお》りがするボディシャンプーは海外のもので、彼がいつも纏《まと》うのは、このにおいとフレグランスの交じったものなのだと知った。けれど、それについていまさらなんの感慨《かんがい》も持つことはできず、すべての感情が麻痺《まひ》しきったような状態で浴室を出ると、タオルと着替《きが》えが置いてある。

「バスローブとか出てくるかと思った」

抑揚《よくよう》のない声でひとりごとを呟《つぶや》き、サイズの合わない衣服を身につける。トレーナーとスウェットパンツはだぶだぶと余り、むろん新品の下着もなんとなく落ち着かない。

「……わ、な、なに」

脱衣所のドアを開けると、腕を組んだケネスが壁《かべ》にもたれて立っていた。

「このまま逃げられては困りますから」

見張っていたと悪びれず告げ、じろりと眺《なが》めてくる青い目は、こういう顔をするとひどく冷たいのだと思い知る。そして冷えきった青さに、身がすくむほどの恐怖《きょうふ》を味わわされながら、朝倉はうながすケネスに続いて居間へと向かった。

緊迫《きんぱく》しきった空気のなか、ケネスはやはり硬い表情で、朝倉にコーヒーを差し出す。ふわりとかぐわしいそれは、おそらく入浴中に淹《い》れられていたのだろう。

「どういうことなのか、訊《き》いてもかまいませんか」

意向を汲《く》む形で問いかけつつ、ケネスの言葉は命令に近かった。なにを、と問うこともできないまま、ソファに腰かけさせられた朝倉はひとくちコーヒーを啜《すす》り、濡《ぬ》れた髪のまま うなだれる。

「どうも、こうも、聞いたとおり」

「あんな自暴自棄《じき》の言葉で全部を悟《さと》れるほど、わたしは賢《かしこ》くありません」

嘘《うそ》をつけ、と思いながら、もう観念するしかないと朝倉は思った。

「前に言ったじゃないか。俺、学生のころ、ろくでもないことといっぱいしたって。あいつは、……大智先輩《せんぱい》は、それにたまたま、居合わせたんだよ」

ぽつりぽつりと、過去に起きたことを語った。

ばかな男に引っかかったこと。だまされて連れこまれたさき、輪姦《りんかん》されそうになった自分を大智が抱いたこと。それを、その場に居合わせた男らに、最後まで鑑賞《かんしょう》されていたこと。

「お互い、最悪の記憶《きおく》ってやつだよ。忘れたいのに、なにも知らない山下がいるから、縁切《えんき》りもできない。でも、あいつはそういう俺のこと心配ばっかりして……よけいな世話だっていうのに」

闇雲《やみくも》な破壊衝動《はかいしょうどう》に似たものが去ったいま、過去を打ち明けるのはひどく苦痛だったけれども、これが自分のしでかしたことへの罰《ばつ》なのだろう。

「俺はどうしたって、あいつの顔見たらそれ思い出しちゃうし、最低だった自分のこと、忘れることができないんだ。だから放《ほう》っておいてくれって、それで……ああなった」

長い打ち明け話を、朝倉はそう締《し》めくくった。

本当は自分があぁまで取り乱した理由のひとつに、目の前の男の存在があったことだけは、口にしなかった。いまさら言ったところで、詮無《せんな》いことだと、そう思えてしかたなかった。

「……昔の話ならしかたありません」

黙《だま》って朝倉の話を聞いていたケネスは、前置きしたうえで、こう告げる。

「ただ、フリーセックスはあまり感心しませんよ」

自由の国から来たとも思えない発言だと、朝倉は皮肉に笑って目をつりあげた。そして、もうとうにすり切れて使い果たしたと思っていた憤《いきどお》りが、腹の奥にくすぶっていたのだと知る。

「なんでよ。乱交だって自分が好きでしたわけでもないし、べつにここんとこじゃあそんな誘《さそ》いもない」

「あなたも被害者《ひがいしゃ》だったんでしょうし、いきさつはわかりました。けれどわたしが言いたいのは、過去じゃなくて現在だ」

なにが言いたいんだと、朝倉は剣呑《けんのん》な目つきでケネスを睨《ね》めつけた。そして、非難するかのような青い目に、やっぱりなと鼻で笑う。

「現在？　俺の現在がなんだっての？　ああ、誰かと無茶な真似《まね》してんじゃないかって？」

やっぱりだ。この男も結局は、朝倉をこんな目で見る。被害者だと言いながら、そんな目に遭《あ》った朝倉こそが悪いと責めている。

(なにが、理解したいだよ)

勝手に理想化した日本と同じだ。現実は違《ちが》う。けれど違ったからと言ってそうして見下す権利など、ケネスにあるわけもないだろう。

「だとしても、大人だしちゃんと病気の予防もしてる。誰彼かまわずってわけでもないし、二股《ふたまた》もかけてないぜ? 自己責任ってやつだ、問題あるのか? あんたに関係ないだろう」

胃の奥が煮《に》えるような気分のまま、朝倉は挑発《ちょうはつ》的に言ってのける。けれど、ぎらついた黒い目を見返したケネスは、どこまでも冷静なままだった。

「たしかに、そう言われてしまえばそのとおり、自己責任ですね。問題はなにもありません」

自分で言っておいて、肯定《こうてい》されたことに傷ついた。本当に性懲《しょうこ》りもないこの唇《くちびる》は、ひととの間に不快といさかいしかもたらさないのかと朝倉は嗤《わら》いたくなる。

「そうだな。あんたは俺と寝《ね》たことだってないし、俺がよしんば病気持ちでも、感染《かんせん》の心配だってない」

よかったなケネス、こんなのに手を出す前に気がついて。そうせせら嗤うのに、朝倉の目はどんどん絶望で乾《かわ》いていく。

「納得《なっとく》ずくの交際であるのなら、あなたがそうと言い張るのなら、大人である以上、誰も咎《とが》められない。……わたしには、咎められません、けれど」

　どこまでも自分を嘲笑《あざわら》う朝倉の挑発に、ケネスはけっして乗ってこないのが不気味に思えた。ただ、なにかを強くこらえるような顔で、朝倉を見つめ続けている視線の意味がわからず、朝倉の胸は絶えず激しい動悸《どうき》を繰《く》り返す。

　そしてケネスは、そんな朝倉から目を離《はな》さないまま、心臓が止まるようなことを言った。

「けれどゆきずりの男と寝るのは危険すぎるでしょう。あなたはそこまで愚《おろ》かだと思えないのに、どうしてそう、自分を貶《おとし》めるんですか」

　まるですべてを知っているかのように、静かだが強い声で叱責《しっせき》を向けてくるケネスに、呼吸が止まった。いまの会話から予想したというより、いやに確信的な発言に、朝倉は息を呑《の》む。

「なんの、こと」

「嘉悦さんに、永善の仕事を紹介《しょうかい》された夜。あなたは、アークティックブルーの前で、大智さんと激しく言い争っていた」

　ごまかすために浮《う》かべかけた笑《え》みは、そのまますると朝倉の顔から消えていく。

「遠くから漏《も》れ聞こえた言葉で、すべては聞こえませんでした。けれどそのまま、わたしのほうに走ってくるあなたは、泣いていた。前も見えていなかったのでしょう。ぶつかったのが、わたしだとも気づかなくて」

「なに……ケネス、なに、言ってんだよ」

「気になって、追いかけたさきで、あなたはぐったりうずくまっていた。事情もなにも知らなくて、声をかけていいのかもわからなくて、ただ見ていたわたしの前で、あなたは無防備で傷だらけだった」

そこまでを告げられ、朝倉はやっとケネスの不機嫌《ふきげん》そうな顔の意味を悟った。

彼は、怒《おこ》っているのでも、気分を害しているのでもない。ただ、苦しがっている。

朝倉の受けた痛みや後悔《こうかい》をそのまま呑みこんで、自分のことのように苦しんでいるのだ。

「あとをつけるような真似をしたのは謝ります。けれど、どうすればいいか迷っていたわたしの前で、あなたは……誰かもわからない男の手を、取った」

「——はは！　なに、それ！」

呻《うめ》くようなケネスの声に、朝倉は本当に笑い出した。

西麻布の街を逃《に》げるように去り、ろくでもない男を引っかけた場面までを見られていた。

「なんだよ。あのときのあれ、あんただったのか。だったらさっさと声かけてくれりゃよかったじゃん。そしたら速攻《そっこう》、ホテルでもなんでも行ったよ」

「朝倉さん」

「なに、黙って見てたんだよ。そのあとも知らん顔して……俺のこと、哀《あわ》れんでたわけ？」

「朝倉さん、聞いてください」

「気持ちわりいよ、あんたストーカーかなんかかよ!?　ああ、そういうみじめーな俺が可哀想《かわいそう》でしょうがないから口説いてやろうってのか、慈善行為《じぜんこうい》もたいがいにしろ、嫌味《いやみ》だ！」

突《つ》き放《はな》すように言うと、朝倉は立ちあがった。部屋から飛び出そうとするが、それを遮《さえぎ》ったのは、やはりケネスの腕《うで》だった。

「どうしてひとの話を聞かないんですか。誰がそんな話をしていましたか」

「うるせえよ、離せ、この手。なんであんたが俺のこと、どうこう言うんだよ。どこの誰と俺が、どんなふうに寝ようが、個人の勝手だろっ」

自暴自棄の朝倉を捕《つか》まえたまま、ケネスは「たしかに個人の勝手ではありますね」とうなずく。けれど言葉ほど、表情ほど彼が冷静でないことを、朝倉はその腕の力で思い知らされた。

「ただ、本当に愛し合ってのメイクラブとは言いきれないと思います。そんなことを繰り返していては、あなたの魂《たましい》が汚《よご》れてしまうとしか、わたしには言えない」

「は。……ラブ、ねえ」

メイクラブという言葉に朝倉は噴《ふ》きだしそうになった。

朝倉は性行為《せいこうい》によって生み出す愛など知らない。駆《か》け引きをし、お互《たが》いを探《さぐ》り、あげくには女扱《あつか》いどころかペットのように見下されたことしかない。

「魂が汚れる？　どこの宗教家だよ。あんたは」

「言ったでしょう。わたしは特定の宗派は定めていません」

「そういう話じゃねえよ……」

とぼけているのかなんなのかわからないケネスに、朝倉は頭を抱《かか》えたくなった。ぼやく間にも、彼は勝手にその美声で、朝倉には理解できないことばかりを言う。

「瀬里さんはとてもいい子だ。大智さんもすばらしい青年だと思います。彼らの仲をいたずらに混乱させ、楽しい場をぶちこわしにして、あなたはなにを得ましたか」

どんな強い叱責より、静かなその言葉は強く朝倉を責める。

「誰も喜びはしないのに、なぜ自分も周囲も傷つけようとするんですか」

わかっているから言うな、そう言いかけた唇は震《ふる》えるばかりで、代わりにこぼれるのは意地を張りすぎて歪《ゆが》んだ、皮肉ばかり。

「あんたみたいに、きれいにおめでたく生きてねえからだよ」

誰かを同じ位置まで引きずりおろしたい、そんな汚《きたな》い破壊衝動《はかいしょうどう》に朝倉自身がくさくさしている。そこでこのうつくしい男に責められると、なんだかたまらない気がした。

「なぜそう生きられないのですか？」

「知るかボケ！　そういう人間なんだろうよ！」

「傷ついているのなら、なぜそうと訴《うった》えないのですか。歪んだ方法で発散しても、気持ちが淀《よど》むばかりでしょう」

「ああもう、あんたうるさいよ！　なにがしてえんだよ、説教がしつこすぎる！」

それこそ淀みきったままの朝倉に、なにを言っても無駄《むだ》だとなぜわからないのだ。どうしていつまでも、責め続けるのだと、耳をふさいだ。

（放っておいたくせに）

そこまで言うならなぜ、あの場で自分から離れたのだ。途中《とちゅう》で止めてもくれず、なにもかばってもくれず、そして――出向を終えたら朝倉を捨てるくせに！

「もういいじゃねえかよ、俺は充分《じゅうぶん》反省しましたよ！　自分だっていやでしょうがないのに、そこまで責めるな！　あんたの理想の俺じゃなくて申し訳なかったけど、そこまで言われりゃ、さすがにやってらんねえんだよ！」

涙声《なみだごえ》で、ケネスの腕を振《ふ》りきって叫《さけ》ぶ。強がりも虚勢《きょせい》も剥《は》がれ落ちて、ただもう責めないでくれと朝倉は身を縮めた。

彼が思《おも》い描《えが》いていたような、『きれいな』人間じゃないことが、なによりつらいのは朝倉だ。どうせ期限つきの相手だと思っていたくせに、本当の朝倉を知って呆《あき》れているくせに、そのうえ責めるなんていくらなんでもあんまりだ。

（もう、疲《つか》れた）

意地を張って強気な顔を保つのも、もう限界なのだ。あまりの感情の乱高下に、朝倉は心底疲れてしまっている。

「きらいになったのはわかるけど、そこまで怒るな。もう二度とあんたに関《かか》わらないから、もう許せよ……っ」

これ以上ないほど反省も後悔もしている、頼《たの》むからあとはひとりで落ちこませてくれ。

怒鳴《どな》る言葉は途中でぐずりと崩《くず》れ、朝倉はその場にしゃがみこみそうになる。一度崩れたらもう二度と立ち上がれなくなりそうで、必死に耐《た》える朝倉の頭上に、呆れかえったと言わんばかりのため息が落ちた。

「まだわからないんですか。なぜ、わたしがこんなに怒っているのか」

ケネスの低い声は、言葉どおりの感情を孕《はら》んでいた。だが、そんなもの知るかと朝倉はかぶりを振る。

「なにを！　あんたのことなんか、わけわかん……っ⁉」

怒鳴る唇は、ケネスのそれで塞《ふさ》がれた。

突然《とつぜん》のキスに驚《おどろ》き、もがいても、力強い腕に拘束《こうそく》された身体《からだ》は逃げられない。上下の唇《くちびる》をきつく噛《か》まれ、驚きと抗議《こうぎ》のために開いた隙間《すきま》から、ぬらりとしたものが滑《すべ》りこんでくる。

「ん、んー……っ、んん！」

羽根のようにやさしく頬《ほお》や髪《かみ》をかすめるだけだった唇は、ただ朝倉を傷つけるためだけかのように触《ふ》れてくる。あれだけやわらかに振る舞《ま》ってきた紳士《しんし》的な態度が嘘《うそ》のような、舌を絡《から》める口づけの激しさに、朝倉は泣きたくなった。

（どうして）

こんな形でケネスに奪《うば》われたくなどなかった。奪われるのではなく、与《あた》えられたかったのだと気づいたのが遅《おそ》すぎて、もう取り返せない時間に胸が苦しい。

あんなにやさしく頬をかすめた唇は、朝倉のなかをめちゃくちゃに蹂躙《じゅうりん》する。呻いて腕に爪《つめ》を立てても許されず、強引《ごういん》に尻《しり》を摑《つか》んで揉《も》まれながら、喉《のど》の奥まで舐《な》められた。

「う、ぐう」

ぶつかった腰《こし》を、荒《あら》っぽく揺《ゆ》すられる。きれいで、ソフトな微笑《ほほえ》みを浮かべた印象しかないケネスの思いもよらないような激しさに、朝倉は脳まで赤く染まるかと思った。

息が苦しくて、広い背中を何度も叩《たた》いた。けれど指ががくがくと震え、ただその背にすがっているしかできなくなったころ、ようやく濡《ぬ》れた唇を離《はな》された。

(なに、いまの)

呆然《ぼうぜん》とする朝倉を、ケネスの強い目が見つめている。その射るようなまなざしにさらされ、朝倉ははっと息を呑《の》んだ。

蹂躙され、痺《しび》れた唇で、ケネスの怒《いか》りの意味を、本当にようやく、知った。

嫉妬《しっと》だった。それは過去の、すでに顔すら覚えていない男へでもなく、行きずりに拾った、タトゥーのあの男でもなく。

(でも、……なんで……?)

どうしていまさら嫉妬なんか向けるのだ。こんなに強い目で、自分を見るのだ。もう呆れて、見限って、その苛立《いらだ》たしさをぶつけているだけではなかったのかと、朝倉はさらに混乱するが、続くケネスの言葉に息を呑んだ。

「あなたが本当に好きだったのは誰。ちゃんとその目で見つめて、その頭で考えなさい」

「……言うな」

震える声で拒絶《きょぜつ》したのに、すべてを見透《みす》かすような透明《とうめい》な目をしたケネスは、逃げるなと朝倉を捕まえ、なおも言う。

「やさしい山下さんですか。愛人関係のあった、精力的な社長？　それとも――」

「言うな、なにも言うな、言うな！」

「それとも、いちばんぼろぼろの自分をさらけ出した、大きらいな、大智さん？」

指摘《してき》された瞬間《しゅんかん》、どっと涙《なみだ》が溢《あふ》れた。自分でも理由のわからないそれに、朝倉は両手で口をふさぎ、必死になってかぶりを振る。

「……違《ちが》う」

「違わない。あなたはいつでも、彼についてのことだけひどく攻撃《こうげき》的だった。彼だけが特別で、彼だけに過剰《かじょう》に反応していた。条件付けだけで言えば、あなたが関わった男性はすべて同じだ。ステディがいるという一点において」

耳をふさぎ、朝倉はまた「違う」と叫んでかぶりを振る。何度も何度も、首が痛いと思うまで、髪が頬を叩くほどの勢いで。

けれどその手首を両方摑んで、ケネスは聞けと言うのだ。

「けれど水島氏の奥方についてはノーコメント、一葡さんに関してはいい子だと笑って。なのにどうしてあの場で、瀬里さんがいると知っていて、あんなことを言ったのか」

すべてを知っていると睨《にら》んでくるケネスの目が、朝倉を呑みこんでしまうかと思うほど強くなる。わななき、もう止まらない涙で視界が霞《かす》んでいなければ、きっと射貫《いぬ》かれて死んでしまっただろうほどの、苛烈《かれつ》な視線だった。

「それがわからないほどあなたは、愚鈍《ぐどん》ではないでしょう。そんなに、痛い思いをするのがきらいですか。全身を傷つけて、気持ちの痛みを忘れたいくらいに？　自覚したら耐えられないほど、彼のことを――」

「言うなよ、黙《だま》れよ、俺を暴《あば》くな！」

ケネスの言葉をかき消すような否定の叫びは、懇願《こんがん》だった。

どこまでこの男は自分を解体するつもりなのか、本気でわからなくて混乱した。なんの権利があるのだと恨《うら》みたくなり、そして同時に、得体の知れない解放感も味わってしまうから、朝倉の困惑《こんわく》は深まるばかりなのだ。

知らないことは、怖《こわ》い。変わりたくもないし理解されたくない。ただ膝《ひざ》を抱《かか》えていじいじと、静かにしていたいだけなのに、ケネスは少しも許してくれない。

「知りたくない、そんなの知りたくない、俺はあいつなんかきらいなんだ、だいきらっ……」

「―― Shit!」

強く抱《だ》きこまれて、言葉がふさがれた。くそったれ、などと吐《は》き捨てたケネスに驚く。けれど広い胸に、いっそ朝倉は安堵《あんど》した。もうこれでケネスに、泣いている顔は見られないですむ。震《ふる》えるしかない、弱くて見苦しい自分を、誰にも見られないですむのだ。

「……きらい、なんだよ」

小さく呟《つぶや》いて、しゃくりあげる喉を必死にこらえた。意識的に聴覚《ちょうかく》を鈍《にぶ》くして、弱々しい自分の声さえ、切り離す。

「きらいなんだ。ほんとなんだ。きらいなんだ……」

声が出なければ泣いていない。顔を見られなければ、泣いていない。好きだなどと、気づかなければ、好きじゃない——。

次第《しだい》に大きくなる嗚咽《おえつ》の声には耳をふさいで、朝倉はうわごとのように繰《く》り返す。ひくりひくりと震える身体は、ケネスの腕《うで》が包んで、離さない。

「薙、どうしてそんなに……」

髪に触れるキスは、どういう意味があるのかわからない。こんなにずたぼろになるまでいじめて、ケネスはいったいどうしたいのだろう。

「……そんなに傷つきたいなら、傷つけてあげるから、おとなしくなさい」

言葉と裏腹に、朝倉の身体を包みこんだ腕はどこまでもやさしくて、もう一度触れた口づけもまた、いたわるように甘いのが、不思議だった。

ベッドに運ばれて、サイズの合わない服を脱《ぬ》がされる間も、朝倉はずっと泣いていた。しゃくりあげるほどのそれはおさまっていたけれども、ぼんやりとまばたきの少なくなった目からはずっと、止まらないそれが溢れ続けていた。

「は、……っ」

はじめは、こんな状態で抱かれても反応は鈍いのではないかと、朝倉は思っていた。もともと朝倉の身体は、性器と尻の奥以外の愛撫《あいぶ》にはさして過敏《かびん》ではないほうだった。

水島はそれをよく知っていて、胸やそのほかにはろくに触れなかった。もともと隠《かく》れゲイらしく、下半身をいじることに執着《しゅうちゃく》する男だったから、気にもしていなかったのだろう。

「寒いんですか」

問われて気づいたが、朝倉の全身には鳥肌《とりはだ》が立っていた。答えるのも億劫《おっくう》であいまいにかぶりを振《ふ》ると、こちらも全裸《ぜんら》になったケネスの身体が覆《おお》い被《かぶ》さってくる。

（やっぱり、違うんだ）

すらりとした印象のあったケネスだけれど、服を脱ぐとやはり、日本人とは根本的にすべての造りが違うのだと実感した。むろん不必要に分厚い筋肉や、無駄《むだ》な脂肪《しぼう》などはみじんもないけれども、被さってくる影《かげ》の大きさが、違いすぎる。

それが怖くて肌《はだ》が粟立《あわだ》っているのだとは、ケネスには言いたくなかった。

(それに、誰だって、一緒《いっしょ》だ)

朝倉にとって、はじめての相手と寝《ね》るのは、いつでも怖い。相手がどんな性癖《せいへき》を持っているかわからないからだ。たまにカンがはずれ、暴力まがいの行為《こうい》を強制されたこともある。

ケネスは、どうだろうか。いたぶるのが好きだろうか。

悪い想像をするだけで身震《みぶる》いするくらい怖い。そのくせ、さきほどケネスに危険すぎると叱《しっ》責《せき》されたように、行きずりの相手と寝てばかりいたのだから、たいがい自虐《じぎゃく》もすぎる。すでにあれは自傷の域でもあったのだろう。

それに、なにをされてもしかたがないのだ。彼が言ったとおり、傷つけられたい、罰《ばつ》を受けたいと願ったのは朝倉のほうだし、たぶん、この行為を誘《さそ》ったのも、朝倉なのだろう。

(どうせもう、終わりだし)

春には、朝倉はここを離《はな》れていく。ケネスにしても来年の秋までと、期限が切られている。だったら明確な形での、決定的な『終わり』が欲しかった。

「……っ」

終わるための儀式《ぎしき》を、ケネスに与《あた》えて欲しい。そう考えたとたん、胸が、錐《きり》を刺《さ》されたような鋭《するど》い痛みを覚える。どうせ、などと自分にうそぶいても、こんなにも苦しい。絶望的な気分のまま、覆い被さってくる広い胸に顔を埋《うず》め、朝倉はわななく息を吐いた。

(嘘《うそ》ばっかりだ)

心を覆っていた虚飾《きょしょく》が、ぼろぼろに剝《は》がされきってしまった。どんなに斜《はす》にかまえようとしても、目の前にある腕を突《つ》きはなせない。逞《たくま》しいあたたかい身体《からだ》にすがりたくて、事実すがって、でも少しも満たされなかった。

ケネスが、ゆるく身体を囲う長い腕が、けっして同じ情で抱き返してくれるわけではないと、知っていたからだ。

(でも、もういいや)

はっきり傷つけてあげるとまで宣言され、それを受け入れたのだから、どんな無茶をされてもしかたない。少なくとも顔見知りのぶんだけ安心だ。いくらなんでもひどい怪我《けが》を負わされたり、殺される心配はないだろう。

そんな悲愴《ひそう》な覚悟《かくご》を決め、またなかば自失していたこともあり、朝倉は行為が開始してしばらくの間、自分になにが起きているのか理解できていなかった。

「あ、あ、あっ……?」

ぴりぴりと乳首《ちくび》が痛んで、身をよじりながらかばおうと腕をあげると、やわらかい金色のものに触《ふ》れた。それが、自分の胸を吸うケネスの頭だと気づくまでに、しばらくかかった。

「え、なに……なに、してんの」

濡《ぬ》れた目で問いかけると、その焦点《しょうてん》のあわない両目をケネスの手のひらがふさいでくる。なぜ、と呟く唇《くちびる》に触れたのは、いつからか頰《ほお》にそうして触れられるたび、想像していたとおりの、やさしい口づけだった。

こめかみ、耳朶《みみたぶ》、頰に鼻先と、かわいらしい音を立てて与えられるふわふわとしたキス。

「傷つけてくれるんじゃ、ないの」

やさしすぎるそれに戸惑《とまど》う朝倉の声は、あどけないような響《ひび》きになった。ようやく手のひらをはずされ、視界が自由になると、目の前には豊かな金色がある。

「傷つくでしょう、充分《じゆうぶん》」

ケネスは、せつない目をして笑っていた。見たこともないほど哀《かな》しそうな笑《え》みに、朝倉の胸がきゅうと締《し》めつけられる。

「これから、わたしに抱かれるんです。これ以上あなたが傷つくことはないでしょう？」

「え……？」

ケネスがなにを言ったのか本気でわからず、朝倉はまばたきをした。睫毛《まつげ》のさきに引っかかっていた雫《しずく》がころりと落ちて、それが頰に筋を描《えが》くより前に、ケネスが吸い取ってしまう。

「意味、わかんない。ケネスと寝るだけだろ。そんなので、傷つかない」

ぼんやりと抑揚《よくよう》のない声で反論しながら、いったい彼はなにを言っているのだろうと思う。

この身体にすがりつきたくて、ぼろぼろに疲《つか》れきった感情を丸ごとゆだねてしまいたくて、ずるい形で丸投げにしているのは朝倉なのだ。

本当は、傷つけるんじゃなくぎゅうっと抱きしめてほしい。でもいまさら、そんな甘えを求められるわけがない。自分にはその資格もないし、まして相手はいずれ去っていく男だ。

(あんたも、やっぱりおんなじだ)

するりするり、摑《つか》もうとしても朝倉には摑めない、甘くてやさしいなにか。ケネスはくれるのかなと思っていたけれど、やっぱり違《ちが》った、ただそれだけ。

だから自分はなにも傷つかない、そう思うのに、彼は痛ましいとでも言うように目を細める。

「自分でわかっていないだけです。いままで、いっぱい、傷ついてきたのに」

だからどうして、ケネスと寝ることと、いままでという言葉がつながるのか。困惑をあらわに彼を見つめると、泣いて腫《は》れぼったい瞼《まぶた》を指が撫《な》でる。

「好きでもない男に責められて、泣かされて、あげくに望んでもないセックスをして。いままで、あなたが経験してきたことでしょう」

「え。好きでもって、な、……んぅ」

なんの話だと言いかけたそれを、上手なキスがふさいだ。さきほど、責めたてるように奪《うば》ったことを詫《わ》びるようなやわらかくゆったりしたそれに、朝倉はすぐに夢中になる。

(なんだろ、これ)

乱暴で怖《こわ》かったさっきのキスも、いまのこれも、朝倉の知らない行為のようだった。唇を包みこむように吸われて、巧《たく》みに舌が動く。淫《みだ》らで、そのくせ洗練されきった口づけに、くらりと意識が遠くなった。

いままで何度もディープキスは経験した。けれどそれらとは比べようもないほど、ケネスのキスは、きれいだった。夢を見るような気分で、甘いにおいと甘い舌を吸いこむ朝倉の身体は、気づけばしっとりと火照《ほて》っている。

「ん、ふ……」

「薙の舌は、小さくてかわいい」

キスをほどいて、曲げた指の甲《こう》で濡れた口の端《はし》を拭《ぬぐ》ってくれたケネスが、そんなことを言う。かっと赤くなって顔を背《そむ》けると、今度は耳に舌が触れた。同時に、大きな手のひらが裸《はだか》の脚《あし》を這《は》い、内腿《うちもも》をするりと撫でて、鼠蹊部《そけいぶ》をくすぐる。

「ん……んあっ」

「あなたは、どこを触れられるのが好きなのか、教えてください」

「や、どこ、って、なにが」

すらりとしたケネスの指が、朝倉の胸をつまむ。同時に、脚に触れたほうの手は臍《へそ》の近くから腿《もも》までを何度も往復し、湿《しめ》りはじめた下生えを指に絡《から》めて遊ぶ。

「感じるところは？」

「し……知らないよ、そんなの！　あんたの好きにして、さっさと突っこめばっ」

ぞくぞくと震《ふる》え、思わず背中を向けてしまうと、首筋を強く吸って性器を摑まれた。う、と顔を歪《ゆが》めて身を縮めたのは、思うより強い力だったからだろうか。

「さっさと、なんてそんな、もったいないことはしない」

「な……に」

握《にぎ》りつぶされたらどうしよう。そんなばかなことを考えるくらい、ケネスの手は大きかった。根本から先端《せんたん》までひとまとめに包みこまれ、朝倉の薄《うす》い背中が胸のなかにすっぽりとおさまってしまって、ここまで体格が違《ちが》うとは思わなかったと純粋《じゅんすい》に驚《おどろ》く。

「ちゃんと、ゆっくり愛撫《あいぶ》して、これを奥まで入れる」

そしてまた、尻《しり》にこすりつけられたそれに、朝倉はごくりと息を呑《の》んだ。ちらり、と肩越《かたご》しに振《ふ》り返り、ああ、やっぱり下の毛も金色なんだと下世話な感想を覚えたのは、ある種の逃避《とうひ》だったかもしれない。

(つうか、なにソレ。うそだろ)

ひどい初体験からこっち、アナルセックスは、あまり間を空けたことはなかった。たぶん、ひとに比べて経験も人数も多いほうだと思う。まだ若い身体は柔軟《じゅうなん》で、けっこう無茶をされてもどうにかなった。

そんな朝倉でも怯《ひる》むくらい、ケネスのそれはすごい。しかも、まだ完全に勃起《ぼっき》したわけでもないのは、腿を押す微妙《びみょう》な硬度《こうど》でよくわかった。

「む、無理」

ぬるりと滑《すべ》るように腿の間に挟《はさ》まされ、さらにその質量を思い知る。あえぐように呟《つぶや》き、ベッドに辿《たど》りついてはじめて朝倉が怯《おび》えた目を向けると、彼は頬を撫でてこう言う。

「だから急がないでする、と言ってるんですよ」

「ケネス、あの」

「無理にしないために、ね。……だから、あまりこちらを急《せ》かさないでください」

「いあっ……！」

肩《かた》を噛《か》まれ、乳首をつねられた。全身が硬直《こうちょく》するほど痛かったのに、次の瞬間《しゅんかん》には朝倉の股間《こかん》が一気に熱を持つのがわかった。

「痛いのが好き？」

「いやだ、きらい……」

つまみ上げた乳首を乳暈《にゅううん》ごとねっとりと揉《も》みしだかれ、重ねた身体《からだ》をこすりつけられる。肌《はだ》と肌の間に熱がこもり、肩口《かたぐち》で揺《ゆ》れる金色の髪《かみ》から漂《ただよ》う、甘すぎるにおいにくらくらする。

「ケネス、なにかつけてる？」

「なにか？　なにを」

声が、自然とうわずる。あえぐように息をして、やわらかい尻を摑んでくる大きな手に、朝倉は自分の手を触れさせた。咎《とが》めたいのか、もっとと告げたいのかわからないまま、添《そ》えるだけになった手のひらの下で、ケネスの手が自分の肉を揉む感触《かんしょく》にくすぐったくなる。

「なんか、……なんか、すごくやらしい、においが、する。香水《こうすい》……つけてる？」

「そうですか？　いまはなにも、とくにはつけていませんけれど」

濃厚《のうこう》で、いやらしくて甘いそれが、彼の放つ強烈《きょうれつ》な色香《いろか》のせいであるとも理解できず、朝倉はうわごとのように呟いた。

「わたしには、薙のにおいのほうがよっぽどエロティックに思える」

「ど、して、……あっ！」

ぎゅっと右の尻の肉を掴んだあと、窄《すぼ》まりに長い指が触れた。押し揉むようにしながら、同時に尖《とが》りきった胸のさきをこりこりと押しつぶされ、朝倉は全身を震わせる。

「わたしと同じにおいになっているのに、薙の香《かお》りは淡《あわ》くて、あたたかい」

「い、やっ、嗅《か》ぐなっ」

首筋で鼻を鳴らしたケネスは、そのあと縮こまる腕《うで》のつけ根にも唇《くちびる》を寄せ、においをたしかめるような真似《まね》をした。品のいい彼のほどこす、意外にフェティッシュな行動に、朝倉は全身の毛穴から汗《あせ》が噴《ふ》きだすかと思った。

「なに、変態なことしてんだよ！　ばかっ」

「だって、いやらしいのは薙のほうでしょう。肌が、こんなにきれいで気持ちがよくて」

俯《うつぶ》せになって逃《に》げようともがいたら、足首を掴まれた。脹《ふく》ら脛《はぎ》を舌でたどられ、またぞわりと震える身体から力が抜《ぬ》ける。

「い……いや……いや……」

くるぶしの腱《けん》に歯を立てられ、足の裏に音を立てて口づけられた。そうして足の小指を噛み、爪《つめ》の形もかわいいと笑ったケネスは、全身を赤く染めて声も出ない朝倉にゆっくりと、のしかかる。

「長い夜を、覚悟《かくご》していてください」

囁《ささや》きは甘く残酷《ざんこく》で、期待にひくりと震える小さな窄まりへのキスと、同時だった。

それから、朝倉は泣き落としのための嘘泣《うそな》きから、怯えによる本当の大泣き、快楽のための嗚咽《おえつ》へと、数十分のうちにいくつものバリエーションを披露《ひろう》する羽目になった。

ケネスは、本当に容赦《ようしゃ》がなかった。どこにも痛みを覚えることのない、ただ純度の高い快楽と、熱意ある執拗《しつよう》な愛撫とを、捨て鉢《ばち》に使ってきた朝倉の身体にこれでもかと注ぎこまれるのが、こんなにまで人間をおかしくさせるのだと、はじめて知った。

そして、ついに自分では指一本好きに動かせなくなるほどの状態にさせられ、いまはぬちぬちと音を立てて、尻の間を性器が出入りしている。

「ふあっ……あっ、あっ」

「かわいい声ですね。気持ちいいですか？」

「あん……いいっいいっ……！」

揺さぶられながらあえぐと、笑うケネスに問われる。なんでこんなことが気持ちよくて、自分の身体は震えるのかと朝倉は思ったけれど、よくてたまらないから素直《すなお》にうなずいた。

「もっと、もっとそこ……」

「……こう？」

「あふ！　いっ、そこ、ぐりぐりして、ぐりぐり……っ」

頭の悪そうなあえぎは、水島に教えられたそれが抜けていないようだ。舌足らずに擬音《ぎおん》と淫《いん》語《ご》であえぎまくるセックスを、総じて朝倉を抱《だ》く側の男は求めてきた。すっかりそれが習い性《しょう》になり、よくなると勝手に恥《は》ずかしい言葉を吐《は》いてしまう。

やっぱりそれは自分が『いんらんでへんたいのおとこずき』だからだろうか。

かつてあざけるようにして突《つ》きつけられた罵《のの》りが不意に思いだされ、その冷えた言葉の切っ先が朝倉の心をちくりと刺《さ》した。

（ケネスも、やっぱりそう思うのかな）

せつなく軋《きし》む心がつらいと訴《うった》えるけれど、痛みに浸《ひた》る余裕《よゆう》も、いまはない。ただ、過敏《かびん》に火照った身体に触《ふ》れる指に、唇に――奥で呑みこんだ性器に、悶《もだ》えるだけだ。

「はー……っ、は、あ、うんっ……さわ、触《さわ》って」

「どこを？」

「ち、乳首《ちくび》……あそこ、も」

もうろうとなりながら、恥ずかしげもなく大きく開いた脚《あし》を抱《かか》えられ、揺れる身体を意識した。挿入《そうにゅう》されてからは、目を開けることは、さすがにできなかった。

ケネスに、この淫奔《いんぽん》な身体を見つめられ、もしも醒《さ》めた顔をされていたらと思うと、その瞬間死にたくなるのがわかっていたからだ。

「あそこ？　あいまいな日本語じゃわからない」

けれど、笑《え》み含《ふく》んだ声で「どこ？」と意地悪く訊《たず》ねる声は、やわらかくやさしい。自問や自嘲《じちょう》の意味もわからなくなるほどに、ケネスのセックスもキスも甘い。

「薙、わかるように言って。どこを触ってほしいのか」

「も……う、い、や」

「いや、じゃなくて。わたしにわかるよう、言葉で、はっきりと」

どこまでが意地悪で、どこまでが本当に理解できないのか、わからない。ケネスはいつもそうだ。朝倉よりよほど言葉が堪能《かんのう》なくせに、自分が外国人であることを振りかざして、とぼけてみせる。

「ここ、ケネス……握《にぎ》って。握りながら、お尻《しり》、突いて……」

悔《くや》しいから言葉では答えなかった。その代わり、腿《もも》を摑《つか》んでいる手の片方を引っぱり、手のひらをねっとりと湿《しめ》った性器に押しつける。言葉で答えないのが不満だったのか、握ってとせがんだのに、手のひらで腹に押しつけるようにして転がされた。

「あ！　もう、やだっ……やだ、握って……ぎゅって、しろってば！」

「これはきらい？」

「いやだ！」

欲しい刺激《しげき》とは違《ちが》うとすすり泣くと、キスが降ってくる。瞼《まぶた》に、頬《ほお》に、耳元にときれいな音を立てられ、睨《にら》むためにようやく目を開ければ、金色の髪が灯《あか》りの下《もと》できらきら輝《かがや》く。

そこで見つけたケネスの顔に、やっぱり目を開けるんじゃなかったと朝倉は後悔《こうかい》した。汗をかいて眉《まゆ》をひそめる顔は、映像美の特徴《とくちょう》的なフランス映画のベッドシーンを見ているように現実感がない。この夢のようにきれいな青い目に、脚を拡《ひろ》げてあえぐ見苦しい自分がどんなふうに映っているのかと朝倉が怯えて目を閉じようとすると、瞼の端《はし》に舌が触れた。

「目を開けていないと、あなたのこの黒い目を、舐《な》めるよ」

「ひ……っ」

指を添えられ、ぐっと瞼を引き下ろすように力を入れられ、朝倉は硬直《こうちょく》する。ねとり、とぎりぎりの際を舐めてくる舌が眼球の近くで踊《おど》り、気づけばかたかたと全身が震《ふる》えていた。

「それがいやなら、わたしを見なさい」

ベッドに入ってからのケネスは、終始おだやかな声だった。朝倉を包むように、しっとりと甘く低いそれで、しかし紡《つむ》がれる言葉は容赦がない。

「み……見る、から。見るから、ケネス……」

怖《こわ》いのはいやだ。怯《おび》えきって、すでに声にならない声で哀願《あいがん》すると、やさしく髪を撫《な》でたケネスが囁くような響《ひび》きで念を押す。

「いや？　本当に？」

「いやだ……」

可哀想《かわいそう》にと髪を撫で、震えてそそけ立った頬に口づけを落とし、けれど彼は言うのだ。

「だったらもっと、しなければね。これは罰《ばつ》だから」

「い、や、あうっ！」

宣言と、きついくらいの突きあげは同時だった。一瞬《いっしゅん》だけやさしくされ、ほっと息をついた瞬間のそれに身がまえることのできなかった身体は、もうケネスの思うがままだった。

「ひい、あっ、あんっ、……あんっ、あんっ！」

「わたしにいじめられて、泣きなさい、薙」

揺《ゆ》する動きが激しくなって、身体《からだ》の奥にあるそれをひっきりなしに締《し》めつけながら、男の唆《そそのか》すとおりに朝倉は泣きじゃくった。

「いやっ、あん、うっ、そんな、そんなに、しちゃっ、壊《こわ》れ……っ」

「突いてと言ったのは、あなただ」

大きくていっぱいのそれが怖いくらい奥を突く。壊されるかもしれないのに、抜かれそうになると腰《こし》に脚を絡《から》めたのは朝倉だった。

「い、いや、もういい……も、いい……っ」

身体のなかを攪拌《かくはん》するようにされ、やわらかい手つきで性器の先端《せんたん》だけを何度も撫でられると、よすぎて腿の内側が痙攣《けいれん》する。そのうえのけぞった胸には強弱を変化させる舌先の愛撫《あいぶ》。

(おかしく、なる)

尖《とが》りきった乳首はもう、なにをどうされても快感しか覚えない状態で、ひっと息を呑《の》み足先を反り返らせると、臑《すね》のあたりが攣《つ》りそうになった。

「んんう……!」

斜《なな》めに重なる顔、高い鼻をぶつけることのない上手なキス。甘いにおい、金色の髪《かみ》、真っ青で透明《とうめい》な、きれいな目。夢のようにきれいな男の与《あた》える、夢のようにやさしい快楽。

そのすべてが罰でしかないいまの時間が、朝倉にはどうしようもないくらい、つらかった。

「ゆ……して、許して」

もうなにに対して告げているのか、朝倉はわからない。ただ子どものようにしゃくりあげて、怖い怖いと呟《つぶや》いて、ケネスの身体に抱きついた。

「許すよ、なにもかも」

許すよと繰《く》り返す広い背中に爪《つめ》を立て、泣いて——ちぎれた心を繋《つな》ぎとめるかのようなケネスの抱擁《ほうよう》に、ただ、すがった。

淫《みだ》らな声をあげ、最後の瞬間を迎《むか》えるまで、ケネスの青い目は変わらない色のまま、朝倉のすべてを眺《なが》めていた。

＊　＊　＊

ケネスと寝《ね》た翌日、朝倉はどうにか彼よりさきに目を覚ますことができた。全身が軋むほどの痛みは、何度も執拗に抱かれた事実を思いださせていたたまれなかったが、そんな羞恥《しゅうち》や身体のつらさより、逃《に》げることのほうが重要だった。

週末の二日間、部屋にこもって眠《ねむ》り倒《たお》して回復につとめた。インターホンも携帯《けいたい》もすべて電源を切り、まったく誰にもアクセスされないようにして布団《ふとん》のなかに閉じこもり、ひたすら睡《すい》眠《みん》に逃避《とうひ》した。

そしてめちゃくちゃな週末が明けてからは、朝倉は徹底《てってい》的にケネスを避《さ》けた。

身体に残った痛みも、腕《うで》の強さも、記憶《きおく》はあまりになまなましかった。それがいずれ消えるものだとわかっていても、数日間はふと思い出しては悲鳴をあげたいような恐慌《きょうこう》状態に見舞《みま》われた。

なにより、彼が自分の痴態《ちたい》を見てどう思ったのか知るのがおそろしかった。あのきれいな目に呆《あき》れや軽蔑《けいべつ》を見つけてしまったら、朝倉はもう、二度と立ち直れない。

もう全部なかったことにしたかった。無理なのはわかっていて、だったらせめて、彼の目の前から自分の姿を隠《かく》してしまいたかったのだ。

ケネスだけではなく、山下からも朝倉は逃げた。何度か電話があったようだが、仕事用のそれとプライベートの着信音を使い分け、とにかくシステム部関係者以外からは、いっさいの連《れん》絡《らく》を絶つようにした。

ケネスもまた、朝倉が逃げることを知っていたのだろう。同じ社内で隣人《りんじん》で、捕《つか》まえようと思えばできるはずなのに、追ってくる気配はまるでなかった。

(まあ、当然かな)

むしろ、ケネスに呆れられた事実を知りたくなくて、朝倉は逃げまどっていたのだ。

気づけば年の瀬《せ》が押し迫《せま》り、年末の出社日ぎりぎりまで働いたあとに、朝倉は社宅に戻《もど》らず、藤沢の家にこもって正月を迎えた。

実家からは『今年も帰らないのか』という電話が入っていたが、毎度ながらのらくらと逃げて、ひさしぶりの完璧《かんぺき》で完全な孤独《こどく》を、朝倉は満喫《まんきつ》した。

(ひとりって、楽だ)

数ヶ月も留守にしたせいで埃《ほこり》っぽい自宅の部屋のなか、ぼんやりと膝《ひざ》を抱《かか》え、買いこんだレトルトとインスタント食品で食いつないでひきこもる日々は、平和で穏《おだ》やかだった。

テレビもつけず、音楽も流さず、むろんPCの電源など絶対に入れる気がしない。まったくの情報を遮断《しゃだん》した状態は、凪《なぎ》の海に似ていた。

(でも、寂《さび》しい)

寒いのはたぶん、正月の静けさや、気温や広すぎる部屋のせいではなく、誰の気配もないからだろう。

去年まではどうやってすごしていたんだっけと思い出し、朝倉はいやな気分になった。

一昨年までは、山下にせがんで正月料理を作ってもらっていた。

去年は、ここを訪《おとず》れなくなった彼にがっかりして、しょうがなく適当な盛り場で遊んで、名前も覚えていない男とセックスしながら年を越《こ》した。

「けど、今年がいちばん強烈《きょうれつ》だなあ……」

ずっと想《おも》っていた山下に彼氏ができて、大智にぐちゃぐちゃな感情を持っていたことを、いま恋《こい》をしようかと思った男に指摘《してき》され、その瞬間全部が崩壊《ほうかい》した。

こんなに短い間に三連発で恋を失うなんて、よっぽど自分は向いていないんだと思うと、今度は笑えてきた。

「すっげえ、もう。俺一生恋人《こいびと》できねえわ」

笑うしかないだろうとひきつった声をあげ、けれど笑ったつもりの顔が少しもほどけていないことには、すぐに気がついた。

食べかけのインスタントラーメンを前に、朝倉はふいに目の前が霞むのに気づいた。

「……あれ」

ぱた、と丼《どんぶり》の汁《しる》のなかに雫《しずく》が落ちる。泣くとはまったく思っていなかったからひどく驚《おどろ》いて、しばらくその途切《とぎ》れない水滴《すいてき》を、じっと眺め続けてしまった。

(なにこれ)

自慢《じまん》ではないが涙腺《るいせん》だけはゆるくなかった。むしろ、泣きたいときにも泣けなくて、かわいげがないと言われる自分がつらかったくらいなのに、どこかいかれてしまったように、涙《なみだ》が止まらない。

ぽろぽろ、雨粒《あまつぶ》のように落ちるそれをじっと見ているうちに、つんと鼻が痛くなった。そしてしゃくりあげはじめ、朝倉はおもしろくなってくる。身体の反応が徐々《じょじょ》に激しくなるのがおかしくて、笑いながら泣くとしゃっくりがひどくなった。

「なっに、泣いっ、てんだ、ろうなあ……」

笑っているのに、顔が歪《ゆが》む、ぐちゃぐちゃになった、子どもじみた不細工なそれを自分で想像して、もっとおかしくて、気づけばひいひいと変な声をあげ、呻《うめ》きながら泣いていた。

「うー……っ」

誰もいないのは、楽で、けれど強烈な寂しさがあった。そして、気づけば同じ言葉ばかり、ずっと繰り返し呟いていた。

「うそ、つき……嘘《うそ》つき、嘘つき……っ」

全部知りたい、教えてほしいと言ったくせに、知ったとたんに怒《おこ》って、冷たくした。一緒《いっしょ》にいると言ったくせに、ろくに知りあいのいない場でひとりにして、大智と喧嘩《けんか》しても止めてくれなかった。

ゆっくり口説いてあげるなんて言って、一年——いや、もういまは年が明けたから、あと十ヶ月もなく、いなくなる。

「ぜんぶ嘘ばっかり、ケネスのばか、嘘つき……っ」

傷つけてあげるなんて言ったくせに、どこまでも丁寧《ていねい》に身体をやわらげ、開かせて、犯《おか》すのではなく抱《だ》いて、ちっとも傷つけてくれなかった。

傷ついたのはいまだ。逃げて、本当は追いかけてくれるんじゃないかとうっすら、ほんのかすかに期待して、それが全部裏切られて『ほらな』と自分を嗤《わら》うこともできず、こんなにみっともなく泣かされた。

——好きでもない男に責められて、泣かされて、あげくに望んでもないセックスをして。いままで、あなたが経験してきたことでしょう。

「ぜんぜん違《ちが》うだろばか……っ」

誰が好きじゃないって言った。あんなに甘やかして、あんなに気持ちよくて、夢みたいな思いをさせておいて、どうして放《ほう》り投げるんだと、ケネスを責める言葉を繰り返し、そしてその尖《とが》った言葉は、すべて朝倉に突《つ》き刺《さ》さるのだ。

恋人になる前だったのに。ちゃんと、そうなりたいと思う気持ちはあったのに、過去ばかり見ていて全部を見失った。そんな自分を、彼が待っていてくれるわけもないことくらい、ちゃんとわかっておけよと、うぬぼれが恥《は》ずかしすぎてまた泣けた。

「なんで俺、ちゃんと、気づいて……気づかなかったんだろ……」

いつでも遅《おそ》くて、へたくそで、誰かを傷つけるしかできない。

誰でもいいから恋をしようと思っていた、そんなわけがなかった。本当はもうとっくに、ケネスに気持ちはさらわれていて、けれどあんまりにもケネスがきれいだから、わからなかった。大事にされたことなんかなかったから、その意味がまるでわからなかったから、すべてを見落として、手遅《ておく》れにした。

朝倉を抱きながら、つらい顔をして傷ついたのは、たぶん彼のほうだったのだ。

いつしか、朝倉は号泣《ごうきゅう》していた。あまりにすごい声なので自分で驚いて、厚手の布団《ふとん》をかぶり、そのなかで思うだけの声をあげていた。

そして、どうして自分がこんなに泣いているのかと自問し、ああそうか失恋《しつれん》したんだなと、他人事のように思った。

(そうか。俺、ケネスに、失恋したんだ)

口のなかで呟《つぶや》くと、少女じみたその単語に笑いそうになり、同時に息もできないような苦しみがどっと襲《おそ》ってきて、なんだこれはと思いながら、また泣いた。

けっして手にはいることのない安全領域にある山下への片恋《かたこい》とも、水島とのドライで即物《そくぶつ》的な関係とも、好悪《こうお》が入り混じった大智への歪んだ感情とも違《ちが》った。

いま朝倉の胸のなかにある痛みは、ただただ純度の高い、混じりけのない恋そのもので、そしてそれを失ったから、こんなにつらい。

あの熱をもう一度と願うほどの図々《ずうずう》しさはないから、本当に終わりを知ったから、胸のなかが冷えきって、だから寒くてたまらないのだ。

(好きだったんだなあ)

こんなに哀《かな》しくなるくらいに好きだった。でも終わってしまったから、泣けて、止まらない。

手の届かない月に焦《こ》がれるように、朝倉は泣く。

そんな自分のみっともなさだけは知っていたから、慰《なぐさ》める指がないことに、いっそ安堵《あんど》していた。

＊　＊　＊

うららかな陽射《ひざ》しの差しこむ、金曜の午後のことだ。

「やー……これがほんとのデスマーチ……」

数ヶ月前にも、同じような言葉を同じ場所で呟いたな、と思い出す朝倉の目の下には、くっきりとしたクマが浮《う》いている。

あの当時の不満やつらさなど、いまのこの状況《じょうきょう》に比べれば、天国のようなものだった……と遠い目で思いを馳せ、かさついた唇から煙を吐き出した。

大泣きした正月が明け、しっかりとはじまったデスマーチから、朝倉はむろん逃《に》げなかった。人間、どんなに泣き暮らすといったところで連続での号泣は四時間が限度と知ったのも、いっそよかったかもしれない。そこを超《こ》えると、瞼《まぶた》が腫《は》れて泣けるものも泣けなくなるのだ。そして翌日は頭痛と筋肉痛と顔面の痛みにのたうちまわることになる。

（うん、もう泣かない）

　あんなひどい苦痛は、初体験で尻《しり》から血が出たとき以来だ。おまけに快感もないときた。今後は絶対にやめておこうと、妙《みょう》にさっぱりした気分で朝倉は思っていた。

　そして、正月休みの間も、たまに出社する羽目になっていたという木谷は、年が明けていっそう鬼気《きき》迫《せま》る形相になっていた。

「あと三ヶ月……あと三ヶ月……ああどうしよう、終わってない。予定が押してる。どうして」

「き、木谷さん、一応四月稼働《かどう》だから、こう、四、って数えるのは？」

「四月一日稼働なのよ。し・が・つ・いっぴ！　三月三十一日にはむろん、すべてがなんの問題もなく、システムダウンもなく、バグもなく、ミスもなく、動いていなきゃならないのよ！わかる、そこんとこわかってるの朝倉っ！」

　疲労《ひろう》がピークに来てテンションがあがっている女性に、数字のマジックはきかなかったようだ。触《さわ》らぬ神になんとやらで、糸井は賢明《けんめい》にも口をつぐんでいる。

木谷が取り乱すのも当然だった。

トップダウンテスト、ボトムアップテスト、フィットギャップ分析《ぶんせき》。あの日一葡にまくし立ててしまった工程は次から次へとやってきて、そのたびになにか予定外のことが起き、阿《あ》鼻叫《びきょう》喚《かん》のバグ取りがはじまる。

稼働までのカウントダウンがはじまったシステムのおかげで、社宅にもろくに戻《もど》れなくなった。木谷よろしくシャワーは近所のサウナですませ、会議室に並べた椅子《いす》の上で横になり、会社のトイレで顔を洗ってまた画面を睨《にら》むという日が何日も続いた。

一週間に一度家に戻れたら御《おん》の字という状況は、いまの朝倉にはありがたかった。落胆《らくたん》と喪失《そうしつ》の痛みは、ほどよく——つまりは人間としてのなにかを失いそうな勢いの、忙《いそが》しい仕事が紛《まぎ》らわしてくれたからだ。

はたと気づけばあっという間に、二月が飛び去り、三月もなかばとなり、システム部の人間を軽く複数人壊《こわ》した社内システムの稼働日は、すぐそこまで迫《せま》ってきていた。

(あ、いかん眩暈《めまい》した)

ぷかりと煙を吐いたとたん、壁《かべ》に背中を預けているというのに視界が歪んだ。ここ数日、鳩《みぞ》尾《おち》のあたりがひやっとした痛みを覚えていて、朝倉はこのところで急激に艶《つや》を失った髪《かみ》をかきあげる。

中途半端《ちゅうとはんぱ》に伸《の》びた前髪は、出向してきたころと同じくらいもっさりとしてしまっていた。髭《ひげ》があまり濃《こ》くない体質でつくづくよかったと思うのはこんなときだ。糸井などは近ごろワイルドを通り越《こ》した感じに無精髭《ぶしょうひげ》がすごいし、南雲にいたっては木谷に『ミスター青カビ』などといういやなあだ名で呼ばれるほどだ。

「一部上場企業《きぎょう》のシステム部の状態じゃねえだろここ。ソフト開発会社並みにえぐいって絶対」

「……えぐい状況に引っ張りこんで、申し訳ないな」

眩暈のひどい頭を壁にもたれさせ、あり得ないと顔をしかめて目頭《めがしら》を揉《も》み、天井《てんじょう》に煙を吐いていた朝倉は、唐突《とうとつ》な言葉にぎょっとする。

「まあ、木谷・糸井組ときみに関しては、本来外注で頼《たの》むところを内部に引きずりこんだようなもんだから、負荷《ふか》がでかいのはあたりまえか。悪いね」

「か、嘉悦課長」

呆然《ぼうぜん》とする朝倉の前に立つ嘉悦は、相変わらずびしりとしたスーツ姿だった。対して朝倉は袖《そで》をめくりあげたワイシャツはプレスする余裕《よゆう》もなく皺《しわ》だらけ、ネクタイもどうにか引っかかっているというありさまだ。

「ひどい顔色だな、朝倉くん」

「あ、どうも、みっともない格好で……」

いまさら取り繕《つくろ》うにも、どうにもしようがない。ひきつった笑《え》みを浮かべるのが精一杯《せいいっぱい》で、いつかのようにごく自然に「邪魔《じゃま》するよ」と隣《となり》に来た嘉悦から、逃げ損《そこ》ねてしまった。

（まいった……）

あの忘年会《ぼうねんかい》以来、システム部の面々以外の人間関係をすべてシャットアウトしていた朝倉だったが、そうもいかない相手がひとりいたことを忘れていた。

ケネスとはいっそ不自然なくらいに顔もあわせないままだ。これはおそらく朝倉だけではなく、お互《たが》いに避《さ》けまくっている、ということなのだろう。

正月の間は携帯《けいたい》の電源も落としていたからわからないけれど、年が明けておそるおそる通話可能状態にしても、一度として彼からの連絡《れんらく》はなかった。

（最初に俺が逃げたんだから、あたりまえだ）

自嘲《じちょう》気味に思って、なにも変わらない穏《おだ》やかさのまま目の前に立つ嘉悦を見あげた。

嘉悦は朝倉を避ける様子も、あの日のことについて追及《ついきゅう》する様子もないままだった。これまでにも数回社内で出くわしそうになり、あわてて回れ右をしたことが何度もある。間に合わず、声をかけられそうになったときには会釈《えしゃく》でごまかしてやはり逃げた。

じつはこの喫煙《きつえん》スペースに来るのは、一ヶ月近くぶりなのだ。煙草《たばこ》を吸う余裕すらもなくなっていたし、嘉悦やケネスとのニアミスも怖《こわ》かった。だが今日は、限界を超《こ》えた頭がどうにもならず、糸井と木谷に『吸ってこい』と追い出されてしまった。そしてケネスのことを考える余地もないまま素直《すなお》にニコチンを求める程度には、追いこまれていたのだ。

「いよいよらしいな。状況はどう？」

「あ、まあ、いまのところなんとか。もうだいぶ問題点もつぶせたんで」

ぼろぼろになった甲斐《かい》はあり、システムを動かし、機能上の問題についてはすでに現時点でクリアできている。いまは最終段階のチェックを繰《く》り返しているところだと朝倉は説明した。

「あとは細かいエラーやバグを拾う作業になってくるんですけど、ぶっちゃけっちまえば、稼働したあとに見つかる問題のほうがでかそうですね。まあ、それはメンテ繰り返すしかないかと思ってますが……」

そのころには朝倉はもう、ここにいないだろう。言いかけたそれは吞《の》みこんだが、嘉悦の視線は消えた言葉を探すように朝倉へと注がれている。彼のくわえた煙草の煙の流れを追うふりで目を逸《そ》らし、朝倉はごくりと息を吞んだ。

「それより、俺、言いたいことがあったんです」

「ん？」

「嘉悦課長、あのときは、すみませんでした」

少しでもためらったら言葉が出ない。そう思って、朝倉は勢いのまま頭を下げる。おそらくそうではないか、と予想していたが、鷹揚《おうよう》な態度で嘉悦は許してくれた。

「あれについては俺に謝る話じゃないし、彼らに関しては、根に持つようなタイプじゃないから気にしないでいい。そのうちどこかで謝れば許してくれるだろう」

まあ、真雪さんにはしばらく嫌味《いやみ》を言われるか、からかわれるだろうが。低い声で笑う嘉悦に内心ほっとしつつ、けれどこんなに簡単に許されていいわけはないと朝倉はかぶりを振《ふ》った。

「でも、あの場で言うことじゃなかったです。瀬里……さんにも、悪いことした」

言わなくてもいいことを暴露《ばくろ》して、いやな思いをさせた。唇を噛《か》みしめる朝倉に、嘉悦はくすりと笑う。なんだか、微笑《ほほえ》ましいと言いたげな表情だった。

「だが、過去のことだろう。きみにしても相当酔《よ》っていた。そのうえの暴言は、まあ本人は反省すべきだが、周囲も大目に見るしかない」

「けどっ……」

「恋愛沙汰《れんあいざた》で、経験を積んだ大人が相手となれば、ある程度の許容は必要だ。昔のことをいちいち蒸《む》し返すようでは、お互いに神経が持たない。瀬里くんはまあ、なにしろあの彼が相手だ。少しずつ、学ぶしかないだろうな」

なにを言っても平静なままの彼が、見た目通り懐深《ふところふか》いタイプなのだと知らされ、朝倉は情けなさと申し訳なさにうちひしがれる。

「けど、学ばなくたっていいことだって、あるじゃないですか」

それこそ学ぶ必要のないことばかり覚えてきた自覚のある朝倉がそう呟《つぶや》くと、嘉悦は「まあそれもそうだ」とうなずいてみせる。

「けれど、それもこれも結果論だ。起きたことはしかたがないし、時間は巻き戻せない。そして大智くんはまあ、若いころのやんちゃのツケを払《はら》ってわけだ。それは、朝倉くんも同じことだろうが」

苦笑《くしょう》まじりに言う彼の言葉は、妙に含蓄《がんちく》がある。押しつけがましい説教でもなく、ただあるがままに現実を受け入れればいいという嘉悦が不思議で、朝倉はじっと端整《たんせい》な顔を見つめた。落ち着きと余裕が溢《あふ》れた彼に、青臭《あおくさ》くみっともない過去があるとはとても思えない。

「課長はそういう経験があるんですか」

「あるよ」

だが、直球で問う朝倉にごまかしもせず、嘉悦はあっさりと答えた。手元に目を落とす彼の視線を追うと、シンプルでさりげない、薬指のリングを撫《な》でて笑っている。

「その指輪、って？」

「俺の経験と挫折《ざせつ》と戒《いまし》めの全部」

どういう意味だと首をかしげると、嘉悦はほんの一瞬《いっしゅん》、過去を懐《なつ》かしみ、そして愛《いと》おしむような目をした。いつも凛《りん》とした印象のある彼にしてはひどく甘いそれに、朝倉はなんとなくうろたえる。

「初恋《はつこい》の相手と別れて、逃《に》げられて、行方《ゆくえ》までくらまされた。自棄《やけ》を起こして別のヤツと結婚《けっこん》して離婚《りこん》した。で、偶然《ぐうぜん》再会できたんだが、また逃げようとするから必死になって追いすがって、よりを戻《もど》した。まあ端的《たんてき》に言えば、その程度の経験だが」

困り顔の派遣《はけん》社員を前に、嘉悦はなんでもないことのように、自身のひどく濃い経験を、端的に語った。

「必死って……嘉悦課長が……ですか」

追いすがるなどという言葉が、嘉悦にあまりに不似合いだった。朝倉が信じられないと面食《めんく》らっていると、おかしそうに笑われる。

「必死だ。いろいろ行き違《ちが》って、別れるって電話口で泣いて怒鳴《どな》られて切られて。高速ぶっ飛ばして深夜に相手の家に押しかけて、同居人追い出して、ひと晩かけて口説き直した」

うわあ修羅場《しゅらば》だ、と息を呑んだ朝倉に、嘉悦は言葉と裏腹のさっぱりした顔を見せる。

「そのときもあいつはぐちゃぐちゃ言ったな。どうせほかにいっぱいいたんだろうとか。まあ、離婚してたことをはっきり教えてなかったんで、相手は愛人気分だったらしいが。それについちゃ俺の言葉が足りなかったんで、いまだに反省材料だけどな」

愛人という言葉にぎくっとする。けれど誤解ですんだのなら、たぶんいいことだ。目を伏《ふ》せて、自分の痛みに真正面から向きあおうとする朝倉に、嘉悦の静かな声がした。

「でもあいつも、俺と別れたあと、誰ともなにもなかったわけじゃない。十年、離《はな》れてた。俺がいなかったころ出会った誰かに、本気になりかけたことだって、たぶん、あっただろう。それはそれで、しかたない。間に合ってよかったとは思ってるが」

淡々《たんたん》とした言葉には、強がりや虚勢《きょせい》は感じられなかった。過去が正しく過去になっている嘉悦に、朝倉はどうしても問いかけたかった。

「そういうの、いやだって思いませんか。嘉悦課長の、その、好きなひとのことどうこう言いたいんじゃないけど……相手に、いろいろ、経験あるのって。気になりません、か」

「ま、気にならないと言えば嘘《うそ》になる。けど気にしないことにしてるし、そういうポーズくらいは取っておくしかないんじゃないか？」

この返答も、さらりとしたものだった。気負いのない姿に、朝倉はどうしてそう思えるのだろうと目で問いかける。それがあまりに情けなく見えたのか、嘉悦は苦笑して肩《かた》を軽く叩《たた》いてきた。

「俺の場合はまあ、さっきも言ったがブランクが十年あるからな。その間のことをあれやこれや言い出したらお互《たが》いにぼろぼろになるだけだ。だから俺は、見ないことにするんじゃなくて、それはそれだと許した」

嘉悦の言葉に、そうか、と朝倉は内心呟く。

（そんなふうに思えれば、よかったのかな）

嘉悦と話をしながら、結局、過去やいままでの経験を、いちばん気にしていたのは誰でもない自分だったといまさら気づいた気分だった。

だからあんな場で大智にも絡《から》み、ケネスにも、いやな思いをさせることになったのだ。

ひとりっきりの正月に大泣きして、頭は冷えた。けれど胸のなかは空っぽのまま、早く春が来ないかな、と思っている。

早く春が来て、システムが無事に稼働《かどう》してしまえばいい。そうすれば朝倉はこの場所から去ることができる。ケネスの残像がちらつく場所で、泣くのを我慢《がまん》しないですむ。

社宅に帰らないのは、帰りたくないからだ。隣《となり》にいるケネスの気配をじっとうかがって、壁《かべ》にへばりついてしまいそうな自分を知りたくない。

いまこの時間も、本当は胸が痛いのだ。同じフロアにいるはずの彼が、うっかり目の前を通ったらどうしようと苦しい。そして、軽蔑《けいべつ》しきったような目で見られたり、無視されたりしたら、場所もかまわずきっと、自分はぼろぼろになる。

(あ、やば)

想像しただけで鼻がつんとした。一度壊《こわ》れた涙腺《るいせん》のパッキンはゆるみきったままのようで、ケネスのことを考えると最近すぐこうなる。煙草《たばこ》の煙《けむり》が滲《し》みたふりをしたけれど、嘉悦はごまかされてくれるだろうか。

「やっぱり、嘉悦課長、大人なんですね」

俺には無理だと赤い目で笑う。だが嘉悦はその無理のある表情をじっと眺《なが》め、買いかぶるなと眉《まゆ》をひそめて笑う。

「大人になるのは、大変なんだ。いろいろ無理も背伸《せの》びもするし、たまには暴走して反省しなきゃならない。見栄《みえ》も張るし、意地も張る。で、最後には許すしかないんだ」

「許す……?」

「しかたないだろう。あいつが、俺のいなかった時期につきあった相手のことも、ひっくるめていまのあいつを形成してる。だったら否定したってしかたがない。それごと受け入れて、愛してやるしかない――」

そこまでを言った嘉悦は一度言葉を切り、やれやれとため息をついた。

「――と、俺に言ったのはちなみに、ケネスだ」

いきなり出てきた名に、朝倉はぐっと息をつめる。いきなり真っ青になった朝倉に、嘉悦はなにがおかしいのか、喉奥《のどおく》で笑いを転がす。

「まあ、あいつも年齢《ねんれい》より悟《さと》ったことばかり言ってるけどな。たまにはいい経験だろう。理想と現実は違《ちが》うと知るのも、大人へのステップのひとつだ」

「そう、ですね」

耳に痛い言葉に、朝倉はうなだれるしかない。理想と現実は違う。憧《あこが》れ続けた黒髪《くろかみ》の恋人《こいびと》は、とんだ最低のビッチだったと、いまごろケネスはがっかりしていることだろう。

だが、悄然《しょうぜん》とする朝倉に対し、嘉悦はおかしそうに「こらこら、待て」と苦笑する。

「そこで自分のことに引きこむな。俺が言いたいのは『理想の自分』と『現実の自分』を、ケネスが、知ればいいって話だ」

「……え？」

どういう意味だと目を丸くすると、嘉悦はなかばほどまで吸った煙草をもみ消しながら、つ

いでにひとつお節介だと告げた。

「ケネスはたぶん、きみが思ってる以上に度量のでかい男だ。あまり逃げまわっていないで、たまにはぶつかってみなさい」

「なんで……」

「俺がこじれていた間、あいつはいろいろと、もっともらしい忠告をしてくれてな。まあ、さっきの、全部ひっくるめて許せってのも、それだが。持ちまわって今度は俺が愚痴《ぐち》られてるって話だ」

以前からつきあいのあったケネスに、嘉悦は恋人に関しての悩《なや》みを愚痴めかして相談したこともあったのだと彼は言う。

「そうだったんですか……」

この嘉悦が愚痴を言うというのにも驚《おどろ》いたが、続いた言葉に朝倉はもっと驚いた。

「……ああ、ちなみに俺の恋人は、藤木なんで、細かいことは気にしないでいい。ただし浮気《うわき》相手に選ぶのは勘弁《かんべん》してくれ、俺が泣く」

「へっ⁉」

さらっと爆弾《ばくだん》発言をして、広い背中と懐《ふところ》を見せつけた男は去っていく。

ひらひらと振《ふ》ってみせる左手のリングは、そういえばこの間自分の頰《ほお》を叩いた店長の手にあったものと、よく似ているような、いないような。

「意外と、多いもん、だなあ」

呟《つぶや》いて、朝倉は脱力《だつりょく》した身体《からだ》を壁にもたれさせた。

あの嘉悦までそうだったかと考えると、類は友を呼ぶのかと思った。だが結局は互いの恋人から交友関係を拡《ひろ》げていったりするわけだし、そもそもゲイの確率が高まるのはしかたないのかもしれない。

だが朝倉が驚いたのは、ここしばらくで知った恋人たちが皆《みな》、一様に幸せそうなことだった。朝倉がいままで見知ってきたゲイの連中は、皆どこかうしろ暗そうで、ひねくれていて、身体の欲求を満たす以外にフラストレーションの発散方法を知らないような人間が多かった。

（いるとこには、いるんだ）

むろん、いまの嘉悦の話を聞くまでもなく、最初からうまくいっていたなどと単純に羨《うらや》みはしない。藤木にしてもきっといろいろあっただろうし、山下と一葡だって、朝倉が知らされた以上の紆余曲折《うよきょくせつ》がありそうだった。そしてたぶん、大智と瀬里にも。

それぞれ、たくさんの面倒《めんどう》なことがあったうえで、たったひとりを見つけたのだろう。そして努力しながら、お互いの手を離すまいとしているんだろう。

お幸せなやつらめ、などとくさす気分はもうなかった。そうであろうと努力しているのだから、幸福そうに見えるのは、あたりまえのことなのだ。

あたりまえで、そして、あたりまえに見えることこそがすごいのだと、いまの朝倉ならば素《す》直《なお》に感心できる。

ふてくされて、他人にあたるしかできなかった。そんなことさえ、朝倉は気づかずに、無駄《むだ》に時間を過ごしていたのだ。

(俺は、変われるかな)

あんなふうに笑いあえる誰かを、いつか見つけることができるだろうか。そして嘉悦のように、昔はばかだったよと、年下の誰かに諭《さと》せるような大人に、ちゃんとなれるだろうか。なってみたいと切実に思い、この気持ちを忘れたくないなとも思う。

そのためには、なにをしたらいいのだろうか。いま自分にできること、したいこと。しなければいけないこと。——傷つけてしまった誰かに、謝ること。

ポケットに入れたままの携帯《けいたい》の存在が、ずんと重く感じられる。途絶《とだ》えたままのケネスとのつながりを、この電話でもう一度だけでも、つなぐことができるだろうか。

(つなぎたい)

それが最後になっても、たぶん、けじめのために必要なことなのだ。

朝倉はぺこりと頭を下げて、もうだいぶ遠くなった嘉悦の背中を見送った。

＊　＊　＊

うららかな春の日が街全体を明るく照らす、あたたかい土曜日の真昼。

朝倉は携帯を握《にぎ》りしめたまま、社宅の居間に正坐していた。

携帯の液晶《えきしょう》画面に呼び出してある番号は、山下のもの。だが、あとは通話ボタンを押《お》せばすむだけのことに、小一時間ほどかかっている。

「んと、まずは『ひさしぶり』で、『あのときは、ごめん』だ。うん」

ぶつぶつと口のなかで、たったそのふたことを繰《く》り返すのは、今度こそ失敗したくないからだ。そして、いいかげん手に滲《にじ》んだ汗《あせ》でじっとり湿《しめ》った携帯を握り直し、えいとばかりにボタンを押した。

（うああ、緊張《きんちょう》する）

コール音が聞こえると同時に、心音が耳の奥でどかどかとうるさい。たかが電話をかけるだけで全身が震《ふる》えるほど緊張するなどはじめてのことで、朝倉の神経はすでに限界だ。

頼《たの》むから早く出てくれと、三回目のコールですでに思いはじめる。だが、五回、六回と鳴るそれは、いつまで経《た》っても終わらず、また留守電に切り替《か》わりもしない。

「仕事……かなあ」

たしかこの時間はまだ出勤前だったと思うのだが、もしかして仕込みの用事でもあるのかもしれない。失敗だったかと思うとため息が出るが、なかなか電話を切ることができない。かけるだけでもこれだけ根性《こんじょう》がいったのだ。ここであきらめたら二度とかけられない気がする。

コール音が十回目を超《こ》えたあたりで、朝倉はあきらめるしかないか、とうなだれた。意気込んだぶんだけ反動は大きく、胃の奥がしくりと痛くなる。どうも自分は、勇気を出してもうまくいかないなと情けなく、通話オフを指が選択《せんたく》したぎりぎりのタイミングで、ぶつっという音がした。

『――はい！　山下の携帯です、お待たせしてすみません！』

「あ、あれ。一葡くん？」

焦《あせ》ったような声で電話に出たのは、携帯の持ち主ではなくその恋人だった。意外なそれに驚き、朝倉がきょとんとなると、電話口の相手は「あっ」と嬉《うれ》しそうな声をあげる。

『あ、あ、待ってくださいね。昭伸、朝帰ってきて、いまお風呂《ふろ》みたいで。おれ買いものに行ってていま帰ってきて、……昭伸ー！　昭伸ってば朝倉さん！　朝倉さん、電話！』

ものすごい早口でまくし立てた一葡に相づちも打てないでいると、携帯の音声で不鮮明《ふせんめい》ながら、電話の向こうでなにかが崩《くず》れて落ちたような音がした。そしてややあって、ぜいぜいと息を切らした山下の声がする。

『悪いっ、朝倉!?　朝倉か、えーっとちょっと待って……いってえ！』

「え、あ、うん」

シミュレーションをすべて無駄にする、予想外の出来事に朝倉はまんまとフリーズした。電話の向こうでは一葡と山下がわあわあやっている。『昭伸、ちゃんとパンツ穿《は》いてっ』とか聞こえたのはこの際、忘れたほうがいいだろうか。

『えーとごめん、風呂入って、いまマッパだった。で、焦って角に足の指ぶつけた』

「ふは。うん、聞こえた」

失笑《しっしょう》しながら、朝倉は手の震えが止まったのを知る。素っ裸《ぱだか》で大あわてしながら一葡に下着を穿けと怒鳴《どな》られている山下の姿を想像したら、だんだん笑いが大きくなってくる。くすくすと笑っているうちに腹筋が痛くなってきて、こらえていたが山下にはばれたようだった。

『なに。おまえあとから笑うほうが失礼だろ』

「ごめ、ははは！　だ、だって一葡くんが、昭伸、パンツって、パンツ……は、ははは！」

『パンツパンツ言うなよ……しょうがねえだろ』

笑いすぎだと電話越《ご》しに叱《しか》られたが、おかしいものはしかたない。しばらく笑いの発作《ほっさ》に襲《おそ》われていた朝倉は、ひいひい言いながら、こんな状態で言うべきではない言葉を告げた。

「はは、山下……ひさしぶり。あと、この間はごめん」

『ん。それはいいよ。むしろ、連絡取れなくなって心配してた』

ひねくれた朝倉の、変則的な形での謝罪を、山下はあっさり受け入れ、けっして責めることはしなかった。こういうところは昔から変わらないな、と思う。

「うん、でもごめん。俺、すごいみっともなかった。酔《よ》ったからって、言っていいことと悪いこと、あったし……大智先輩《せんぱい》にも、あと瀬里さんにも、悪いことした」

今度はまじめに言えたと思う。そしてやっぱり山下は、朝倉を許してくれるのだ。

『だいじょうぶ、先輩も瀬里ちゃんも相変わらず仲良くしてる。むしろ先輩のほうがまゆちゃんにしこたま蹴《け》られてたけど』

「まゆちゃん……ああ、真雪さん」

いかにもサーファーという見た目の元気そうな彼女はけっこうな武闘派《ぶとうは》でもあるらしい。蹴る、というのは比喩《ひゆ》表現ではなく、波乗りで鍛《きた》えた足腰《あしこし》で、本当に大智の尻《しり》めがけて『蹴り上げた』のだそうだ。

『あのときの精液スプリンクラー発言は店でも語りぐさでさ。湘南もうちもあわせて、みんなにひでえ言われようだった。瀬里ちゃんのほうがむしろ、そこまで言わなくてもってフォローはじめて、さらに大智先輩の株は大暴落』

「うわ……」

あのふたりはなにも変わらないと教えられ、安堵《あんど》で涙《なみだ》が出そうになった。だが責任の一端《いったん》を感じて、さすがに朝倉は黙《だま》りこむ。だが、気にすることはないと山下は告げ、ただ『ひとつだけ言わせてくれ』と、少しだけ声を低くした。

『あのさ。あのときおまえが叫《さけ》んだこと、俺はずっと知らなくて、それはちょっとショックだった。言えないのもまあ、わかってるけど……相談くらい、してほしかったかな』

帰り際《ぎわ》見た山下の顔は、青ざめて強《こわ》ばっていた。友人だと思っていた男と、先輩だと思っていた男と、その双方《そうほう》がろくでもない関係を持ち、そのことを長年知らないままでいた自分に、いささか苦しいものを覚えていたそうだ。ごめん、と朝倉が謝ると、そうじゃないと山下は、変わらず穏和《おんわ》な声で言う。

『疎外感《そがい》、じゃないんだけどさ。相談もしてもらえなかったのは俺のせいかなって。なにも知らずに、お互《たが》い会わせたりしてただろう。先輩もおまえも、やな思いしてたら、ごめんな』

少しも謝る筋合いはないのに、山下はそんなことまで言った。朝倉は、喉《のど》の奥で絡みそうな声をこらえ、気にしないでくれと言うのが精一杯《せいいっぱい》だった。

「先輩から、詳《くわ》しいこと、なんか、聞いた……？」

『いや。先輩、なにも言わなくてさ』

大智は自分がどれほど言われても、がんとして朝倉とのことを口にしようとしなかったらしい。遊び歩いた男だと思われていていいのかと山下が言っても、どれほど周囲に責められても。

（あいつらしい）

おそらく大智は、自分の評価を下げてでも、あのときの朝倉のことを語りはしないだろう。そんなことぐらい、とっくに知っていたのに、いつまでも彼を見れば突《つ》っかかっていたのは、結局朝倉がどうしようもなく弱かったせいなのだ。

『ただ、俺があんまりへこんでるんで、瀬里ちゃんが』

「……うん。なんか、言ってた？」

『朝倉のことも、先輩のことも、わかってあげてくれって、俺に言った』

後日になって、瀬里にだけは本当の話をしたらしいと聞かされても、朝倉はとくに動揺《どうよう》もしなかった。それはむしろちゃんと説明してあげてほしかったし、誤解が解けてよかったとも思う。

『俺が瀬里ちゃんから聞いたのは、なんか事情があったらしいってことだけ。でも、おまえも先輩も、好きでそんなことしたんじゃないって、それだけはわかってるつもりだ』

瀬里は、やはり少なからずショックを受けている山下を見るに見かねたのだそうだ。細かいことは言えないけれど、どちらもけっして責めないでくれと、それだけを口にしたといわれ、かなわないなと朝倉は失笑する。

「なんでそんないい子が、大智先輩なんかとつきあってんの?」

『俺もそれが謎《なぞ》だ』

ついそんなことを言ってしまったのは、朝倉との関《かか》わりだけじゃなく、大智にまつわる、派手な恋愛遍歴《れんあいへんれき》のあれやこれやを、山下も朝倉も見て知っているからだ。そして、大智とそうして関わった誰もが、彼を悪く言わないことも、知っている。

少しお節介《せっかい》で、けれどまっすぐで。彼にふられた相手も、誰も大智を責めず、そのまま友人になっているのが大半だった。もしかしたら、朝倉もきちんと大智と対峙《たいじ》していたら、いまごろは素直《すなお》に笑いあえていたのかもしれない。

「まあ、得な性格ではあるよな」

『そうだな』

「俺は苦手だけどさ」

まだ言うか、と山下が苦笑した。笑いあって、肩《かた》の荷が下りた気がした。そして気がゆるんだせいなのか、言ってしまってかまわないかと思えた。

「あのさ、山下」

『ん？』

「俺さあ。大学のころ、おまえのことずっと、好きだったんだ」

必死になって隠《かく》し続けたことがばからしくなるくらい、言葉はつるりと口からこぼれた。電話越しの山下は、やはり驚《おどろ》いたのか一瞬《いっしゅん》だけ黙りこみ、けれど朝倉はその沈黙《ちんもく》も気にならないまま、こうも続けた。

「でもあのころおまえ、男だめだったろ？　それで——ええと、いやそれだけじゃなくて、いろいろあって、やけになってたときに、変な集まりに連れこまれて、大智先輩、それ助けてくれただけなんだ」

『ん。……そっか』

「行きがかり上、ちょっと……まあ、変なことにはなっちゃったけど、おまえは、それわかってくれるかな」

すべて過去形のそれに、山下は『知らなかった』と驚いて、けれど少し照れたように、ありがとう、と言ってくれた。

『照れくさいけど。気づかなくてごめんな、でも、ありがとな』

「うん。俺も……ありがと」

お互いに、妙《みょう》に気恥《きは》ずかしかった。けれどこれで山下への思慕《しぼ》を、そして大智への複雑な気持ちを、きちんと思い出にすることができた気がした。

『マジでさ、おまえ、今度こそうちの店に、ちゃんと飲みに来いよ』

「はは。そうだな、じゃあ……そのときこそ、一葡くんに、ちゃんと話しようって、言っておいてくれ」

もうその言葉で充分《じゅうぶん》と微笑《ほほえ》んで、朝倉は電話を切った。

そして、ごくりと息を呑《の》み、もうひとり、長いこと無視し続けていたもうひとつの問題と向きあわなければと思う。

山下へ、いまさら告白してきっちりふられたのは、そのためでもあったのだ。

（くそ。また震《ふる》えてきた）

つくづくプレッシャーに弱い自分を思い知って、苦笑がこぼれる。けれどもう、いましかないのだ。

あのときの嘉悦の言葉に唆《そそのか》されたわけでもないが、逃《に》げまわるにももう日がなかった。

すでに今日は、四月の第一週に入っている。甲村を入院させ、木谷の体重を五キロ減らし、糸井をやつれさせたシステムもなんとか完成した。

本来、システムが完成するまでという契約《けいやく》だった朝倉だが、なんだかんだとある事後処理のため、永善での仕事を続けることになった。だがそれも四月いっぱいまでの話だ。

今後はメンテナンスで不定期に頼《たの》まれることはあろうが、突貫《とっかん》工事の手伝い作業自体は終《しゅう》了《りょう》した。月末には、暫定《ざんてい》的な住まいであったこのマンションを明け渡《わた》すことになっている。

（そしたらもう、会えないんだ）

ケネスからの着信履歴《りれき》は、昨年の末で止まったままだ。この数ヶ月、なんの音沙汰《おとさた》もないままで、むろん朝倉からも怖《こわ》くてかけられるわけがなかった。

もう、本当に見捨てられたのもわかっているし、終わったことも知っている。

それでも、せめて最後に——山下にいま、そうしたように、ごめんなさいと、好きだったと、ありがとうを言いたい。

絶対に迷惑《めいわく》だろうし、いやな顔もされるだろう。それに耐《た》えられるかどうかはわからないけれど、それでも、自分のわがままを最後にひとつ、聞いてほしかった。

「……よし」

山下に電話するよりもっとひどい状態だった。なにしろ通話ボタンを押すのも、もう片方の手で押さえなければいけないくらい、朝倉は全身を震わせていた。本当になにか、病気にでもなったのだろうかと心配になって、けれどこの混乱をニコチンやアルコールに頼《たよ》って鈍《にぶ》らせることはしたくなかった。ケネスのために覚えるものなら、痛みも恐怖《きょうふ》も、全部欲しかった。知って、実感していたかった。いずれは消えてしまうものだから、なおさら胸の奥で大事に大事にしていたい。

ケネスが、ずっとそうしてくれていたように。

(……出ないな)

山下が出るよりも、もっと時間がかかった。五回、十回、十五回、とカウントしながら、だめだったかな、とくじけそうになる。

隣室《りんしつ》からは、コール音はなにも聞こえてこなかった。防音が利《き》いたマンションで、そうそう音が漏《も》れるものではないけれど、気配くらいは感じ取れる。

まだ関係がこじれる前には、ときどき、ケネスが隣《となり》の部屋で動いている音を聞いた。そう騒《さわ》がしくするひとではなかったけれど、ドアを閉めたのかなとか、ベランダに出たかなとか、ふっと気づいてくすぐったくなる時間が、どうして恋《こい》だと気づかなかったのだろう。

(二十五回目。……もう、だめか)

たぶん、本当に留守にしているか、手が離せない作業でもしているのか。もしかしたら朝倉の番号など消されてしまったかもしれない。待ち続けるうちに、手の震えはいつしか止まっていた。ただ、血の気が失《う》せたように真っ白で、痺《しび》れきっている。

三十までいったら、あきらめよう。ぐずぐずとしたことを考え、最後のカウントダウンを朝倉ははじめた。二十六、二十七。

「にじゅうはち、……にじゅう」
九、と口にしようとしたところで、ぷつっと音が聞こえた。そして、コール音は鳴りやんでいる。
『……Hello?』

「あ……」

少し億劫《おっくう》そうな、機嫌《きげん》がいいのか悪いのかわからない、ケネスの声。

『May I ask who' s calling?』

どちらさまですか、なんて、そんな事務的な声で言わないでほしかった。表示で朝倉とわかっているはずなのに、どうしてそんなことを言うのかと思った。

「あ、朝倉、です」

不格好にわななく声を絞《しぼ》り出すと『ああ……』と聞こえよがしのため息をつかれた。

『ご無沙汰《ぶさた》しています。なにか、用でも?』

凍《こご》えそうなくらいの冷たい声に、朝倉の心臓はぴしりと音を立てた。すっと頭から血の気がひき、指先が力を失う。握《にぎ》った電話を取り落としそうになって、そのことにもまた、心臓がばくんとひっくり返った。

「よ……用、は、あの」

たぶん、呆《あき》れられているとも、迷惑だとも、わかっていた。けれど現実としてこんな声を出されてしまうと、もう本当にだめだったんだと思い知らされた。

「あの……」

あえぐような朝倉の声に、ケネスは『なんですか』とまたすげない声を発する。とたんに気持ちが萎《な》えて、朝倉はぐっと目の奥が痛むのを感じた。

「なん、なんでもない、です」

『なんでもないのに、お電話をいただいたんでしょうか』

ソフトに響《ひび》いていた丁寧《ていねい》な言葉は、こうなると慇懃《いんぎん》で冷たいだけだ。こんなにきらわれていたんだな、と実感して、朝倉は電話の向こうに聞こえないよう、小さく鼻を啜《すす》った。

(でも、言わなきゃ)

謝らなきゃいけない。それは、どんなに辛《つら》くても、自分で決めたことだ。ケネスが、この数ヶ月に与《あた》えてくれた情へ、せめて、できる精一杯《せいいっぱい》で応《こた》えなきゃならない。

ぽたぽた、膝《ひざ》に落ちているそれについては、この際、考えない。

「……ごめんなさい」

いろいろと言いたかったことのなかで、最低限、これだけでもと思った言葉を絞り出した。

そして、朝倉はごしごしと目元をこすると、もう一度息をついて、言った。

「ごめんなさい。迷惑かけました。すみませんでした」

『それは、用事ではないでしょう？』

「うん、でも、いいです。それじゃ……」

ひく、と喉《のど》の奥が痙攣《けいれん》した。もう限界だと朝倉が電話を切ろうとすると、ふたたびの大きなため息のあとに、なぜか玄関《げんかん》のチャイムが鳴らされた。

「……？」

ひく、ひく、と嗚咽《おえつ》を嚙《か》んだまま、二重に聞こえる音に目を瞠《みは》る。部屋のなかに響くそれと、電話から伝わる音は、微妙《びみょう》に違《ちが》っている。まさか、もしかして、と思いながら玄関に向かい、ドアスコープから覗《のぞ》くと、そこには、背が高すぎて顔が見えない男の影《かげ》がある。

『あなたはね、少し焦《じ》らされる気分を知ったらどうですか。さんざん待たせて、自分は一瞬《いっしゅん》であきらめるのはどうかと思いますが』

「ケネス……」

『ここを開けてください。このままじゃ、あなたがどんな顔をしているのかも、わからない』

怒《おこ》った声でドアを開けろと電話越《ご》しで告げられ、うまく力の入らない手で鍵《かぎ》を開けると、うんざりしたような声が頭上と、そして耳に押し当てた電話から二重で聞こえた。

「またそうやって、泣いて」

「だ、だってっ、ケネスが……っ」

「可哀想《かわいそう》に。わたしに意地悪されて、哀《かな》しかった？」

苦笑《くしょう》しながら問う彼に、がくがくとうなずいたとたん、抱《だ》きしめられる。べそをかいた顔を見られてうつむくと、目尻《めじり》にキスをされた。

「お仕事お疲《つか》れさま。がんばりましたね。それから、連絡《れんらく》をくれてありがとう」

「ケネス、ケネス、ケネス……っ」

もう彼の名を呼ぶしかできなかった。広い胸が全部それを受けとめて、そっとうしろ手にドアが閉じられる。

「ごめん……ごめんなさい。ごめん」

「それは今度、皆《みな》さんに言いに行きましょう。わたしも、一緒《いっしょ》に謝ってあげるから」

溢《あふ》れた言葉をちゃんと受けとめてもらえたおかげで、また涙《なみだ》が出た。そしてまた、謝罪はいらないと言ってくれるのも、嬉《うれ》しかった。

「じ、自分でちゃんと、謝る」

山下との電話でも、あの日の藤木の態度でも、許されたのはもう、知っている。けれどちゃんとけじめはつけきれていない。あの店のひとたちがおおらかでやさしいからで、朝倉がなにかしたわけじゃない。

「あと、嘉悦さんと、山下には、謝った」

「そうなんですか？」

あえぐように告げると、ケネスは「がんばりましたね」と微笑《ほほえ》んだ。そっと朝倉の肩《かた》を抱いて、こじれる前のように——いや、そのころよりもずっとやさしく、泣いた頬《ほお》を拭《ぬぐ》ってくれる。

さっきまで緊張《きんちょう》して正坐していたせいもあって、足先が痺れて力が入らなかった。よろける身体《からだ》を支えたままのケネスが居間まで朝倉を誘導《ゆうどう》して、そこでやっとお互《たが》い、電話を切っていなかったことに気がついた。

「そんなに泣かないで」

拭っても拭っても溢れるそれに苦笑するけれど、さっき息の根が止まりそうなひどいことを言った男のせいなのだ。拗《す》ねたように彼のシャツを摑《つか》んで思いきり顔を押しつけ、朝倉はどうしようもないほど甘ったれた。

思えば最初から、ケネスの前ではこうだった。

他人が苦手なはずだったのに、初対面からその美貌《びぼう》に圧倒《あっとう》されて見惚《みほ》れて、ものやわらかな態度にするりと警戒《けいかい》を解かれてしまって、気がつけば感情を剝《む》きだしにさせられている。

それも、負の方向ではなく、朝倉自身知らなかったような、甘いやわらかなものばかりを。

「け、ケネスが、いじっ、意地悪い、こと、いっ……」

「そうですね、意地悪しました」

Sorryと囁《ささや》かれて、濡《ぬ》れて腫《は》れぼったい瞼《まぶた》と鼻先にキスを落とされる。

「でも、朝倉さんも、悪かったでしょう？　わたしの前で、あんなふうに大智さんといちゃついて見せて」

「い、いちゃっいてない……」

せせら笑い、険のある声でなじり、ひどいことをぶつけた。あれのどこが『いちゃっいて』いることになるのか。こんなところで日本語を間違《まちが》えているじゃないかと、朝倉はつい、拗ねた顔を見せるけれど、ケネスは「いちゃっいてました」とにべもない。

「あなたは意地っ張りだから。あれだけ感情を剝きだしにして怒るのは、愛の告白と一緒です」

だから助けてあげなかった。思う以上に根深いものを感じていたらしいケネスのひねた言葉に、朝倉は濡れた目を瞬《またた》く。

「でも、昔の、ことで。昔の、……ことだったんだ」

「きらいきらいと、あんなに泣いたのに?」

タイムカプセルを開くみたいに、うっかり掘《ほ》り起こしてしまった感情だったから、あんなになまなましく痛かった。けれど、それはたぶん、忘れ物にしてしまった自分の感情が、哀《あわ》れでみじめだったからなのだ。

「だって、ケネスが……ケネスの前であんなの、見られたくなかった」

自業自得《じごう》だったけれど、見苦しいさまを知られたのがつらかった。だからあんなに取り乱して、感情が暴走してしまったのだ。

あんな場所へ強引《ごういん》に連れていって、一緒にいるといったくせに、少しも傍《そば》にいてくれなかっ

た。そしてあのとき、ケネスの滞在《たいざい》が期限付きだと知らされて。だから――。

「俺のみっともないとこ、知られたくなかったんだ」

なによりも、朝倉は大智のことでも、誰に対しても、少し離《はな》れただけでこんなにせつなくならなかった。いつだって、しかたないとあきらめるか、やっぱりねとうそぶくか、そんな方法で気持ちをごまかして、それでやりすごせていた。

なのに、ケネスだけは違った。どんなに、あきらめようと思っても、気持ちをねじまげようと思っても、ただただ彼がいないことが哀しくて、軽蔑《けいべつ》されたと思いこんでいても、好きで。

「どうして、わたしに見られたくなかったの」

「それは、だから」

言いかけて、朝倉はふっと口をつぐんだ。抱きしめてくれたし、慰《なぐさ》めのキスももらった。たぶん期待してもいいのだろうと思う。けれど、もうひとつだけ最大のしこりが、残ったままだ。

（いつか、帰るのに）

秋までという出向の期限を、彼はいったいどうするつもりなのだろう。再会に浮《う》かれた気分は急にしぼんでしまい、朝倉はまた黙《だま》りこんでしまった。

「……しかたないひとだ。まあ、そういうところも、かわいらしいけれど」

しゅんとうなだれて唇《くちびる》を噛んだ朝倉の手が、ケネスの大きなそれに包まれる。そして、葉山の海で見たあのまなざしのまま、ケネスは囁いた。

「朝倉さん。……薙。わたしと愛しあいませんか」

言葉と同時に、うやうやしくその甲《こう》にくちづけられた。ふわりとやわらかい唇の感触《かんしょく》にも、あまりに絵になるキスのしかたにも、朝倉は動けない。

「なんで？」

待ち望んでいたはずなのに、嬉しいのに、どうしてか信じられない。ぼんやりしたまま問いかけると、なにが、とケネスは問い返す。

「俺のこと、なんで、そんなにしてくれんのか、わかんない。ちっとも、いいところないのに」

ぐずぐずと甘ったれたことを言っている自覚は、朝倉にはなかった。ただ本当に心底、不思議なのだ。

「何度も言わせるつもりですか。あなたはとてもきれいで、有能だし、それにいい子だ」

「子……って、あんたとみっつしか変わらないだろっ」

「自分の感情も恋愛《れんあい》も持てあましているようなひとは、子どもで充分《じゅうぶん》でしょう」

いたずらっぽいウインクは、さすがにさまになっていた。ぼっと顔が赤くなり、ごまかすなよ、と拗ねた声が出る。

——出会い頭《がしら》からずっと口説いているのに、なにひとつ気づいてくれない鈍《にぶ》いひとには、もっとはっきりと愛を語らなければならないのでしょうか。

そんなことをケネスは以前、言っていた。けれど、出会いなんてなにも、いいところはなかったはずだ。

「俺、最初ものすごい格好だったよ。髪《かみ》ぼっさぼさで、ださ眼鏡で、ジャージ着て。それで、日持ちもしないそばなんか押しつけて、図々《ずうずう》しくあがりこんで、いきなり愚痴《ぐち》って……」

言いつのりながら、赤らんでいた頬がだんだん青ざめていく。思えば本当に、なんてとんでもない出会いだったんだろうと、自分がいやになった。

「それに、その前はその前で、喧嘩《けんか》して怒《ど》鳴《な》るし、男、ひ、引っかけて」

「薙、ナーギ。自分で自分を落ちこませるのはよしなさい」

いよいよ顔色をなくしていると、ケネスが急に抱《だ》きしめてくる。背中を、子どもをあやすように抱きしめたまま、困ったひとだと彼は笑う。

「いったい何回口説けば覚えてくれるのか、わかりませんね。泣いた顔が気になったし、男を誘《さそ》う、ぞっとするみたいな色っぽい顔もたまりませんでしたよ。本当に、あのタトゥーの男にはさきを越《こ》されて、どれだけ腹が立ったか」

「……ケネス」

「おそばを持ってきて、知らないことに恥《は》ずかしそうにするのも、これはなあにと訊《たず》ねていちいち感心する素《す》直《なお》なところも、まじめで思いつめる性格も全部、好きですよ。それでもまだ、なにが足りない？」

そんなふうに言われると、自分がひどい贅沢《ぜいたく》なわがままを言っている気がする。けれど、何度言われても実感できないから、本当に不思議で、不安なだけなのだ。

そして、朝倉がせつなくてたまらなくなる理由の最たるものは。

「だって、いつか帰るくせに」

「薙？」

口にしたら、またあの発作《ほっさ》的な感情がぶり返しそうになった。必死にこらえて、まだ涙《なみだ》の残る目で、朝倉はつけつけと言ってやる。

「知ってんだぞ、あんた一時的に出向してきてるだけだって。どうせいつか国に帰るんだろ？現地妻なんて死んでもごめんだ」

拒絶《きょぜつ》のつもりで吐《は》いた言葉の真意を、しかしケネスは正しく読みとってしまう。それもあたりまえだっただろう、ごめんだ、などと言いながら、朝倉の手はケネスのシャツを、ぎゅうぎゅうと握《にぎ》りしめていたのだから。

「それは、一時的な恋愛ではいやだということ？」

嬉《うれ》しそうに、ケネスの金の髪が揺《ゆ》れた。「ん？」と首をかしげて覗《のぞ》きこんでくる青い目に、朝倉は茹《ゆ》であがりそうになる。

「ちがっ、遊ばれるのなんか冗談《じょうだん》じゃないって」

「だから遊びではいやなんでしょう？」

微笑《ほほえ》みの強さに、追いつめられる。やわらかな金色の輝《かがや》きが持つ強さに朝倉は抗《あらが》えない。シャツを摑《つか》む手を取られ、ゆっくりと両手の指を絡《から》ませるように握られる。長い、白いケネスの指は、いつでも優雅《ゆうが》にエロティックに動く。

「たしかにいつかは、帰ることになるでしょう。出向自体は、一年の期限で、いまからならば……あと半年、になりました」

静かなケネスの声に、朝倉はびくっと震《ふる》えた。引きかけた身体《からだ》は、だが絡んだ指がけっして、逃《に》がさない。

「最後まで、ちゃんと聞きなさい。薙は少し、我慢《がまん》を覚えて」

「だって、ケネス」

すぐにあきらめるなとたしなめ、彼はゆっくり、一言一句聞き漏《も》らすなというように、朝倉に語りかける。

「二度と日本に来られないわけではない。希望すればずっと日本の永善で働くこともできるでしょうし、無理なら転職してもかまいません。いずれ帰化という方法をとることもできる」

明確な方法を提示されて、朝倉は目を丸くする。そして、じっと自分を見つめる目の輝きに、葉山の海で見た、強いまなざしを思いだし、朝倉ははっとした。

――彼女が二度と見られないけれど、もう一度見たいと切望していた、海から見る富士山。

これをわたしは、この目でどうしても見たかった。

（あのときと、同じ）

憧《あこが》れや理想をそのまま、幻《まぼろし》にしてあきらめはしないと告げるその強さに、嘉悦の言葉を思い出した。

ロマンティストで合理主義の、現実主義者。

「綾子さんのように、時代や国に阻《はば》まれることはない。なにも、わたしやあなたを縛《しば》らないんです。わかりますか？　いくらだって、探せば方法はあるでしょう」

「……だって」

「また、薙の『だって』が出た。今度はなに？」

「嘉悦さんに聞いた。ケネス、すごく、優秀《ゆうしゅう》だって。いっぱい、アメリカでもヘッドハント、あったって」

「そうですね、それがどうしましたか」

謙遜《けんそん》もしないでうなずくあたりは、やはりアメリカ人だなあと朝倉は思った。

「なのに、日本で就職って、帰化って、いいのかよ。そんなの、なんだか」

もったいないのではないか。自分ごときにかまけて仕事のことまで決めて、と、そう続けるつもりだったのに、ケネスはまた朝倉の考えもつかないことを言う。

「じゃあ薙がわたしの国に来ますか？　わたしはどちらでも、かまわないけれど」

「……へ？」

「たしか、あなたは永善の仕事が終わったら、フリーに戻《もど》ると言いましたね。お家に引きこもっているならアメリカにいても一緒《いっしょ》でしょう？　ＩＴの仕事はどこでだってできます。インターネットもあることですし、薙くらいの技術者ならどれだけだってやれる。ああ、いっそのこと、あちらで結婚《けっこん》しますか？」

今度こそ度肝《どぎも》を抜《ぬ》かれて、朝倉はぶんぶんとかぶりを振《ふ》った。待って、待ってくれとあえぐように肩《かた》を上下させ、手を振って、どんどん計画を立てる男を止めるのに必死になる。

「まっ、ちょっと、お、俺英語喋《しゃべ》れないから！」

「そんなもの、教えてあげます。Ｃ言語なんて面倒《めんどう》なもの覚えられるんだから、そうむずかしくないでしょう。……ああそうだ、薙、知っていますか？」

「なにを……」

もうなにがなんだか、わからない。やっぱり熱暴走する。それともこの目の前の男は、朝倉の脳のバグが作り出した幻想《げんそう》かなにかなのだろうか。

けれど、もがく指を握る手は強く、唇《くちびる》を寄せて囁《ささや》く甘い声は、吐息《といき》と一緒に頬《ほお》の産毛《うぶげ》を撫《な》でていく。

「英語を覚えるいちばんの近道は『ベッドで教わる』ことだそうですよ？」

「ばっ……！」

距離《きょり》をなくして重なった唇の熱は、リアルすぎて疑いようもない。飢《う》えていたと教えるように貪《むさぼ》られて、朝倉はもう腰《こし》の骨がとろけそうだと思った。

＊　＊　＊

昼間のベッドに倒《たお》れこむのは、とても淫靡《いんび》だ。くすくすと笑いながら、ケネスはそんなことを言って、さっきからやまないキスを繰《く》り返す。

カーテンの隙間《すきま》から漏れる光が彼の髪を照らして、きらきらとするそれが眩《まぶ》しすぎると、朝倉は目を細めた。そっと手を伸《の》ばし、いつも彼がするのを真似《まね》てひと房《ふさ》をつまむと、微笑んだケネスが脚《あし》を絡めてくる。

「なんですか？」

「んーん。なんか、やっぱり根本まで金色なんだなあ、と思って」

地毛が黒い人種には、なんだか不思議なのだ。こんなきれいな色が肌《はだ》の下にまで埋《う》まっていて、どこもかしこも光を弾《はじ》くようで。

「すごく、きれいだなあって」

「……きれいなのは、薙」

無心に髪の毛を撫でていると、いきなり耳朶《みみたぶ》をかじられた。わ、と首をすくめてもう一度ベッドに転がされると、そろりとはだけたシャツの隙間に、ケネスが高い鼻のさきを押し当ててくる。

「嘘《うそ》だよ。俺、きれいじゃないよ」

「まだ言うんですか？」

「だってほんとに、ほんとに俺……自分の顔、きらいなんだ。顔色悪くて地味で、パソコンばっかいじって、コミュニケーションもヘタで、そういうの全部、顔に出てる気がする」

一重《ひとえ》瞼《まぶた》のせいでつるっとした印象の顔は、そっけなくて陰気《いんき》くさくて、変な、嗜虐《しぎゃく》性をそそる色気があるなんて言われても、ちっとも嬉しくなかった。ぼやくように告げると、ケネスはやれやれとため息をつく。

「薙は、自分の美点が全部、欠点に思えるんですね」

「だって、本当にわかんないんだよ」

「これがとぼけているんじゃないから、おそろしい」

大げさに両肩《りょうかた》をすくめ、大きな手で朝倉の顔を包みこんだケネスは、まず頰に口づける。

「雪のように白い肌、黒檀《こくたん》のような黒い髪《かみ》、血のように赤い——」

言葉を切り、ゆっくりと落とされたキスに、朝倉は目を瞬《またた》かせる。

「なんだっけ、それ……」

「白雪姫《ひめ》。そのまんまだと思いませんか？」

しらっとしたケネスの言葉に、げほ、と朝倉はむせた。頰がかっと熱くなり、信じられないと呻《うめ》いて両手で覆《おお》う。

「ちょっと、いくらなんでも、それ言いすぎ……」

「ほら。頬も童話のとおりになった」

「もういらない、やっぱケネスってアメリカ人だ、恥《は》ずかしい!」

「偏見《へんけん》です」

うぎゃあと叫《さけ》んでじたばた動かしていた脚を、いきなり撫でられる。びくりと震えると、光を集めて繊細《せんさい》に紡《つむ》いだような睫毛《まつげ》を伏《ふ》せた男が、微笑んだままの唇でキスを求めてくる。

(おかしくなる)

幾度《いくど》も音を立て、角度を変えてついばむキスは長い。朝倉はいままで、こんなにゆったりとしたセックスのはじまりを知らない。ときどき息継《いきつ》ぎに離《はな》れるのも寂《さび》しくて、目をあわせれば笑ってくれるような、そんな抱《だ》かれかたをしたことがない。

「薙、脚を」

「あ……」

唇の端《はし》を吸われながらうながされ、こくりとうなずいて脱衣《だつい》を手伝うために腰をあげた。脱《ぬ》がせてくれますか、と笑いながら言われ、真っ赤になったままそれもうなずく。

じゃれるようにしながら、お互《たが》いの服を脱がせた。その合間にも口づけがあちこちに降り続けて、もう一生ぶんくらいのキスをしたんじゃないかと、ソフトなやさしいそれだけで息をあげながら、朝倉は思う。

「ケネス、すごい、上手」

「キスが?」

「うん、好き……」

「それなら、たくさんしてあげます」

うっとりしたままねだったけれど、くすりと笑った男のそれは、唇ではなく肩に落ちる。肉の薄《うす》いそこは意外にも敏感《びんかん》で、びくっと震《ふる》えるとそのまま上腕《じょうわん》に添《そ》って舌が滑《すべ》り落ちた。

「あっ、あっ」

「……ここは?」

「んん!」

期待だけで尖《とが》っていた小さな乳首《ちくび》を、左は指につままれ、右は音を立てて吸われた。かわいらしい濡《ぬ》れた響《ひび》きにも、じんわりと触《ふ》れてくる感触《かんしょく》にも悶《もだ》え、シーツから浮《う》いた尻《しり》にはすかさず、べつの手が触れてくる。撫でて、やわらかさをたしかめるように指を食いこませ、ねっとりと愛撫《あいぶ》してくるそれに朝倉は唇を噛《か》んでかぶりを振った。

「ここにキスしても?」

「や……い……っ」

「いいの、いやなの。どっち?」

問いかけておいて、言葉を奪《うば》うのはずるいと思う。舌を嚙んで引きずり出され、しゃぶるように吸うなんていやらしいキスも、この王子様はやってのける。感じて尖った胸を器用な指でこねまわしながら、ゆっくりと腰を揺《ゆ》らして、濡れはじめた性器を自分のそれで煽《あお》るのもやめない。

「おか、しく、なるっ……」

「まだ、少ししか触《さわ》っていませんよ」

「や、ケネス、ケネス、握《にぎ》って。ちゃんと」

焦《じ》らして中途半端《ちゅうとはんぱ》にされるのはいやだ。もう朝倉のそれはひくひく震えるくらいに充血《じゅうけつ》して、ひとりだけべっとり濡れてしまっているのも恥ずかしい。

「つらい？　こんなに真っ赤になってる」

「ひ……」

つるりとした先端《せんたん》を撫でられ、きれいな色だと言われた。けれど朝倉には、自分のそれに寄りそうようなケネスのそれのほうが、よっぽどだと思う。

ごくん、と喉《のど》がはしたない音を立てた。金色のそれに包まれたものを思わずじっと見てしまうと、青い目に淫《みだ》らな潤《うる》みをたたえた彼が、なあに、と独特の声で耳を嚙む。

「ケネス、舐《な》めるの……好き？」

「わたしのを？　それとも」

一緒《いっしょ》にする？　とお互いのそれを長い指でひとまとめになぞる手つきが、たまらない。腿《もも》が痙攣《けいれん》し、曲げた膝《ひざ》で意味もなく暴れながら、朝倉は目の前の広い胸に吸いついた。

おずおずと体勢を入れ替《か》え、二度目なのにこんなに大胆《だいたん》でいいのかなと思ったのは一瞬《いっしゅん》。なんのためらいもないまま、脈打つそれをあっさりとひと舐めされて、朝倉は卑猥《ひわい》そのものという声をあげた。

「薙も、して」

「ん、ん、んふう」

上品な顔のくせに、ちゃんといやらしい男の顔も持っている恋人《こいびと》に唆《そそのか》され、従順にうなずいて目の前のそれにしゃぶりついた。鼻先をくすぐる下生えの色はやっぱりきれいで、こんなになまなましいことをしているのに、不思議に現実感が薄い。

「薙……あ……とても、素敵《すてき》だ」

「やあ、あー……っ」

おまけに、こんな場面で聞くにはうつくしすぎるような言葉遣いが、よけいに恥ずかしさを煽る。フェラチオを誉《ほ》められるには不似合いなくらいの表現が、ぞくぞくと背筋を舐めて朝倉の身体《からだ》をぐずぐずにした。

(見られてる。触って、舐められてる)

吐息《といき》や髪のさきがかすめるのがくすぐったかった。その掻痒感《そうようかん》が、自分のとんでもない場所を、あの青い目にさらし、また形のいい唇《くちびる》や薄赤《うすあか》い舌に食べさせているという実感を生む。身体の奥の粘膜《ねんまく》が、きゅうう、と次の快楽を欲して窄《すぼ》んだ。そんなところもきっと見られていて、たぶんせがまなくてもしてくれるのはわかっていたけれど、朝倉はおねだりが止《や》められない。

「ケネス……入れて……そこ」

「んん？」

「やあう！　ちがっ、そうじゃ、な……っ、あ、あ！」

指が来ると思っていたのに、いきなりぬるっとしたものが潜《もぐ》りこんでくる。なにと考えるまでもなく、さきほどまで口のなかであやされていた性器を指で揉《も》みくちゃにされながら、潤みを欲していた場所を舐めほぐされた。

「やっ、舌っ、だめ！」

「入れて、と言ったのはあなたでしょう？」

「ちが、……違《ちが》ぁう……指、指を、んああ！」

ぬるぬるしたものに蹂躙《じゅうりん》されていたそこへ、いきなり指を埋《う》めこまれた。慣れた身体は丁寧《ていねい》な愛撫に充分《じゅうぶん》ほどけきっていて、ケネスの長い指を奥までしっかりと受け入れる。

「あ……も……もう……っ」

腰《こし》がくだけて、ぺたんと彼の身体のうえに寝《ね》そべった。目の前にある、脈打つ彼自身にどうにか吸いつきたいのに、奥をかき混ぜる指がひどいくらいよくて、恥ずかしいのにケネスの前で尻を揺するしかできなくなる。

「この間は暗くてよく見えなかったけれど……身体中が、桜みたいな色になってる。薙は、いつもこんなふうに？」

「や、知らない、わかんないっ」

抜《ぬ》き差しをしながら拡《ひろ》げる動きに、彼の胸に押しつけた性器がびくびく震えた。ああ、ああ、と意味もない声を漏《も》らした朝倉は、目の前にある長い脚《あし》にしがみつき、物欲しげにケネスの性器を舌で撫《な》でる。

(これ、すごかった)

内臓が全部押し上げられるような強烈《きょうれつ》さがあったのに、少しの不快感もなかった。腰が抜けて、ただただ燃えるように全身が熱くて、まるで身体中が性器になったかのように感じた。

それはいまでもそうかもしれない。もう、どこを触られても、射精しそうに感じる。

「薙？」

「ん……んあああっ、ああ！」

名を呼ばれて、髪《かみ》を撫でられた瞬間《しゅんかん》、すごい声を出していた。あわてて口をふさぐと、やめなさいと言うようにまた奥を指でいじられ、朝倉は全身を震わせながら訴《うった》える。

「もうっ……もう、い、いれて、いれて」

「ここで、食べてくれる？」

「うんっ、食べ、させて」

どこにも力が入らなくなった身体を、ころりと転がされる。ベッドのうえで、指先まで脈打たせながら朝倉は脚を開き、ケネスに両腕《りょううで》を伸《の》ばした。

「し、して……早く……」

濡れた目でねだって、疼《うず》く場所を揺すった。物欲しげと嗤《わら》われてもかまわなかったけれど、きっとケネスはそんなことはしないだろうという確信もあった。

動きに連れ、ふるりと性器が揺れて粘《ねば》った体液をこぼすさまを、ケネスは目を細めてじっくり見つめ、それからうっとりと息をついた。

「薙の好きなところが、また増えました。でも、ひどく腹立たしくもある」

「な、あに、あ、も……すぐ、もうっ」

焦れったいとすすり泣くのは、押し当てられた硬直《こうちょく》を滑らせるばかりの男がちっとも入ってきてくれないからだ。早く、早くと何度も訴え、顎《あご》を噛んで脚を絡《から》める。近づいた距離《きょり》に、ケネスの喉が動くのを知った。くらりとさせられるあの甘い香《かお》りが、強くなる。

「あげるから、薙。もうわたし以外に誰とも寝ないと言って」

「しない、しないよ」

するわけないのに、どうして。まだ本当は疑っているのかと、違《ちが》う意味で目を潤ませると、ケネスは苦い顔をする。

「あなたを抱《だ》いた男、全員に嫉妬《しっと》する。みんなにそんな顔を見せたんでしょう?」

深い海色の目が、ぎらりと光った。言葉のとおり、苛立《いらだ》たしさを伴《ともな》う感情を見せるとき、ケネスの美貌《びぼう》はひどく冷たく冴《さ》え冴えとなる。

「見て、ない……見せて、ないと、思う」

怯《おび》えたようにかすかにかぶりを振《ふ》り、震《ふる》える唇を寄せて、朝倉は彼の背中を抱きしめる。深く息をついたケネスは、優美な眉《まゆ》をきつくひそめて、自分に呆《あき》れると吐《は》き捨てた。

「……くだらないと怒《おこ》ってもいいんですよ?」

「ほんとに。ほんとにケネス、誰も、俺のこんな顔、知らないよ。だって」

「だって?」

せつない目をする必要など、どこにもない。だってのさきを告げるために、朝倉はそっと、惜《お》しみない言葉をくれる唇へとキスをした。

「俺、こんな気持ちになったこと、一度もない。たぶん顔も違う。だってなんか、変なんだ」

「薙……?」

「気持ちよくて、すごく嬉《うれ》しいのに、なんか、泣きそうで。ぐちゃぐちゃになってて、でも、すごく……あっ、あん!」

ぐ、と圧迫感《あっぱくかん》が強くなる。自分のそこがゆっくり、ケネスの形に開きはじめるのがわかって、朝倉はぞくぞくと背筋を震わせた。その背中をかき抱《いだ》き、ケネスは熱っぽい口づけを落として、腰を進めてくる。

「もう、おかしくなりそうだ……。薙はわたしを、いったい、どうする気ですか」

「こっちの、台詞《せりふ》っ、あ、ああ、あん……！」

気持ちいいものが、入ってきた。朝倉の身体は歓喜《かんき》に震えて濡《ぬ》れそぼち、いとおしいそれを粘膜でゆっくりと舐《な》めしゃぶるように動き、神経のすべてが彼に向かって集束し、絡みついていくかのような錯覚《さっかく》に陥《おちい》る。

「は……っ」

ずるりずるりと粘った音を立てて、奥まで挿入《そうにゅう》を果たしたあと、ケネスが深々と息をついた。きつくしかめた顔、浮《う》きあがった汗《あせ》が、思いもよらない男っぽい色気を醸《かも》し出す。はたりと、頬《ほお》から顎を伝った雫《しずく》の艶《なま》めかしさに震え、朝倉は疼く身体をこらえきれない。

「あ……薙、んん。こら。よして」

「だ、だって、ケネス、だって」

くちゅくちゅ、と音を立てるのは、こらえてくれている彼のせいではなく、朝倉が腰を揺《ゆ》すってしまうからだ。いくら慣れているにしても、潤滑剤《じゅんかつざい》もなしに挿入したそこはかなりみっしりとした圧迫感がある。それでも、手順さえ飛ばしてしまうほどの熱情と欲に任せた、それがたまらなく嬉しかった。

「傷ついたら、どうするんですか」

「いい、平気、だって、だって俺、もう」

ぞわりと背筋を這《は》いのぼる感覚に、朝倉がこらえきれない。ケネスのそれにいっぱいに埋められた粘膜は、感じるところすべてを押さえられ、その脈で刺激《しげき》されているようなものなのだ。少しぐらい身体《からだ》が痛んでもいい、そう言っているのに、ケネスは許してくれず、朝倉の腰を押さえて動きまで制限する。

「やだっ……して、動けよっ。焦《じ》れったい！」

「おとなしくして、まだ無理でしょう。この間だって、つらそうだったくせに」

じたばたとする朝倉を宥《なだ》めて、いけない子だ、とケネスが鼻先を噛《か》んでくる。両手で肩《かた》をさすって、なだめるようにあちこちにキスをして、それもたしかに嬉しいけれど。

「揺さぶって……突《つ》いて、ねえ、ここ、ずんずんって、されたい」

「……っあああもう、なんてひとだ！」

また「Shit!」と舌打ちする彼は、もしかしたら母国語では案外、口が悪いのかなと思った。そういうケネスを知りたいから、やっぱり英語は覚えるべきなんだろうか。

「そういう怒った顔、好き……」

「色っぽい顔で誘《さそ》っても、だめですよ。もう少し」

そんなつもりはない。だいたい朝倉は自分がどういう顔をしているかなんて、ろくにわかりもしないのだ。

「傷つけたくない。わかって？」

「ケネス……」

そっと囁《ささや》いてなだめるキスと同時に、まだきつく強《こわ》ばっている粘膜《ねんまく》の入り口を指が撫でる。自分でも、わかってはいるのだ、きっとケネスもまだ痛くて、だからだめだと言っていることくらい。それでも、気持ちのほうがもう止まらなくて、腕《うで》を伸ばしてキスをせがむ。

もどかしい身体の代わりに、お互《たが》いに舌を行き来させる動きが激しかった。喉《のど》の奥まで突くようなそれに、ぞくぞくと腰《こし》を震わせる。

(早く、早く、こんなふうに)

いっぱい激しく、なかをこすられたい。期待と興奮で膨《ふく》れた舌先をくっと噛まれ、胸を揉《も》まれた瞬間、ふと腰をひねった朝倉は、異様な感覚が走り抜けるのを知る。

「ふあっ、あっ、変……っ」

びくん、と震えたのは彼を煽《あお》るためでもなんでもない。ただ反射でわななく腰が、自分の意志ではままならない痙攣《けいれん》を繰《く》り返し、恋人《こいびと》が驚《おどろ》いた顔で覗《のぞ》きこんでくる。

「なにこれ、なにっ……」

「薙？　いったい」

「や、だめ動かないでケネスっ……いや、うそ、あっ⁉　ア、——！」

ざわざわ、とそこが内側に向かって波立つようだった。そして、いきなり足の先まで痺《しび》れが走り抜《ぬ》ける。あ、と唇《くちびる》が開いたことまでは意識していたが、そのあと放った悲鳴のことも、自分がどんな顔をしたのかも、朝倉は一瞬《いっしゅん》でなにもわからなくなった。

「な、に……いまの……」

びく、びく、とそこが生き物のように蠢《うごめ》いている。そしてあれだけきつかった結合部の摩擦《まさつ》感が薄《うす》れ、なのにケネスが、さっきよりも奥にいるような気がする。

「……薙……薙、すごい」

「俺、俺どうしたの……あっ？」

あれほど、だめだと言ったくせに、いきなりのしかかられて驚いた。おまけに、ぐいぐいと身体を動かすケネスのそれを、朝倉の身体はやんわり包んでは押し戻《もど》し、上手に呑《の》みこんでしまっている。

「やっ、なんで、急に、どうして……っ」

「もう本当に、なんて身体だ。どうしてじゃない、なにをしたのか自分で、わかってもいないで、こんな」

「んん、あっ！」

いきなり握《にぎ》りしめられたのは、くったりとした朝倉の性器だ。射精したかのように半端《はんぱ》にやわらいだそれは、けれど濡れてもいなければ、萎《な》えたわけでもない。

（どうなってんの？　え？　まさか、俺）

うしろだけで、なにもされずにキスひとつでいったのか。

気づいて、朝倉は全身を真っ赤に染めた。やっと、ケネスの妙《みょう》に興奮したような、我をなくしたような態度と言葉の意味に気づく。恥《は》ずかしくなって両腕《りょううで》で顔を覆《おお》ってしまうと、ケネスは複雑そうな笑いを喉で転がした。

「……完全なドライオーガズムは、はじめて？」

「知らない、俺、出さないでいったことないっ……あん、やだ、ケネス、やだっ」

今度は、朝倉が待ってという番だった。キスだけで達するほど過敏《かびん》になった身体を、巧《たく》みに強弱をつけて抉《えぐ》られて、ひと突きごとに絶頂に押しやられるほど感じた。

「いや、いく、いくぅ、またいくっ」

「何度でも。好きなだけ抱いてあげる」

「いあ、あああ、だめ、なか……濡れ、濡れてる……っ」

ぐいぐいとなかをこするそれが、だんだんぬめりをひどくする。スキンをつけていなかったことにいまさら思いいたり、いやだ、と朝倉は叫《さけ》んだ。

「やだ、ケネス……だめだ、だめだってっ」

ますます激しくなる動きに、朝倉は全身の産毛《うぶげ》が逆立つような気がした。さきほどの、唐突《とうとつ》であまりに強い快感、それをケネスの力強い律動が、ふたたび連れてくる。いや、おそらくはそれ以上のものを。

(怖《こわ》い。どうにかなる)

あれ以上感じたら、本当に朝倉は自分が変わってしまうと思った。だからなかば泣き叫んで、もうやめてと訴《うった》えたのに、ケネスは少しも腕をゆるめず、さらに奥へとねじこんでくる。

「いや、あ、だめぇ……!」

「だめじゃない。わたしは、あなたに……ああ、bust a nut したい」

もう日本語では言葉が思い浮かばなくなったのか、いきなり彼の母国語が混ざる。スラングなのだろう、言葉の意味はわからなかったが、激しくなる腰使いで意図するところを察した。

「なか、だめだって、出しちゃだめだって! 出しちゃ……抜いて、抜けよっ」

「薙、薙、意地悪を言わないで。こんなに、すばらしく気持ちいいのに、やめたくない」

「いや、変になる、怖い! だめ、どっかいく、どっかっ」

戻れなくなる、だめになる。叫びながらもがいた腰を摑《つか》まれ、さらに奥へと突きこまれ、朝倉は悲鳴をあげた。快楽にも、ケネスの言葉にも全身が発火したように熱くてたまらなくなる。

「もう、や、や……あっ、あんっ、ああいく、いくっ……!」

最高潮に達した快楽の波が、どっと崩《くず》れて押し寄《よ》せる。びくりと果実が破裂《はれつ》するように弾《はじ》け、下腹部を濡《ぬ》らすそれに痙攣する身体が、長い腕に強く抱《だ》きしめられた。

「あっ、あっ、あっ」

「I……I love your everything……薙、全部、愛してる」

囁いて、唇をやさしく舐《な》めながら、いやだと泣く朝倉のなかに彼は強く射精した。

「いや、や……ん！」

出したあとも、汗《あせ》の浮《う》いた肩に何度も口づけながら、余韻《よいん》にうねる身体をゆっくり揺《ゆ》らし続けるケネスに、朝倉は泣いて訴える。

「い、やあ、も、出しちゃいやだ、うご、動かないで……っ」

そうすることで内側から愛情を浸透《しんとう》させるとでもいうような、濃厚《のうこう》で甘すぎるセックスに溺《おぼ》れ、朝倉は息も絶え絶えになる。すすり泣きながら、ケネスが完全に動かなくなるまでにもう一度絶頂を味わわされ、そのときに自分が精液を放ったかどうかなど、もうわからなかった。

たぶん、しなかったんだろうなと、深すぎて恐怖《きょうふ》さえ覚えた快感に、ぼんやり悟《さと》っただけだ。

「もう、抜いて……」

「愛してる、薙」

「ケネス、頼《たの》むから。脚《あし》のつけ根、痛い」

「愛してる……」

押しつぶされるように抱きすくめられ、入れられたままの体勢がつらくて頼みこんだのに、ケネスは愛の言葉以外なにも口にしない。朝倉がなにを言っても、暴れても、顔中に口づけて抱きしめる身体《からだ》を揺らして、たまに敏感《びんかん》なままの性器や乳首《ちくび》をいじるばかりだ。

「どうしたいんだよ、いったい。俺、どうすればいいの」

意地悪すぎるそれに困り果て、眉《まゆ》を下げて問いかけると、蕩《とろ》けそうな笑《え》みを浮かべた彼はやっぱり「I love you」と言うだけだ。壊《こわ》れたんだろうかと不安になった朝倉は、汗に湿《しめ》って少し色の濃《こ》くなった金髪《きんぱつ》をおずおずと撫《な》でる。

「ほんとに苦しい、ケネス……」

「ん」

腰が痛い、と眉をひそめて訴えると、朝倉の感触《かんしょく》を堪能《たんのう》したらしいケネスが、それをゆっくりと引き抜いていく。

「んー……っ」

長い、と感じて、その恥ずかしさに手の甲《こう》で口元を覆った。まだ入り口はケネスの形を覚えたまま、物欲しそうに呼吸を繰り返している。

「ああ、やっぱり出なかったの？」

「……ん、や」

半端なぬめりだけを残した朝倉のそれに長い指を絡《から》められ、敏感すぎて痛いくらいのそれに触《さわ》らないでと言ったのに、くすりと笑ったケネスは、いきなりそこに屈《かが》みこむ。

「あっ、やだいらないっ！　ばか、ケネス！」

「んん？」

「やめ、やー……っ、あ、ん、あん、あん」

いきなりくわえられ、ぎょっとするよりさきに、きゅうっと吸われてしまう。やはり不完全燃焼《ねんしょう》気味だった朝倉の性器は、ケネスの形のいい唇のなかで強《こわ》ばり、あやされて、すぐに限界を訴えた。

「出ちゃう……口に、出ちゃう……っ」

「どうぞ、わたしも薙のなかに出したんだから、おあいこでしょう？」

「そんなの、おあいこじゃな……っ、いっ、あっあっ！」

びくん、と跳《は》ねた腰《こし》を摑んだまま、ケネスの喉《のど》がこくんと鳴った。朝倉はいろいろな意味でショックで、舌を這《は》わせてぬめりをこそぐ真似《まね》までする金色の髪《かみ》を、弱々しく引っぱる。

「なんで、飲むんだよ……」

「そうしたかったから。……薙は不思議ですね、自分から誘《さそ》ったかと思えば、いきなり純情になる」

「俺からいくのはいいんだよ！」

ケネスはなにしろ予想がつかないので、身がまえる暇《ひま》もなく翻弄《ほんろう》される。だから慣れたポーズもぐずぐずになって、必要以上に照れるのだ。

「ずっと、キスもしなかったくせに」

あんなに焦《じ》れったく、頰《ほお》への口づけだけで朝倉を困らせていたくせに、どうして顔に似合わずそういやらしいかと睨《にら》むと、ケネスはしらっとしたまま言うのだ。

「待っていたと言ったでしょう？　あなたがその気になるようにずっと。ずいぶん焦らされたのはこっちのほうです」

「だ、だっていつまで経《た》ってもおんなじアプローチだから、どこで、どう答えればいいんだか、わかんなかったし」

我慢《がまん》が限界を振《ふ》りきって、こうなったのだと言われてしまえば怒《おこ》れない。むしろ照れのほうがひどく、たったいま自分を愛撫《あいぶ》した唇《くちびる》に、朝倉は乱暴に口づける。

「愛していますよ、薙」

うっとりするくらいきれいに微笑《ほほえ》んで、ケネスはベッドに座りこんだ形の朝倉の膝《ひざ》に頬を乗せる。何度も繰《く》り返された情熱的な言葉に、うん、とうなずきかけて、朝倉はふと気づいた。

「……えっと」

「ん？」

もしかしたら、自分は一度も、この彼がくれた告白のような、明確な愛とやらを語っていない気がする。どころか、結局はっきりと、言葉を告げたこともないのでは。

（電話で、それ言うつもりだったのに）

不意打ちに驚《おどろ》かされて、口説かれて流されて、結局言えていなかった。これはだめだ、と朝倉は思い、「あのね」と子どものように困った顔で彼を見下ろす。

「なんですか？　聞いていますよ」

「お、俺も、あの」

もじもじしながら見つめると、ケネスは青い目を輝《かがや》かせて、なあに、と首をかしげてみせる。

「あの、俺も、あ、あ、あい……」

口にしかけて、そういえば英語でも日本語でも、この手の言葉は「あい」ではじまるんだなと、羞恥《しゅうち》のあまり朝倉は散漫《さんまん》に考えた。がんばって言おうと思えば思うほど、喉につっかえた言葉はそこにしがみつくようにして出てこなくなり、朝倉は目がまわりそうになる。

「無理はしなくていい。わたしは、薙のそういう恥《は》ずかしがりなところも好きです」

「で、でも」

「いまのかわいい表情を見ているだけで幸せですよ」

百面相を見ているだけで幸福になるとまで言われては、うん、とうなずくしかなかったけれど、それでも精一杯《せいいっぱい》、朝倉はがんばった。

「俺も、ケネスといると、すっごい、幸せだと思う。……す、好き」

不器用な告白にケネスはご機嫌《きげん》な顔で笑って、頬を軽くかじられる。こんなやりとりでさえ甘やかされてしまう彼に、なにをされたってやっぱり、傷つくわけがない。

「ケネス、ケネス。あの、ひとつだけ、俺も訂正《ていせい》するから」

「なにを？」

——好きでもない男に責められて、泣かされて、あげくに望んでもないセックスをして。

そんなふうに自嘲《じちょう》したケネスにあの瞬間《しゅんかん》から、違《ちが》うと言ってあげたかったのだ。

「俺、この間の……傷ついてない。傷つかなかった。ケネスを、好きだったし、セックス、したかったよ」

懸命《けんめい》に告げると、ケネスは一瞬目を丸くした。そして、苦しそうに眉を寄せると、痛いくらいに抱きしめてくる。

「……薙」

どんな愛の言葉よりも万感《ばんかん》をこめた声で名を呼び、近づいてくる唇に、朝倉も目を伏《ふ》せる。

「ん、んんっ……」

ひとしきり、舌を絡められて解放されたころには、くったりとした身体をすべて、ケネスに預けていた。

濃厚な口づけを終えて、ケネスはあらたまった顔を朝倉に向ける。

「これからのことは、もういちどゆっくり、ふたりで考える。それでいいですね?」

脈のひどいこめかみを、濡《ぬ》れたままの唇で撫でて、彼は囁《ささや》く。ぼんやりとしていた頭でも、ちゃんとわかっているとうなずくと、顎《あご》をくすぐるように撫でられた。

「わかりますか、選択肢《せんたくし》はいくらだってある。薙。最初からあきらめていてはいけない」

力強い、そして甘い、言葉だった。これ以上ないほどの真摯《しんし》なそれに、どうあっても逃《に》げられないと朝倉は思う。

「それから、わたしはやわな男ではないと、ちゃんと言ったでしょう？」

片目をつぶる男に、笑っていいのか泣いていいのかわからない。

甘くて、きれいで、でもタフで意地悪な恋人《こいびと》は、もうどこにも逃《にが》さないと、朝倉のしっとりとした髪を撫で、青い目を潤《うる》ませて囁くのだ。

「あともどりできないくらい、わたしに愛されてごらんなさい。きっと幸福です」

「や……」

そんな怖《こわ》いことといやだと言うよりはやく、大きな手に両頬を包まれる。

甘い唇は朝倉の言葉を、心ごとすべて奪《うば》ってしまって、だからケネスは聞きそびれたのだ。

もうとっくにあともどりもできなくて、もうとっくに、幸福だという朝倉の声を。

END

あとがき

毎度代わり映《ば》えのない挨拶《あいさつ》ですが、こんにちは、崎谷《さきや》です。

この本は五ヶ月連続刊行ラスト、そしてルビー文庫さんでは二十冊目の本になります。

いろんな意味で記念になる本になりました。ここまでなんとか辿《たど》りついたな、という感じです。それだからというわけじゃないんですけど（笑）、今作は、崎谷初のガイジン攻《ぜ》めです。

しかもなんかほんとに王子様なキャラで、ヘタレもせず。こんなキャラが自分に書けるとは、とけっこうびっくりしております。プロットを出したら担当さんもびっくりしてました。

しかし書いた本人、海外といえばかつて社員旅行でハワイに行ったことしかありませんし、外国文化にもぜんぜん精通しておりません。英語力も笑うくらいからっきしのため（笑）そこで思いついたのが『日本かぶれの外国人』でした。

そんなトホホなわたしが文中出てくる英語の参考にしたのは、知人の著作である実用的な英会話ブック……彼女もこんなのに使われてるとは思うまい。Nさんどうもありがとう。スペイン留学がんばってください、といっても、この本見せないと思うけど（笑）こっそりお礼。

ついでにNさんママのJさん。いつもうちの母と遊んでくれている、英語《えいご》圏《けん》出身の素《す》敵《てき》な女性に、『クロス・マイ・フィンガー』を教わりました。ケネスのストレートな言葉、素直で率直《そっちょく》な好意的表現という部分は、このJさんのイメージが大きいです。夏のホームパーティーに何度かお邪魔《じゃま》したあれが、わたしの最大の異文化コミュニケーション。でもいまだに『Hello!』と電話をかけてくるJさん相手にテンパって「こんにちはっいつもお世話になってますっ」と日本語で答える情けなさ。せめて、「うぇいとあもーめんとぷりーず」くらい、反射で言えるようになりたい……。

いきなり話が横道に逸《そ》れましたが、通称《つうしょう》『海』シリーズと呼ばれていたブルーサウンド連作、今作は『西麻布《あざぶ》編』と銘打《めいう》って、湘南《しょうなん》から少し離《はな》れてみました。オトナのイメージの街らしく、タイトルも『海』から『夜』で。しかし西麻布編と言ったわりにはあんまりアークティックブルー出てきません。しかも気づいたらほぼ湘南フルメンバー登場でした。

というのも本当は、アークティックブルーの店員を主役でいこうかと考えましたが、湘南編がおおむね店員で来ているので、客同士がいいかしら、とか考えているうちに、朝倉《あさくら》に決定。

そして、店が出ない代わりにものすごい勢いでお仕事の話が（笑）。ここまでリーマンものというか、オフィスラブ的なシーンが出てくる話も、書いたことないかもしれないです。

周囲にSEさんやら、その関連業のひとやら、もとオペレーターやらがいっぱいいたので、取材したら、たくさん逸話《いつわ》を教えてもらいました。作中の『実録SE残酷《ざんこく》物語』は、友人の

「あのときはえぐかった」という思い出語りを参照させていただきました。むろん、お話ですし、ある程度『らしくみせる』ための嘘《うそ》やおおげさな部分も相当交じっておりますが、一応、現役《げんえき》IT業の友人に、フィクションの範疇《はんちゅう》としてOKなよう、チェックもしてもらいました。

あ、いい大学出たのにリアルでは英語が喋《しゃべ》れませんの一例は、超《ちょう》有名W大学法学部卒、英検二級のまちこちゃんを参考に。真剣《しんけん》な顔でビデオデッキを睨《にら》み「ねえ、プレイバックってどういう意味」と訊《き》いた彼女の衝撃《しょうげき》的発言は忘れられない。「マークシートは得意なんだけどなあ」と呟《つぶや》く彼女には、謹《つつし》んで『現代日本教育制度のひずみちゃん』というあだ名をつけてさしあげましたとも。最近連絡《れんらく》してなかったけど、元気ですか、まちこ。……てまた横道に逸れた。

本編内容に触《ふ》れますと、ある意味いままでは『恋《こい》が成就《じょうじゅ》する話』を綴《つづ》ってきましたが、今回は『恋が終わる話』でもあったような気がしています。むろん、その後の新しい恋はちゃんと実るのですけれども、ここまで多角的な関係の、しかもそれがポイントという話は、どうあっても苦さの拭《ぬぐ》えないタイプのものなので、意識的に書いたことはなかったです。

ケネスと朝倉というのは、アメリカ×日本の異文化コミュニケーションというよりも、ポジティブ×ネガティブのそれであったかなと思います。圧倒《あっとう》的にきらきらのキャラクターは、ある種、外国人というフィルターを通すことで思い切れた部分は大きいのですが、前述した知人のJさんなど、慣習や文化の共通基盤《きばん》がない場合には、齟齬《そご》のないよう、徹底《てってい》的に率直な言語で語り合うしかないという、自分の経験をも踏《ふ》まえたものかと思います。そして、最終的には後半の嘉悦《かえつ》の言葉が私の言いたいすべてかなと。相手をどこまで許すか、許せるかが、大人になるってことなんじゃないのかなと、ぼんやり考えております。できるかどうかは、べつにして。理想として、そう思い続けていることが、大事かなあ、と。いろんなせつない事件が起こる現代で、お話くらいは夢を見てもいいんじゃないか、理想を語ってもいいんじゃないか、そう思っていつも、書いています。

さらに裏話をしますと、じつはプロットではもっとストレートに、朝倉は山下《やました》が好きなままでいるはず、だったんですけどね。動かしているうちにあんな裏事情が出てきてしまいました。ある意味では今回、裏の主役だったのは大智《だいち》かもしれません。明るく爽《さわ》やか好青年、という印象の強い常連キャラですが、個人的にはあの湘南店の面子《メンツ》のなかで、真雪《まゆき》と大智は一、二を争う過去のなにかがあるのだと思って書いています。でも大智はきっとそれを一生、誰《だれ》にも、瀬里《せり》にさえも言わないんだろうと思いますが。重さを口にする代わりに、彼は旅に出る。なにもかもをつまびらかにしない、それもまたひとつの選択《せんたく》かなと。

……とかまじめに言ってみていますが、今作についてのことの起こりはすべて、『おおやさんの超美形の金髪碧眼《きんぱつへきがん》の外国人攻めが見たい』とただそれだけの思いつきでした……。イラストを想像するだけで、おのが欲望のままに萌《も》えさかっておりましたが、見せて頂いたカットラフはその予想をはるかに超《こ》えた素敵王子様でした。しかし、本当にいろんな点でご迷惑《めいわく》をおかけする羽目になり、いまはどこからお詫《わ》びしたらよいやら、という気持ちです。

おおやさん、今作もお引き受けくださってありがとうございました。進行に関しては、不徳の致《いた》すところでございますが、お力を借りることができたことについて、感謝の気持ちは溢《あふ》れるほどにあります。本当に、ありがとうございました。

それから、今回はいままで以上に、たくさんのひとに迷惑や手間をかけました。

ルビー文庫さんでは五ヶ月の連続刊行でしたが、じつのところ他社さんを含《ふく》めると、昨年晩秋から今年初夏までで、七ヶ月連続十冊刊行というすさまじいスケジュールの、大仕事でした。昨年あたりからずっと、一日も休みなく書き続け、途中《とちゆう》で怪我《けが》や体調不良、進行上のハプニングなどを抱《かか》え、それもこれも自分自身の見通しの甘さが招いたところでしたが、周囲は皆《みな》、揃《そろ》って励《はげ》まし、協力してくれました。時間がないだろうからと、プロットの段階で下調べや資料集めに協力してくれ、文章のチェックもしてくれたRさん、坂井《さかい》さん。現役IT事情について、何度も電話で取材し、内容のチェックをお願いしたSZKさん。〆切《しめきり》直前にスケジュールが入った収録につきあってくれたり、電話で叩《たた》き起こされ意見を言わされたりした冬乃《ふゆの》、個人サイトのBBSやメールで、がんばってと言ってくださった読者さん、なごみになった愛犬の空《そら》に、家のことや雑事を引き受けてくれた母。それからデッドまで調整を繰《く》り返してくださり、辛抱《しんぼう》強《づよ》く待ってくださった担当さん。わたしと関《かか》わって、助けてくれた全員に、感謝を贈《おく》りたいです。おかげで、納得《なっとく》のいくまで、書けました。本当にありがとう。ちょっと泣きそうです。

終わったなあ、と思いつつ、でももう次の山が目の前です。

これからも拙《つたな》いなりに、こけつ、まろびつ、走り続けたいと思います。


最後にドラマCDインフォメーションです。キャストは敬称略《けいしょうりゃく》、順不同となっています。
◆角川書店／RUBY Premium Selection『キスは大事にさりげなく』発売中。
一之宮藍《いちのみやあい》＝岸尾大輔《きしおだいすけ》／志澤知靖《しざわともやす》＝大川透《おおかわとおる》／弥刀紀章《みときしょう》＝三木眞一郎《みきしんいちろう》／福田功児《ふくだこうじ》＝黒田崇矢《くろだたかや》、他。
WEB通販《つうはん》は http://www.korder.com/　携帯《けいたい》からも受け付け。通販オンリーです。
◆マリン・エンタテインメント『耳をすませばかすかな海』〇七年五月二十五日発売。
宮上和輝《みやかみかずき》＝鳥海浩輔《とりうみこうすけ》／大澤笙惟《おおさわしょうい》＝神谷浩史《かみやひろし》／宮上瀬里《みやがみせり》＝野島健児《のじまけんじ》／中河原大智《なかがわらだいち》＝小西克幸《こにしかつゆき》／藤木聖司《ふじきせいじ》＝鈴木千尋《すずきちひろ》／林田真雪《はやしだまゆき》＝松岡由貴《まつおかゆき》、他。シリーズ前二作もリリース中。

WEB通販は http://www.marine-e.co.jp/　ほか、各種ショップ、店頭でも販売《はんばい》されます。

いずれも〇七年四月現在の情報です。どちらもCDジャケットならびにショートストーリー書き下ろしとなります。ご予約、ご注文など、よろしくおねがいします。

最後までおつきあいくださって、どうもありがとうございました。そして次の一歩もまた、見ていただけるようにと祈《いの》っています。皆様《みなさま》も、どうかお健《すこ》やかにおすごしください。

KADOKAWA RUBY BUNKO

しじまの夜《よる》に浮《う》かぶ月《つき》

崎谷《さきや》はるひ

角川ルビー文庫　R83-20　　14629

平成19年4月1日　初版発行

発行者———井上伸一郎
発行所———株式会社角川書店
東京都千代田区富士見2-13-3
電話/編集(03)3238-8697
〒102-8078
発売元———株式会社角川グループパブリッシング
東京都千代田区富士見2-13-3
電話/営業(03)3238-8521
〒102-8177
http://www.kadokawa.co.jp
印刷所———暁印刷　製本所———BBC
装幀者———鈴木洋介

ISBN978-4-04-446820-0　C0193　定価はカバーに明記してあります。